U0918860

我是天使 你要幸福

洛可可◎著

中国画报出版社

图书在版编目(CIP)数据

我是天使 你要幸福/洛可可著.—北京:中国画报出版社,2007.10
ISBN 978-7-80220-206-1

Ⅰ.我… Ⅱ.洛… Ⅲ.长篇小说—中国—当代
Ⅳ.I247.5

中国版本图书馆 CIP 数据核字(2007)第 161395 号

作　　者:洛可可
特约编辑:一　草　卢　鱼
封面设计:大象设计工作室
版式设计:李　洁

我是天使　你要幸福　第一季　原来,我爱你
出 版 人:田　辉
责任编辑:刘晓雪
出版发行:中国画报出版社
　　　　(中国北京市海淀区车公庄西路 33 号,邮编:100044)
电　　话:88417359(总编室)、68469781(发行部)
印　　刷:北京京都六环印刷厂
监　　印:敖　晔
经　　销:新华书店
开　　本:787×1092　1/16
印　　张:15
版　　次:2007 年 11 月第 1 版第 1 次印刷
书　　号:ISBN 978-7-80220-206-1
定　　价:19.80 元

目录

CONTENTS

Chapter ⑥ 遗失美好

艾梦箐的大眼睛里渐渐浮上一层泪影，她控制着，不让眼泪掉下来，转过头，望着台上依旧一脸热切的安子为。

“我、接、受！”

Chapter ⑦ 那时花开

安子为背后，却站着一个女孩子，神色迷茫而凄苦，她费力地掉转头，不看他，耳朵上的蜥蜴耳钉发出冷冷的光芒……

那正是洛晨熙用尽全力想忘记，却怎么也抹不去的——

艾、梦、箐！

Chapter ⑧ 双子之吻

短短的十几分钟内，他还未成形的梦，就碎成了千千万万片！

每一片里都有两个名字：安子为！艾梦箐！

Chapter ⑨ 欲罢还休

洛晨熙，我何其有幸，有你这样的朋友，又何其不幸，有你这样的朋友！

艾梦箐，你何其有幸，被我们两个所爱，又何其不幸，被我们两个所爱！

尾　声　完美旅途

像是过去了几百几千个世纪，像是破碎了几万几亿个宇宙……终于，洛晨熙挺了挺胸，深深地吸了一口气，冲了出去，冲向了听命湖边，冲向了湖边那一抹白色……

CHAPTER 1

立夏之梦

风掠过女孩的身体。

她张开双臂的样子，像极了一只鸟，似乎下一秒，

就会飞翔起来……

飞翔……

宁静的秋日午后。

没有一丝微风，连蓝蓝天空中那大朵大朵的白云似乎都凝滞不动。只有金色的阳光，斑驳地洒了一地。

圣翰学院附近，一座古朴的青石桥，桥下，涓涓细水缓缓地流淌着。桥头的一棵老榕树上，一只麻雀在浓绿的树荫里休憩着。

偶尔有几个女孩子，吃着冰激凌，轻轻地走过被太阳晒得滚烫的石桥，轻轻地，似乎怕惊扰了枝头沉睡的小麻雀……

突然，一阵急促凌乱的脚步声从桥的另一端传来！

树上的麻雀被吓得“扑棱”一声飞了。一阵风过，榕树的枝丫微微抖动了一下，似乎在责备破坏这安谧气氛的人——

七八个少年围在树下！

清一色的破了洞的牛仔裤，或是长到耳根的乱发，或是在阳光下白得发亮的光头，有的敞着衣服叼着烟，有的手里玩弄着折刀，刀刃闪烁出白生生的冷光！

他们似乎在等待什么人。

太阳不知道什么时候隐进了云层里，黯淡下来的天色预示着将有一场倾盆而降的暴雨。

榕树的阴影忽然变得阴森可怕起来，张牙舞爪地在风中游移！

不知是暴雨将至，还是被桥上即将发生的变故惊住，四周的人群都陆续回避开了，桥上，只剩下这群等待着的少年。

终于，一个肤色黝黑的男孩开了口：“为什么还不来？”

“我看，他是怕了，没胆子来了！”一个略微矮小的男孩接嘴，脸上有着好大一块淤青。

“对了，小四，你还没说那家伙为什么要和你动手？”肤色黝黑的男孩发问。

小四愤怒地点上一支烟，呼出一口：“那天我和芳芳在吵架，我要看恐怖片，她要看韩剧，然后她居然在马路上对我大哭大闹。”

“哦，可是这关他什么事呢？他为什么要把你打成这个样子啊？”几个少年来了兴趣，好奇地问。

“别急，我还没说完呢——我一时火起，就把芳芳推了一把，结果刚好撞在一个人身上……”

“是个什么样的人？”

“你有病啊，男人问男人，你是断臂山来的啊！”小四为几次说话被打断而恼怒，“一个野小子罢了，力气大得可以，他就问芳芳为什么挡了他的道，芳芳说是我推的，他二话不说上来就给了我一耳光。”

“结果你们就动起手了？你吃了亏？”

“哼！”

“别怕，我们华夏学院一条龙不是那么好惹的！放心，有我们在，他要敢来单挑，就叫他死！”肤色黝黑的男孩安慰着小四。

“嗯，可是他怎么还不来啊？”

“天好像要下雨了……”

一道闪电在桥头炸开，接着是几声沉闷的雷声，风大了，四周飞扬的尘土和沙石让人睁不开眼睛。

而——

昏暗的天色里，一个男孩一步步向桥上走来。

随着一串“叮叮当当”的声音——

一个浑身黑衣的少年出现在桥上，手里玩弄着一串钥匙。

他裸露的双臂上，有几道横七竖八的伤痕。

他的脸有着鲜明的轮廓，眉毛浓厚，眼睛在发怒的时候，会亮得像汽车的前灯一样。鼻子高挺，嘴唇却浮现出好看的弧度——

任何女孩子看到他的唇，都会觉得似乎是天生用来亲吻的。

如同童话故事里，那尊希腊的石像王子。

石像是从来不笑的。

他的眼睛似乎也是冰冷的。

让人不敢多看一眼。

尽管他知道，有许多女孩子都在偷偷地望着他的背影。

因此——他漆黑的眼睛里更加流露出冷傲的光芒。

他讨厌她们对他笑，对他殷勤。

他宁可她们怕他，也不要她们喜欢他。

他不想做任何人心里的王子。

从十二岁起，他喜欢的，似乎只有他的拳头和手里的钥匙。

因为这两样东西是他征服世界的条件，有了这两样东西，他就可以让所有人臣服。

“来了！来了！”小四兴奋得两眼发光，报仇的机会到了。终于可以痛快地K那嚣张的小子一顿了。

但是——他看看身边，有什么不对劲儿吗？为什么兄弟们一个个都像被哈利·波特的魔杖点中，愣愣地站在原地？

他疑惑地望着他们的老大，那个肤色黝黑的男孩。

“小四……你说的人难道就是他？”

“是我。”

男孩不知道什么时候已经来到他们面前，伸出手：“不介意吧。”

小四还没弄清楚怎么回事，胸前口袋里的烟盒就飞到了半空，重重地划出一个弧线，

再重重地落下来。

一只手接住了烟盒，从中抽出一支烟，打火机的火光一闪，照亮了黑衣少年雕像一般的脸。

“万宝路——并且有点受潮。”黑衣少年吐出一口烟，“看来，你挑选烟的眼光，和你挑选女孩子的眼光一样滥到家。”

身后的同伴忍不住窃笑出声！呵呵，他们早就觉得小四不值得了，为了一个既没身材又没外貌，穿衣服像芙蓉姐姐的女孩子天天翘课，连兄弟的活动也不参加。

“你！”小四愤怒了，忍无可忍，他突然拔出刀子，像一支离弦之箭，冲着黑衣少年扑了过去。

白晃晃的刀子顷刻就到了黑衣少年的面门！

小四出手一向很快，何况是在他愤怒得要拼命的情况下。

就在这一刻——

黑衣少年突然如山豹般矫健地一闪身！他动作那么快，小四刺了个空，一股惯性使得他身不由己地向前扑去，而屁股上挨了重重的一脚，更使得他足足向前“飞”了几米远。

沙土，石子，夹杂着咸涩的滋味，流进小四的嘴里。

他揉了揉眼睛，想要站起来，但是一只脚重重地踏在他的背上，用力那么大，他觉得自己的五脏都要被踏碎了。

已经有人失声惊呼：“洛晨熙，放过他吧！”

洛——晨——熙？

三个字冻结在空气里，小四忘记了身上的疼痛，恐怖使得他浑身颤抖。

天啊！他就是洛晨熙？

圣翰、华夏两所高校里，没有人没听说过洛晨熙这个名字！

没有人敢惹洛晨熙，据说他所到之处，任何人都要为他开道。

他是雄霸一方的，天生就带着可怕的杀气，任何人见了他都不敢正面看他第二眼，否则，他手里的钥匙就会在那个人的身上戳出一个血窟窿。

小四恨不得跳进河里去。

只怪自己刚刚转到华夏，没有打听清楚洛老大的面貌，只怪自己当时没有把那个“野小子”……喔，是洛老大……的样子和兄弟们说清楚，只怪自己太不自量力，这下，连兄弟们都要遭殃了……

“啊！”小四绝望地低呼。

洛晨熙还是一动不动地挺立在榕树下。

“你们想怎么样？”

“扑通！扑通！”……少年们手里的刀子、木棍纷纷落地。

“洛老大，我们之前不知道是你，小四是新来的，他有眼不识泰山，你高抬贵手放过他吧！”

为首的肤色黝黑的男孩努力沉住气，冷静地说着。

洛晨熙脸上的表情忽然变得很奇怪。

“洛老大，小四知道错了，你饶了我吧！”小四见到兄弟们为自己求情，忍不住也壮着胆子开了口。

洛晨熙把脚从小四背上收回，小四感到压力减轻了，但还是不敢爬起来。

“你们刚才不是要和我打架吗？”洛晨熙将烟头丢进河水里，“现在，我再给你们一次机会，来吧！”

少年们一个个像聋了一样，噤声低头。

“你们谁都可以上，只要打得赢我。”洛晨熙的声音里竟然带着一丝轻微的急切。

空气仿佛凝固了，只有榕树叶子“沙沙”作响。

“洛老大，你别说笑了……”

“我们错了……”

“放了小四吧……”

……

洛晨熙的黑眼睛里，竟然隐约有失望的意味，然后这失望渐渐化为冰冷。

“不敢——是吗？”他望向四周，天更黑了，沉闷的雷声不时响起。桥下，小河水依旧缓缓地流淌着……

“那么……”洛晨熙一字一句地说，“你们就从桥上跳下去。”

从桥上……跳下去？

少年们张大了嘴巴，虽然是初夏，但河水还是很凉啊，也不知道水有多深，万一撞在石头上怎么办？何况，爬上来全身都湿透，回学校会被笑死……以后怎么有脸见人……

洛晨熙眼底冷酷的光芒在扩大。

“打架，还是跳河？我数10下，给你们‘足够’时间考虑。”

“1、2、3、4……”

少年们低着头，看着地上狼狈的小四。

“5、6、7、8……”洛晨熙越数越慢。

“9……”

地上的小四似乎成了一具化石。

“10！”

小四突然以刚才打架的速度从地上蹦起来，洛晨熙有一秒钟的发愣。

小四整了整衣服，然后，走到桥边。

“扑通！”

“扑通！”

“哗——”

小四带头跳下去后，少年们一个接一个，像下饺子一样，争先恐后地往水里跳。

平静的河面上泛起杂乱的大朵浪花，溅湿了洛晨熙的衣角。

一时间，少年们在水里沉沉浮浮，互相碰撞，乱成了一锅粥，呻吟声，呼唤声，抱怨声不绝于耳……

一道闪电划过青石桥上空，那里，不知道什么时候已经空空如也。

洛晨熙已经走了。

只有黄豆大的雨点，开始齐刷刷地打在那棵粗壮的榕树上。

雨后的圣翰学院，别有一番使人为之迷醉的独特魅力。

温柔的晨曦，像是俏皮温柔的天使给予人们的早安之吻，令人睡意全数散去。

吹送过来的风儿是温驯的，夹带着一股幽远的澹香和一息滋润的水气。

湖畔的碧茵上，有着半梦半醒的朝露，留恋地胶附在碧草身姿摇曳的腰身上，舍不得离去。

滨水的绿柳垂杨、绛樱紫荆，青翠的叶与鲜红的花，争相将自己的身影映入湖中，幻出无数幽媚情态……

谁都对这样的美景流连忘返。

除了一个人。

洛晨熙带着两名手下，在校园里穿行。

他下颌紧绷，目光冷冷地扫视着一大清早在校园里晨练和早读的学生们。

“五块钱……这样丢进去，按按钮……”自动售货机边，一个长相清秀的女生正在投币。

“耶，我要的芒果汁~~~”女生高兴地去取瓶子时，却感到身后的一丝凉意，一抬眼发现了冷冷地看着她的洛晨熙。

“洛大哥！”女生尖叫一声，“你怎么起这么早？刚好我这里有饮料，请你喝！”

洛晨熙轻微地努了一下嘴，他的手下立刻毫不客气地拿走女生手里的瓶子，喝了一大口，然后漱一下口，吐在地上：“啐！真难喝。”

手下将大半瓶果汁丢进垃圾箱，然后跟随着洛晨熙而去。

“真……可恶！”女生看着他们的背影，强压着火气，低低抱怨了一句，然后又将一枚硬币丢进了自动售货机。

“哎呀——有色狼，打色狼啊！”女生的尖叫声从洗手间里传出来。

“嘘，求求你别嚷别嚷，洛晨熙正在往这里走！”男生手足无措地去捂女生的嘴。他正和一群学生在用流利的英语早读，忽然有人发现了迎面走来的洛晨熙，顿时，同学们纷纷捡起自己的书包、外套，四下逃散。

因为眼睛近视，他居然慌不择路冲进了女洗手间……

“找死！走路不长眼睛，竟然挡我们洛老大的道！”

被逮住的是二年级学生会的江涛，只因为他急着要送建筑模型去展览会，无意中竟然挡住了洛晨熙的去路。

江涛急着赔笑：“洛老大，我真没看见您，对不起！”

“对不起就完事了吗？”

“那——”江涛额头上冷汗涔涔，双手护着模型，万一这校霸将模型毁坏，那可就完蛋了，他两个月的心血啊！

“拿来。”洛晨熙伸出手。“把模型给我。”

“洛老大……”

“拿、来。”

江涛只好把他的心血交到这恶霸的手里！如果诅咒也能杀人，洛晨熙早被他咒死了一千次一万次了。

洛晨熙吹了声口哨，手下接过了模型。

“模型我代为保管一段时间，什么时候还你，看我心情。”

“可是——我要送去参加今天的展览会啊！”

洛晨熙举起模型，作势要向地上砸去，吓得江涛连连求饶：“对不起，我错了，我不该讨价还价，你喜欢就拿去，爱玩多久都可以。”

“算你识相！这个月的理化作业由你全包了吧。”洛晨熙耸耸肩膀。

洛晨熙穿过湖畔，继续往林荫道上走去，嘴角勾起得意的笑容。

他喜欢看别人怕他。

他喜欢看到别人眼中流露出来的恐惧，这代表他征服了他们。

不过——

笑容依旧残留在他的唇角边，眼睛里却多了一丝略微惆怅的神色。

好像有那么点无聊哎，校内校外，似乎再没有人敢对他叫嚣，不管是群殴还是单挑。

无敌也是会寂寞的吧。洛晨熙不知不觉出神了。

他思索的时候，样子真的很有神韵，加上他高大的身躯，几乎可以做每个女孩子的梦中情人。

“老大。”洛晨熙的两个小兄弟看看他，交换着疑惑的眼神，不明白刚才还春风得意的老大怎么忽然一下子话也不说，人也不活跃了。但凭以往的经验他们知道，洛老大不喜欢说的事情，谁也别去问，所以只是默默地退到了他身后，和他拉开了一段距离。

正在此时，洛晨熙忽然感到有一个阴影猛然飞来，他一惊抬头——

“砰——”

一只皮球重重地砸在他的额角上，疼痛使得他倒退了几步，一时间眼前一片模糊，手里的钥匙也飞了出去。他踉跄了几步，差点撞到身后一辆缓缓行驶过来的的士，的士司机紧急刹车，差一点和后面的车追尾。一时间，两辆车子发出刺耳的刹车声，司机纷纷探出头来询问，宁静的林荫道上顿时大乱。

“谁——”洛晨熙怒吼，声若洪钟。

“谁——干——的，给我滚出来！”洛晨熙的眼睛缓和过来，向着皮球砸来的方向搜寻。那个地方不像有人在喧闹，是操场边一个偏僻的角落。

洛晨熙三步并作两步，带着手下翻越过林荫道边的花丛，来到肇事者出没的地方时，只看见一个女孩背着包慢慢地走在前面。

“喂！”洛晨熙叫。

女孩仿佛耳朵聋了，继续往前走。

“喂！”洛晨熙一个箭步冲到女孩前面，挡住她的去路，“我在叫你，你听见没有？”

“没听见。”

女孩的声音带点淡淡的沙哑，“我的名字不叫喂。”

洛晨熙愣了一秒钟，第一次，听到别人用这样的口气对他说话，而且还是个女孩子。哈，她是何方神圣？晕，她还敢绕过自己想溜走？真是岂有此理！

“不许走！”他暴虐地一把拽住她的胳膊，“用皮球砸了人，想走？”

“不是我。”女孩昂起头。她也是一身的黑，黑色的长袖衬衣、黑色的牛仔裤、黑色的运动鞋，一头黑色的长发在脑后高高地束起，耳朵上——居然是一只黑色的蜥蜴耳钉。

“不是你，那是谁？你说！”洛晨熙凶恶地加重了手臂的力量，像一只随时会吃人的豹子。

“我说了不是我。”女孩因为疼痛而轻轻吸气，“放开。”

放开？

放开？？？

这个女孩子居然用命令的口气对他说话！洛晨熙血管里的血在燃烧，太阳穴因为愤怒而青筋毕露！

假山后面，一块突起的山石，巨大、峻峭得像一个天然屏障。

几个女孩子抱在一起，紧张得连呼吸都快停止了，身子却不停地颤抖着，像风中的落叶。

“幸好躲得快……”一个小个子女生轻声说，“都是你啦，李瑶华，好好地踢什么皮球啊，现在完了……”

李瑶华托了托眼镜，心跳得快要蹦出喉咙口，悔不该一时听到考试过了的消息就得意忘形，惹下了这一场大祸！

“她会不会把我们供出来啊？”

“什么我们？是你踢的啦！”小个子女生狠狠地说。

“哼，真不讲义气！”李瑶华学着韦小宝在心里骂了一句“你爷爷的”！天保佑，那个女生看上去那么瘦，洛晨熙似乎一只手就能把她捏碎……求求老天啊，耶稣、如来、观音、佛祖……李瑶华心里一阵乱念经，就差回族和密宗的神了，因为她不知道叫什么名字。

“放、开、我！”黑衣女孩重复着。声音里没有半点怯意，反而是满满的倔强。

洛晨熙突然用力一圈一带，女孩身不由己地被拽到他面前来，他用一只手将她的胳膊反剪在身后，另一只手狠狠地捏起她的下巴。

女孩不得不被动地仰起了脸。

洛晨熙看到的是一双黑白分明的大眼睛！

这双眼睛似乎占据了她小小的脸的大部分，它们倔强而冰凉地望着他，那里面流露出一种熟悉的神色……

洛晨熙似乎觉得自己在什么地方见过这样的一双眼睛。

……

他努力地思索着。

她的下巴被他捏得似乎快要脱臼了，骨骼发出轻微的“卡卡”声，她被黑衣包裹着的身子微微颤抖……

然而她的眼睛，依旧冷漠，冷漠得似乎一切都不在乎。

洛晨熙的怒火窜进了他的血管，在每一个细胞、每一块肌肉里蠢蠢欲动！这个女生是什么地方冒出来的，她凭什么对他说“不”！

三三两两的人群开始向这边移动，但一看又是学霸洛晨熙，人群就不得不在数十米之外停住了脚步。

“老大！”

洛晨熙的手下已经捡回了那串钥匙，但不敢上去递给他。老大的样子好可怕，就在昨天跟人单挑时，也没见过他这样失控。

他似乎气得整个人都变了色。

啊啊——

大概是第一次有人顶撞他吧，而且还是个女生……

“她是个女的……”手下望着僵持的两人，轻轻地出声提醒。

洛晨熙愈发愤怒了，真是刺猬，偏偏她是个女的，虽然自己凶狠，打架可以不要命，但是男人总不至于去打女人吧？何况又是在这么多人面前。

洛晨熙恨不得将她也丢下河里去，偏偏这里又是平坦开阔的操场。

“好，看在你是个女人的份上，你只要向我认个错，我就放开你——”洛晨熙强压住怒火，松开捏住她下巴的手，摸索着她的脖子，似乎随时准备扼紧一样，“否则——”

“不。”女孩的下巴向天空挺了挺，冷冷地说，“我没错，你想怎样请便。”

洛晨熙从喉头发出一声沉闷的怒吼！他能说出上面的话已经是大违本性了，居然有这样嚣张的女孩！他脑子一热，一只手一下子扼紧了她的脖子……

“咳，咳咳……”女孩的脸涨得通红，却始终昂着头，任愤怒的手指在自己的脖子上收紧，却始终没有求饶，只是用那双黑白分明的大眼睛瞪着他——

那双对什么都无所谓的眼睛——

“老大！”手下情急的叫声使洛晨熙清醒过来，一惊，松了手。天啊，再这样下去当真会出事的，他可不想闹出人命来。他今天是怎么了？让这个丫头气得失去理智了？

他大力将她一甩！

“砰”！

女孩重重地跌倒在地上。

洛晨熙的额头上也渗出了汗水。

呼啦——

周围的人群见到事情告一段落，立刻作鸟兽散，谁也不想成为这个学霸的出气筒！洛晨熙转身离去，走了几步，又折回来，看着坐在地上的女孩，声音里透出刀刃般的冷冽。

“你记住，这事没完。”

“哇！你好强啊！”洛晨熙的背影消失后，李瑶华立刻以百米赛跑的速度冲了出来，拉住女孩的手臂直摇晃：“你怎么这么强啊，我刚才都要吓死了！——谢谢你没把我供出来，你真是一等一的好人啊，你受伤没有？你叫什么名字？”

“艾梦箐。”面对李瑶华一连串乱七八糟的问题，女孩只冷淡地回答了三个字。

“艾—梦—箐？”李瑶华笑起来，托了托眼镜，“好拗口啊，我叫你小艾好不好？”

“随便。”艾梦箐皱着眉头，看着自己的手臂，刚才跌倒的时候蹭破了皮，现在才觉得火辣辣的疼，鲜血正从黑色的衬衣袖子上浸出来。

“你是不是受伤了？”李瑶华大叫，然后不假思索地去卷艾梦箐的袖子，没想到这个举动让艾梦箐吓了一大跳，推开她的手，迟疑地嗫嚅着：“你——你要干吗？”

“看看你的伤口啊。”李瑶华奇怪地望着她——这个女生怎么像只刺猬一样呢？可单纯的她并没有想很多，“来，带你去医务室。”

“不麻烦了。”艾梦箐费力地摇摇晃晃地从地上爬了起来，挣开李瑶华的搀扶，往前走去。

“要的要的！”李瑶华赶紧跟上去，“你是为我才受了一场冤枉气啊。你好侠义，我们交个朋友怎么样？朋友陪朋友去看医生是理所当然的，不麻烦不麻烦！”

“不用。”艾梦箐的回答依旧只有两个字。

“去吧、去吧，”李瑶华嚷着，“伤口一定要消毒啊。”

艾梦箐站住了，将被风吹乱的长发拨到耳后，她耳朵上的蜥蜴耳钉闪烁着冰冷的光芒。

“我是说，你不用和我交朋友。”

李瑶华张大了嘴巴，呆在原地做声不得。

艾梦箐头也不回地向前走去。

“切！你看她那个死样！”小个子女生不知道什么时候来到李瑶华身边，“神气什么啊？就算她帮了你也没什么大不了的，摆着张臭脸给谁看？别理她！”

“你住嘴！她脸再臭也比你好看！”李瑶华气哼哼地指着小个子女生，“郑波，她至少帮了我，你可是一心要把我往火坑里推！”

“什么我把你往火坑里推啊，球明明是你踢的！不识好歹！”郑波双手叉腰也对李瑶华吼了回去。

“不跟你说！”李瑶华丢下一句话就追上去，“艾梦箐，等等我！”

艾梦箐回过头来。李瑶华跑得满面汗水，几缕头发贴在脸上，眼镜似乎要掉下来。

“什么事？”

“嗯！这个……虽然你不和我交朋友，我有点难过，但我还是要告诉你一件事情。”李瑶华傻呵呵地说，“我看你的样子好像是刚刚来到圣翰吧，你还不知道洛晨熙吧？”

“洛晨熙？”

“是啊，就是刚才那个……”李瑶华做了个用手卡脖子的姿势，“他是一个霸王，好可怕的。”

“哦？”

“他其实长得真的很酷，像Rain一样有型有个性，但是他真的好凶哦，据说他打过的架无以计数，他还会用钥匙做武器去打架，哇，好酷的。”

李瑶华眉飞色舞地形容着。

“所以，你以后最好是见他就躲。你得罪了他，他一定不会放过你的，天知道会对你做出什么事情来！你一定要小心啊！千万！我先走了哦，拜拜！”

李瑶华跑了几步，又转身对艾梦箐挥手：“最好去看下医生，给伤口上药！”

艾梦箐望着李瑶华的背影，长长的睫毛闪动了一下，大眼睛里竟然有些许湿润的感动。

这是一堂公共课，心理学，虽然是选修，可几百人的大教室里几乎座无虚席，一年级、二年级的学生全都有，只因为大家都喜欢那个著名的心理学教授——方刚。上他的课是一种享受，他总会讲述许多有趣的故事和一些悬疑、凶杀等让人惊心动魄的案件。

几乎所有的学生，都对这位五十来岁的教授十分敬仰。

艾梦箐背着黑色背包，新洗过的长发湿湿地披散在肩膀上，还是穿着黑色的牛仔裤，不过换了一件短袖的黑色T恤和平底凉鞋。

她坐下来，摊开笔记本，拉开抽屉——

骤然间，一条色彩斑斓的大蛇，从抽屉里直窜而出！

艾梦箐这一吓，非同小可，一面惊叫，一面跳开。她撞倒了椅子，才想到要去关抽屉，但是，那条蛇已落在地上，蜿蜒地向学生们游去。

“蛇啊——”

“救命——”

女生开始尖叫起来，有的跳到椅子上，有的夺门而逃。

一时间，跑的跑，叫的叫，跳的跳，笑的笑……教室里秩序大乱。

“怎么回事？是谁带蛇来上课？”鬓发斑白的方教授生气地嚷着，却也不敢前进半步。老教授在北方长大，北方很少有蛇。

骤然间，一个黑衣人冲了出来，对准那条盘踞在过道里的蛇的脑袋，一脚踩下去！

“啊！”

几声惊呼齐齐飞出，那个用脚去踩蛇的居然是个女生！

艾梦箐吸着气，忍着胃部的翻搅。

一脚！

又一脚！

出自本能地对着蛇头猛踩下去！

“完了、完了。”洛晨熙的一个手下哭丧着脸长叹，“本来想放条蛇吓吓她，没想到这丫头还真有两把刷子！”

那可是他养了好几年的宠物，很温顺的蛇——呜，心疼啊，就这样被那个野丫头活活踩死了！

鲜血溅到了艾梦箐的脸上，终于，那条蛇一动不动了。“吁——”她呼出一口气，这才发现连内衣都汗湿了，一颗心扑扑地跳，快要跳出喉咙口了。

“艾梦箐！你为什么带蛇来上课，扰乱课堂秩序？”

一个男生——洛晨熙的手下，不失时机地大声嚷嚷。

本已慢慢平息的教室又炸开了锅。

“什么？是她带的蛇？”

“不会吧，一个女生养蛇？”

“大家不要被她给骗了，她就是喜欢蛇、蜥蜴之类的动物，特别变态，不信你们看，她整天带着一只蜥蜴耳钉，”男生振振有词，“实在太过分了！”

“艾梦箐同学？”方教授语气严厉，“是真的吗？蛇是你带来的？”

“不是。”艾梦箐虚弱地说，抹着额头上的汗水。

“那蛇为什么从你的抽屉里窜出来？”方教授追问。

“我不知道。”艾梦箐坐回自己的座位上。

“你能给出个合理的解释吗？”

“不能。”

教室里顿时议论四起。

“这是谁啊，敢这么没礼貌地对方教授说话。”

“真不知道她是怎么误打误撞进了圣翰的。”

……

方教授却出人意料地没有大发雷霆，他打量了这个脸色苍白的女孩子一会儿。

“好，现在开始上课。”

艾梦箐在合起抽屉的时候，发现抽屉里多了一张小纸条。

展开，上面用黑色墨水笔写着几个大字。

“这是对你的警告！”

没有落款，但白痴也知道是谁做的。

艾梦箐从梦里惊醒过来，手机的荧光提醒她是凌晨4点。

宿舍里安静得只有女孩子细微的呼吸声。

她怔怔地回想着……

她做了一个好长好长的梦。梦里，有个面目模糊却美丽的女子，轻轻地拍抚着自己，唱着一首《卖花谣》……

“小小姑娘
清早起床
提着花篮上市场
穿过大街，穿过小巷
卖花卖花轻轻唱……
卖花卖花轻轻唱……”

那，难道是自己的母亲……

艾梦箐想要去触摸她，但是忽然间，一切都不存在了。黑暗中，忽然有一条五色斑斓的大蛇，吐着鲜红的信子，对她示威。

“妈妈，救救我……”

艾梦箐不知道“妈妈”这两个字对自己来说意味着什么。

她只记得，在离开孤儿院的时候，玛利亚修女曾经慈爱地抚着自己的头发，告诉她，艾是她母亲的姓。

这么多年，艾梦箐始终是孤儿院里的一个问题孩子。

她不合群，不参加任何集体活动，很少笑，也很少哭。她大部分时间都是在看书。

她唯一的兴趣就是看书。

渐渐地，院长和修女们都放弃了这个孩子，她喜欢怎么样就怎么样吧，只要不影响到别人。

她几乎成了孤儿院里的一个水杯，或是一把椅子，放在那里，却无人关注。

但就在大家渐渐将她忽略的时候，她却做出了一件让整个孤儿院大跌眼镜的事情！

“圣翰学院一年级，插班生？”院长拿着一封拆开的信，张口结舌，“还是总分第一？艾梦箐？会不会弄错了？”

艾梦箐依旧无动于衷地看着这一切，似乎说的是一个与她不相干的人。

“院长，我拿到了全年奖学金，我明天就走了。”

她从发呆的院长手里拿过信封，转身离去，小小的身影很快就消失了。

没有人知道……

那天晚上，她捧着通知书哭了好久好久，泪水将黑色的铅字打湿了好些。

她终于成功了，多少年啊，她等待的不就是这一天吗？

为此，她付出了多少汗水和努力，往往是别人都睡了，她还就着台灯，像一个饥渴的人，大口大口地吞咽着书本。

她不信自己会一辈子留在孤儿院，从被收留的孩子，到义工，再到老师或修女。

不，那不是她的追求。

她要这个世界承认她，她要证明自己的存在。

只是，外面的世界，也真的有很多她想象不到的东西吧。

洛晨熙，他的名字很有味道，可人为什么一点都不谦和？而且，那么霸道，甚至野蛮……

他居然放蛇恐吓她，那么下一步呢？还有什么？

艾梦箐的唇角在黑暗中扯出一个冷冷的微笑。

艾梦箐是不怕任何人的，艾梦箐从来都是我行我素的。

不在乎别人怎么看，也不在乎有没有人在意她的举动。她成功，依靠的是自己。在这个世界上，她只能依靠自己。

她必须坚强起来，去面对任何挑战和威胁。

艾梦箐疲乏地倒回枕头上，慢慢地重新进入了睡梦。

沉睡的她不会想到，洛晨熙给她的何止是“挑战”和“威胁”！

自习室里已经没有几个人了，清洁工人开始拿着扫把在门口探头探脑。艾梦箐从书的海洋里回过神来，看看手机，哇，12点了，再不回去，宿舍要关门了。

她急急忙忙收拾起书本，跑出教室。

夜很黑，只有路灯散发着晕黄的光芒，夹杂着某种凛然的冷意。

“哗啦啦——”一盆污水突然从天而降，不偏不倚地泼在艾梦箐的身上，一股腥臭的味道扑鼻而来。

“哈哈哈！”

几个男生肆意地大笑。

几只手电忽然亮了起来，晃得艾梦箐睁不开眼，她下意识地用手去挡，大声喊道：“谁？”

路边的草丛里，冒出了洛晨熙和他的两个手下。

“我的洗脚水还不错吧。”洛晨熙得意地望着被浇成落汤鸡的艾梦箐，吐出悠长的烟雾。

“又是你！”艾梦箐的大眼睛仇恨地瞪着他，“你想怎么样？”

“不想怎么样。”洛晨熙弹落烟灰，“记得我说过，这事情完不了。”

“哼！”艾梦箐冷哼一声，别过头去看天空。

洛晨熙嘴角一努，两个手下夹起艾梦箐的胳膊，“走。”

他原本以为艾梦箐会挣扎，会大喊大叫惊动别人，因此还特地准备好了一块布想要塞住她的嘴巴，可是艾梦箐被他们推搡着走，居然一声不吭，依然是那副对什么都无所谓的样子！

洛晨熙吃惊了。他一探手，冰凉的刀刃刹那贴在艾梦箐的脖子上！

“如果你敢出声，或者是搞什么花样，我就划烂你的脸！”他恼怒地威胁。

“那你何不塞住我的嘴巴？”艾梦箐冷冷地说。

“你——”洛晨熙气恼地，“你不怕？你难道对什么事情都是这样满不在乎？”

艾梦箐抬眼望着夜空中，一颗孤独的星星在闪烁。

“说话！”他低吼，该死的，她就是有本事让他气得发疯。

“你不是不让我出声吗？”艾梦箐脸上居然挂着一个讥嘲的笑。

——如果她是男生，她的脖子早就断了N回了！洛晨熙恨恨地诅咒。

“进去！”

一股冷气顿时扑面而来，艾梦箐揉揉眼睛，看着四周，好冷啊，到处都是白雾。

这是一个雪柜车，专门用来运送冷冻食物的。车厢里的温度计隐约显示是零下7度。

“怎么样，我们老大可是好心，大热天带你来凉快凉快。”一个手下搓了搓手，呵出一口气，顿时成了白雾。

“好好在里面反省一下，我们带你去兜风。”

“什么时候知道错了，求饶了，我们就放了你！”

“砰”的一声，后备箱的门关上了，车子在夜色中驶去。

好冷……

彻骨的寒冷……衣服上刚才被水泼的地方已经开始结冰。头发上也挂起了厚重的霜花。

冷……

艾梦箐的牙齿格格打颤，双手不断地搓在一起。她蜷缩成一团……

时间一分一秒地划过。

“老大，都快半小时了，她还是不出声，会不会出什么事情？”驾驶室内一个手下担心地问。

“她撑不住了自然会求饶！”洛晨熙粗声说，“这该死的女人！”

车子像野马一样在街上呼啸……

李瑶华睡醒了一觉，下床打开宿舍门，拖拖拉拉地朝走廊上的洗手间走去。

灯好像坏了，这么暗……

突然，她发现走廊的尽头似乎有一团黑糊糊的东西在蠕动！

“鬼啊——”李瑶华本能地喊出声，又捂住自己的嘴巴，不对，鬼是没有影子的，有影子的就不是鬼，那么，是小偷？也不像啊，这么半天动也不动。

好奇心使得她壮起胆子，一步步扶着墙壁“挪”了过去。

一个女生无力地瘫软在地上！

“艾梦箐！”李瑶华吓得不知所措。她怎么了？怎么浑身湿透，衣服被撕破，脸色白得跟鬼一样，头发上还有冰碴？

艾梦箐白得发紫的嘴唇轻轻翕动着：“麻烦……带我去浴室……热水。”

温热的水流哗哗地冲洗着艾梦箐已经冻得麻木的身体。

她淋了个痛快，手脚终于渐渐恢复了知觉，出来的时候，发现李瑶华还坐在浴室外的长椅上。

“你还没去睡？”

“是谁？是不是洛晨熙干的？”李瑶华急切地追问。

“是他……”艾梦箐点了点头，“我没事了。”

“天啦，怎么会没事，这次想冻死你，下次就可能会想烧死你啊？太可怕了！”

“小声点……”艾梦箐怕吵到别的同学，她不愿意更多的人看到她狼狈的样子。

“小艾，你不能这样，要不，你跟他求饶吧！”李瑶华关切地说。

“不。”艾梦箐轻而坚决地说，眼前闪烁着几个小时前可怕的一幕——

她不知道自己在雪柜里被关了多久，只是咬着牙不出声，最后她浑身上下已经麻木僵硬了，却还维持着最后的意识。洛晨熙打开门的时候，见到的就是她努力强睁着的眼睛，依旧不屈不挠!

洛晨熙气得几乎抓狂，却又不能对冻得只剩半条命的她如何，只好把她送回学校，强行叫开女生宿舍大门，将她“丢”了进去。

艾梦箐挣扎着上了宿舍楼，瘫倒在走廊上！幸好李瑶华“捡”到了她。

艾梦箐深深地体会到这个学霸的残忍和可怕!

而他的举动，恰恰激发了她体内最倔强、最坚韧的一面!

艾梦箐咬住嘴唇，回答李瑶华的同时，也告诉自己——我、绝、不、妥、协!

永远不妥协!

“我一定要她服输！”洛晨熙狂暴的叫喊声划破了黑夜，“一定要！”

……

这是一座年久失修、被废弃的楼。夜色中，它就像一艘抛了锚的船，散发出诡异的气息。浓密的杂草里开着大片的雏菊。

酒红的雏菊，在黑暗中散发着刺鼻的香。

长满青苔的顶楼，几张雨水斑驳的牛皮纸散落一地。

一群男生和一个女生站在楼顶。

天空中，有黯淡的星光，像情人的眼泪一样闪烁着。

一只无名的夜鸟，掠过他们的头顶。

空气里满是爬山虎的味道。

秋天真的来了……

“想好了没有？”黑衣少年开口，声音冷冷的，棱角分明的脸在夜色中模糊不清，头发也被雾气沾湿了。

“这是你最后一次机会。”

“要么跪下，向我们老大乖乖地认错，从前的梁子一笔勾销，并且保证以后再不来找你麻烦。”

“如果你不——”黑衣少年的嘴角咧出邪恶的笑容。

“你就只有从这里跳下去了。”

风掠过女孩的身体。

她黑色的裙子被风吹得像夜鸟的翅膀。

她耳朵上的蜥蜴耳钉在夜色里微微颤动。

她张开双臂的样子，像极了一只鸟，似乎下一秒，她就会飞翔起来……

飞翔……

洛晨熙大口地吐着烟雾。

这是他第一次逼一个女孩，他也不明白自己为什么会做出这样残酷的举动来，或者认错或者跳楼？

世界上不会有这么傻，拿生命开玩笑的女孩子吧？

她一定会认错，一定。

他等着她转过身来，他等着她臣服，等着她开口。

夜雾越来越重了，每个人的头发都是潮湿的，空气里弥漫着伤感的味道。

露水冰冷地滴进女孩的脖子里，女孩望着对面墙头上大丛大丛的绿色爬山虎……

爬山虎的颜色越来越暗淡……

女孩始终没有回头。

忽然，她向前迈出一步，又一步……

洛晨熙浑身肌肉冰冷僵硬了，他想开口喊：“你给我站住！”

前面就是楼的边缘。

只要再跨出一步……

一步……

下面是深不可测的黑暗。

她黑色的裙子被风吹得像夜鸟的翅膀。

她耳朵上的蜥蜴耳钉在夜色里微微颤动。

她张开双臂的样子，像极了一只鸟，似乎下一秒，她就会飞翔起来……

飞翔……

“站住！”

一声清澈的呼唤在空中掠过，夹杂着些许心疼的味道。

洛晨熙以为那是自己发出的。可，那不是。

男孩们一起回头。

夜色中，楼梯口站着一个白衣少年。

谁也不知道他什么时候站在那里的，站了多久。

他穿一身质地很好的白色西装，手指上的一枚戒指在夜色中发出柔和的光芒，黑黑的短发下面，是一张俊朗的脸。

事实上，他也确实拥有让人艳羡的财富和外表，他的嘴角永远洋溢着温和的微笑……

可是此刻，那微笑不见了，取而代之的只有焦急。

“洛晨熙，放了她！”淡淡的声音传来，却充满了不可抗拒的力量。

女孩惊呆了。

她已经站在楼的边缘，瘦弱的身子摇摇欲坠！

跳下去……宁愿跳下去，也不认错……跳下去……

她似乎处在一种被催眠的恍惚心智中。

突然间——

一只手伸过来，修长、干净的手。手上的一枚戒指在夜色中发出柔和的光芒。

那只手轻轻地牵住了她，慢慢地往回拉。

一步，又一步。

夜风依旧吹着。

爬山虎的气息弥漫在整个空气中……

艾梦箐被拉回安全地带，见到洛晨熙愤恨不甘的脸。

忽然间，她意识到自己在生死边缘游走了一趟！

忽然间，她所有的力气都被抽丝剥茧一样抽空了！

一阵头晕，她无力地倒了下去……

最后一个闪念，她看见一张俊秀无比的脸，还有，那双饱含深情的眼。

第一季 原来，我爱你

CHAPTER 2

如果爱你

他的脸色依旧带着凶狠的霸道，眼底却有一丝关切的光芒，泄露秘密一样微微闪烁着。这就是那个要把她从三楼丢下去的霸王吗？

夜，月明星稀。

两百多平的公寓里，摆着上好的红木家具，墙上挂着价值不菲的油画。

一块乳白色的地毯，几乎一尘不染。

书房里，巨大的书架上堆满了精装书。书桌边，一盆绿色的文竹挺直了修长秀气的枝干，茂盛地生长着。

微风吹动着白色的窗纱，透明的鱼缸里，各种各样五颜六色的热带鱼正在摇头摆尾，欢快地在水草和沙石间穿行……

一切的一切，都显示出这房子的主人有着不菲的财富和良好的修养，虽然是豪门，房子里却看不到半点骄横奢侈之气，所有的家具和陈设，都透着一股儒雅之气。

窗边的男孩回过头来，抑制住了微微的叹息，拉好了白色亚麻布的窗帘。于是，屋子里只剩下一盏台灯，发着幽柔的光。半明半昧中，男孩清秀的脸被染上了一层光晕，像电影里的蒙太奇镜头，散发着梦幻般的气质。

男孩坐回沙发，从茶几上拿起一样东西，痴痴地看着——

他伸手调节了一下台灯的光，屋子里更暗了，但还能看出，那是一块女孩子戴的头巾，黑色，印着浅浅的花纹——

安子为如在梦中一样，怔怔地看着这块黑色的头巾。

几个小时前——

他得到手下的报告，急匆匆地赶往废楼，在千钧一发之际，从洛晨熙手里救下她。

当时，她仿佛已经处于一种被催眠的状态中，而她脚下就是深不见底的黑暗！此时只要有人惊动了她，她就会毫不犹豫地往下跳！

安子为满头冷汗涔涔而落！他不敢喊，只能从背后一步步接近她，他牵着她，一步步往回拉，她也乖乖地跟着他走，他从来没见过她有这么柔顺的一面……

然后，她忽然晕倒在他怀里！

安子为抱住她小小的身体的那一刻，感受到她的无助和倔强！他心疼地搂紧了她，下意识地解开她的头巾给她扇风，让她透气，她的长发立刻散落在他的手上，一种柔软的东西浸入他的心底。

只是几分钟的时间——

她忽然清醒了，摇晃着站起来，生命力又回到了她身上，还有她永不消失的冰冷和倔强。

她只是淡淡地对他说了一声谢谢，即转身走下天台，把满脸愤怒和不甘的洛晨熙与他的手下抛在脑后，当然也包括把她从死神手里抢回来的安子为。

安子为怔住了，这究竟是怎样的女孩？

夜好静好静……

然后，安子为发现，自己手里还握着一样柔软的东西。

他松开手，她的黑色头巾，在夜风中被吹得飞舞了起来。

安子为将头巾展平摊开，又放回茶几上，靠进沙发里，定定地望着它。

一幕幕往事，像潮水一样涌上来，席卷着他的记忆……

九月，骄阳如火，夏天非但没有收起它的锋芒，反而在尾声上更加狰狞地释放了它的威力，空气里没有一丝风，似乎连蝉都叫不动了。尽管学校的清洁工人不断地往路上洒水，但一会儿的工夫就干了，蒸腾起的缕缕白气，更加使得人无法呼吸。

安子为坐在白色宝马里，空调清凉的风柔柔地吹着，音响里传出柔和的轻音乐。他闲闲地倚靠着车窗，望着外面被家长们包围着、护送着的一个个同学。

不少人注意到了这一幕，一个个扭头望过来。

“那就是圣翰学院的白马王子安子为耶，哇，好漂亮的车子啊……”

“听说他会参加迎新晚会的，到时候就有机会把他看清楚了！”

更有一些大胆的女孩子，故意从白色宝马边擦过，透过半垂的天蓝色窗帘，对车里的王子送去或纯情或火辣的微笑。

一旁，冰果店靠窗的位子上。

“公主，你看见那辆白色的宝马了吗？他是我们的学长，是校草哎！”

被唤做公主的女孩子故意不屑地抬起头来，紧身的蕾丝上衣和粉红色的热裤衬出了她娇美的身段，她把酒红色的卷发往后面拨了拨：“离太远了，看不清楚。”

“不要急啦，你们一个是公主，一个是王子，总会有机会的。漫画里都是这样的，最后幸福地生活在一起。”

杨雪雯望着那辆白色宝马，它在阳光下散发出夺人心魄的魅力！

安子为无聊地盯着窗外熙熙攘攘的人群，顺手取了一罐苏打水，换了一个角度，努力让自己在真皮座椅上坐得更舒服些。忽然，他的目光落在不远处——

一个浑身黑衣的长发女孩，正独自拖着个巨大的行李箱往这边挪动。

箱子那么大，她那么瘦，似乎整个人的力气都用了上去，却不见她吭声请不断走过的男生帮忙，只是一步步吃力地往新生报到处走去。

安子为看得自己的手都酸痛起来，他生怕这个女孩这样走到宿舍楼时，已经是双手长满老茧，双脚磨出水泡了。

近了，又近了，安子为的心不知为什么“突”地一跳。她走得很慢，戴着一顶滚白边的黑色遮阳帽，一件简单的黑色棉布衬衣，到膝盖的黑色短裙，安子为一眼就分辨出她家境并不好。

女孩在距离安子为一米多远的地方停了下来，将遮阳帽摘下来轻轻地扇风，抹去满头的汗水。

安子为清晰地看到了她的脸！

斜斜向上飞起的眉毛下，是一双黑白分明的大眼睛，很深的双眼皮。小巧的鼻子下面，是一张紧紧抿着的嘴，似乎在表示着对这个世界的不妥协。

单从外表看，她最多得7分，只能用“秀气”二字来形容。她不美，没有那种让男人一见就惊为天人的美，她甚至有一些野气，有一些让人不敢靠近的冰冷。但她的眼睛是那么黑，那么幽深，像一潭不见底的冷冷的湖水，当你望着她时，似乎整张脸上只剩下了这

对大眼睛，带着一种落寞的气质直直地逼近人心……

“啪！”安子为手指一用力，苏打水的拉环拉开了。泡沫纷乱地涌出，像碎裂的心事，纷纷扬扬……

女孩走过宝马的时候，安子为看到她耳朵上带着一只黑色的蜥蜴耳钉。

新生欢迎会，台下人头攒动，所有的目光都聚集在台上犹如明星一般的安子为身上。

“我代表圣翰学院，对大家的到来表示热烈的欢迎！”

“哗啦!!!”台下掌声大作，暴风雨般一阵接一阵。安子为穿着白色的西装，嘴角露着温和的笑容：“谢谢大家，现在是自由提问时间，你们有什么问题都可以问，我将尽力为大家解答。”

台下顿时哄乱了，女生们一个个两眼放光，可以和校草正面对话啦，太好了！而男生们则又气又妒却也不得不服，谁能做到像安子为那样呢？有钱、长得帅，已经是女生的毒药了，偏偏他人缘又好，叫人恨也恨不起来，唉！真是的！如果他们是女生，也会爱上这样的人吧，简直是只有在漫画和小说里才有的王子！

可是——

一个黑衣女生，悄悄地站了起来，背起包，走出礼堂。尽管她的动作很轻，但她那股无所谓的态度，还是被很多人注意到。

安子为微笑着回答一位女孩子的问题时，眼角的余光忽然注意到了悄然离去的艾梦箐，笑容不由得微微冻结住了……

她总是这么孤傲吗？还是自己打动了无数女生的演讲，却没有引起她的注意？

艾梦箐很快成为学校里不讨好的人物，因为她总是独来独往，从来不见她参加任何集体活动，也没见过她和任何女孩子一起亲密地拖手逛街，她甚至不在食堂里吃饭，当她看到食堂里没有单独空着的桌子时，她居然拒绝人家拼台子的邀请！

另外，这个女生的成绩却好得出奇，据说她是在圣翰一年一度的插班考中进来的，而且总分还是年级第一！

圣翰每个学期都会安排一次插班考，目的是想拉一些有钱人家进行赞助，只要这些学生的成绩勉强过关，再加上高额的赞助资金，就可以成为“插班生”。当然，圣翰也乐意用这些赞助来资助一些家境清苦又好学的学生，于是设了一个全学年的奖学金。

结果艾梦箐不知道用了什么方法，居然以总分第一的成绩轻松地拿下了这个奖学金。

并且据说她还拒绝做一位富家小姐的枪手，将人家塞到她口袋里的钱扔了回去！

拽什么拽？圣翰的学生大至分为两类，一类是用功而热情，乐于助人的，另一类是家境富裕，不好好学习却能过关的。艾梦箐哪一类都不是，自然没有人愿意搭理这个古怪的女孩。

一开始，大家甚至想故意冷落她，可很快发现这个办法一点用也没有，艾梦箐根本不在乎别人对她的态度，就那么穿着一身黑衣，独来独往，一个人上下课，一个人打水吃饭，一个人听着MP3满操场游荡，似乎谁也看不见。

她更看不见，背后，时常有一双温柔的眼睛追随着她的一举一动……

安子为轻轻地叹了口气，嘴角渐渐勾起一抹沉醉的笑……

他拿过茶几上的头巾，捏在手里，体会它的柔软，就像她小小的身体倒在他胳膊上的感觉，头巾上似乎还残留着她的气息，淡淡的柠檬香……

安子为情不自禁地将头巾贴在脸上，用温热的唇轻轻摩擦——

正在此时——

屋子里忽然明亮起来！

"子为！"一只柔软的手蒙住了他的眼睛，"猜猜我是谁哦？"

安子为没有猜，他拨开蒙住他眼睛的手："杨雪雯，你怎么进来的？"

酒红色卷发的女孩子，趁势用被他拨开的手从后面环绕住了他的颈子，她的呼吸软软地吹在他的耳际："想你就来看你啊！"

"谁给你开的门？"安子为下意识挺了挺脊背，不用说，一定是那个热情而头脑简单的司机老刘了，下次真要好好地说他几句，每个月8000的人工是养这些给他惹麻烦的人吗？

雪雯显然不想回答这个问题："也不知道你在想什么，屋子里灯也不开，我还以为没人呢！"

安子为无可奈何地叹口气："杨雪雯，就算你进了大门，你至少进我的书房前，先敲门好吗？"

雪雯悻悻地撇了撇嘴，松开手，转到安子为面前时，她重新又堆起了天使一样甜美的笑："陪我去买衣服好吗？城东新开的那家精品店不错喔，有条绿色的裙子我早就想买了！"

"我还有很多事情要做，很重要。"安子为端起一杯水喝了一口，又下意识地拿起一

罐饮料递给雪雯。

“比我还重要么？”

“唔，对不起，杨雪雯！”

“喂！你为什么老是连名带姓地叫我？”

“你叫杨雪雯，我叫你杨雪雯有什么不对？”

“可我是你的女朋友，你应该对我亲热点，叫我雪雯，雯，或者是小雪……”

“我什么时候说过你是我女朋友了？”安子为打断了雪雯一连串肉麻的想象。

“我不是吗？我说是就是，我们都在一起那么久了。”雪雯还是撒娇地瞪他一眼。

“我没有和你在一起，我只是请你喝过下午茶吃过饭，你到我家来听过一次音乐而已，这些是同学间的正常交往。”安子为严肃起来，“你不要误会，杨雪雯同学！”

雪雯脸上那甜美的笑被安子为这一席话击得彻底挂不住了，她咬着嘴唇，退了几步，重重地把饮料罐“砰”的一声丢在茶几上。然后，她绕到沙发边上，撑着扶手，恶狠狠地看着一脸淡然的安子为大喊：“说！她是谁？”

“你在说什么？”安子为吃了一惊。

“我说什么你自己心里清楚！我知道你喜欢别人了！”雪雯黑色的指甲狠狠地抠着沙发扶手，“不要以为我不知道你现在为什么对我不好，你心里有了别的女孩！”

“你不要发神经无中生有好不好？”安子为白皙的脸涨红了，竭力掩饰他的愤怒。

“哼！”雪雯美丽的五官气得扭曲变形，“是不是要我说出那个名字，你才肯承认？”

“杨雪雯！”安子为忍无可忍。

而雪雯更加忍无可忍地喊出来：“是她吗？那个戴蜥蜴耳钉的女生是吗？那个死丫头是吗？艾——梦——箐！”

“住嘴！你最好立刻离开我家！”安子为一改平日温文尔雅的作风，对着雪雯可怕地喊出一句。

“你怕听，因为我说的是实话！”雪雯抓住安子为的肩膀摇晃，眼泪在眼眶里慢慢升起，“你喜欢那个来路不明的野丫头……”

“艾梦箐不是什么野丫头！”安子为努力把雪雯的手拉开，“大家都是同学，你何必说得那么难听？我没有……”他顿了顿，“我没有女朋友，真的没有，我和她们只是同学和朋友，像跟你一样，你不要胡思乱想好不好？”

“没有吗？”雪雯忽然抢过那块头巾，“那这个是什么？”

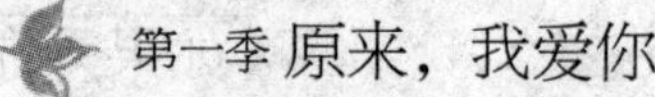

“这是我捡到的！”

“堂堂安家大少爷，捡到一块破头巾当宝贝一样收藏？你有恋物癖？”

“杨雪雯，你不要太过分！”安子为气得想把她丢出门去。

“过分的是你啊！”晶莹的泪珠终于从雪雯的脸上流下来，“你就是喜欢她！你拣她的破烂当宝贝，我真没想到，你为了一个野丫头不要我！”

“你——”安子为气结，终于爆发，“好，就算我喜欢她，喜欢得要死好吗？你满意了吧，反正你也不是我什么人，我喜欢谁你管不着！”

“安、子、为！”雪雯哭着掩面跑出去，“你不会有好下场！我恨你！我恨死你！”“咣当”一声，她重重地摔上了结实的橡木门。

安子为看着她的背影，苦笑着摇摇头，一种无可奈何的神色掠过他秀气的眉梢眼底。好一会儿，他的目光才又化为深深的温柔，落在那块头巾上。

安子为无比温柔地将头巾折叠起来，走出书房，把它放在卧室的枕头下面。

洛晨熙一个人出了校门，闷闷地，漫无目的地往前走去。

真是不顺啊，干什么都不顺。他郁闷地抽着烟，重重地踢开路边一块石子。

他一向是无所不敌的，自从十二岁那年，他发现了自己的拳头可以征服这个世界时，他就按这个原则去生活。如今，这个地区已经没有人敢触犯他，大家听到他的名字就会躲开，他成了一个风云一方的霸王。

可是，一个霸王居然收拾不了一个小女孩！

洛晨熙咬牙切齿，将衬衣的前襟撩开，愤怒使得他喘不过气来。那天，他在以各种手段恐吓威胁艾梦箐都无效的情况下，将她强行挟持到废楼的顶层，想要她求饶，要不，就逼她跳下去！

总没有人敢用自己的生命赌一个道歉吧！

可是这女孩子居然真的会跳楼，这是他十九年来最大的一次惊恐，当时他真的紧张得浑身冷汗，尽管他凶恶，但他没想要弄死一个人，这可是要偿命的！可他又拉不下面子，只能在恐惧中看着她走向天台边缘——

接着——

大跌眼镜的事情出现了！安子为居然赶到现场将艾梦箐抢救下来！他松了一口气，可随即怒火又重新被点燃，难道就这样放她走了吗？

可，这是安子为的请求——

他可以拒绝任何人，但他拒绝不了安子为。

这个世界上，如果还有什么是他关心的，那就是安子为，他唯一的朋友和大哥。

从那个雪夜开始——

十年前的那一场大雪……

一个瘦弱的孩子正无助地在雪地里行走，摔倒了又爬起，爬起了又摔倒，雪地上留下一串长长的脚印。

他的外套已经被抢走。

风雪呼啸。

男孩身上只有一件贴身的内衣，脸蛋污迹斑斑，血渍已经风干，在脸上结下一道道冰痂……

他不知道自己走了多久，也不知道什么地方才是尽头。

终于，他躺倒在雪地里。一种倦怠的感觉席卷了全身，他想睡过去，就像妈妈曾经说的，睡着了就不饿了，不疼了，不累了，不怕了……

他合上眼睛。

雪纷纷扬扬地落下来，落下来……

可就在此时，一件棉衣忽然裹住了他的身子！

一只手轻轻地伸过来！

一个和他差不多大的男孩正微笑着，关切地看着他。

“你没事吧？”声音是那么柔和。

他穿着一件皮衣，暖暖地站在雪地里，边上是一个保镖一样的中年男人。

是一个和他完全不同的男孩。

他一定很有钱。

他一定很开心。

他有皮衣穿，有人保护，有人关心，他可以吃最好的食物，可以坐最好的车子，他永远不知道“饿”和“冷”是什么感觉。

九岁的洛晨熙忽然爆发！

他不要别人虚情假意的关心，他不要施舍。

他一把扒掉了男孩裹在他身上的棉衣，用力地丢在地上踏了一脚！

“哪来的野孩子，不知好歹！”中年男人生气了，“少爷，别理他了，我陪你回家堆雪人去！”

男孩怔怔地看着地上的棉衣，眼睛里没有恼怒，只有一种好奇的神色。

然后，洛晨熙凝聚了所有的力量冲了出去！

他在雪地上拼命地奔跑起来！

跑——跑就不会冷了，不会冻死了。

洛晨熙喘息着，胸膛似乎要炸开，腿像是灌满了铅，随时会倒下去。

可他不能倒下来，不能倒在男孩面前……

然后——

他忽然发现身后响起了脚步声——

他回头——

男孩不知道什么时候已经脱下皮大衣，现在，他和洛晨熙一样，只穿着一件内衣！

雪似乎把什么都淹没了……

男孩不说话，只是专心地陪着洛晨熙跑着，他知道，这么冷的天，如果不跑，就会被冻死……

那天，没有人知道两个孩子跑了多久，跑了多远……

只知道终于停止的时候，他们的手拉在了一起……

这个叫安子为的男孩，永远是洛晨熙心里最在乎的部分。

因为年长自己几天，他管他叫大哥，只要他有危险，洛晨熙宁可拼了性命，也要保护他平安周全；只要他喜欢的，洛晨熙会想尽一切办法帮他弄来，只要他有要求，洛晨熙总会一口答应。

但事实上，安子为似乎从来没有过什么危险，也没有什么得不到的东西，他也从来没对洛晨熙要求过什么。

只除了那天，他要求他，放了艾梦箐。

于是，洛晨熙尽管有千千万万个不情愿，尽管有几万几亿种不甘心，也只能眼睁睁看着艾梦篝离去。

“该死的！”洛晨熙又一次诅咒。瞎子也看得出来，大哥一定是看上那个女孩了。这么多年，从来没见他如此紧张，当艾梦篝离去的时候，他还一脸痴痴的神色！

学校里那么多女生，哪一个不比那丫头强啊？洛晨熙很想剖开安子为的脑袋检查一下。但事实是，他什么也不能做，只能闷闷地游荡，因为不想让人看到自己的郁闷，他甚至连手下也不带地出了校门。

已经走了很远，道路两边的景色越来越荒凉，一片小树林出现在他面前，野草足足有一人多高，像绿色的天然屏风。

洛晨熙在一块石头上坐下来，忽然听到树林里传来争执声。

“艾梦篝，看不出来你真有两下子。”雪雯带着四五个男生——她的忠实追随者，把艾梦篝包围在中间。她早就打听到艾梦篝喜欢来这里看书，特别僻静，正好可以放开手教训她一下。

“你以为泡上了他，就可以得到钱和地位吗？别做梦了！”雪雯两手抱在胸前，冷笑地望着艾梦篝，“他才不会要你这样没背景没来路的野丫头呢，也不照照镜子，看看你那老土样，穿得像黑乌鸦一样，吓？这叫个性？”

雪雯动手去撕艾梦篝的衣服，艾梦篝后退一步，两个男生立刻将她的双臂挟持住了，“嗤啦”一声，艾梦篝的衬衣下摆被撕开一条口子。

“呵，质量真差，是地摊上三十块买的吧？”

艾梦篝冷冷地闭着嘴，懒得回答雪雯的问话，雪雯无趣地拍拍手，“你给我听好了，安子为是我男朋友，你离他远一点，否则有你好看的！”

艾梦篝抬头向天，似乎一点都不在意被挟得发木的胳膊。

洛晨熙躲在一棵大树后面，幸灾乐祸地看着这一幕，男人不能打女人，可女人就不一样了，最好是雪雯狠狠地教训一下这个丫头，替他出一口气。

只是……大哥可没说过雪雯是他的女朋友啊？洛晨熙皱了皱眉。

但他知道雪雯一直喜欢大哥，他曾经问过，安子为只是微笑了一下，似乎有很多心事一样，他也便不追问了。

但他知道大哥不喜欢她，尽管他带她吃饭、看电影、玩，但他看她的眼神始终是淡淡

的，客气而礼貌的。

“艾梦篝！”雪雯终于被她的沉默激怒了，她大声地说，“别以为我不知道你的来路，要不要我把你的老底兜出来？”

艾梦篝一直苍白的脸忽然染上了一抹红色，雪雯见这一招有效，不由欣喜起来：“你是个没父母教的野孩子！”

“闭嘴！”艾梦篝突然拼命挣扎起来，可她的胳膊被拉得紧紧的，她一向冷漠的眼睛里，猛然激发出一种熊熊的怒火。

雪雯下意识地后退了一步，但她马上意识到艾梦篝根本无法动弹，于是一不做二不休地嚷起来：“你这个从孤儿院跑出来的野丫头，没有父母没有家教，连起码的羞耻心也没有，人家的男朋友你都抢……”

“杨雪雯，你给我住嘴！不要再说了！”艾梦篝几乎是咆哮起来，像是被点中了致命的要害，她一贯的冷漠全然不见，只有痛苦、仇恨、绝望的神色从她的眼睛里飞出来，直视着雪雯，“不许再说！不许再说下去!!!!”

一阵风过——

树叶簌簌地颤抖，似乎也感觉到了这个女孩的挣扎和痛苦……

树后的洛晨熙也莫名地跟着颤抖了一下！

他双手握拳，指甲深深地掐进肉里！

孤儿……

没有父母……

狰狞的话语犹如刺刀一样狠狠地扎入他的心脏，生生发痛。

“我偏要说！”雪雯肆意地玩弄着艾梦篝的痛苦，眉宇之间是种报复后的快感，“你是个从小就没人要的野孩子！野孩子，野孩子!!!!!”

“野孩子——”

尖利的声音穿破了云层，树后的洛晨熙忽然捂住了耳朵，像是听到什么可怕的魔咒……

“野孩子！”

“他爸爸不要他了，你看，他多脏啊！”

“他好凶啊！好讨厌！”

……

雪地上，几个孩子把一个男孩包围起来，好奇而不屑地打量着。男孩的旧棉袄已经露出发黄的棉絮，脸上黑一块，白一块，几乎看不出原来的颜色，眼睛里满是饥饿的神色。

妈妈已经三天没回家了，那天她哭着出门，说去找爸爸，找到了就回来。可是，她不回来，小小的洛晨熙就没有饭吃，妈妈也没有给他买新棉衣，下雪了，好冷啊……

爸爸走了，妈妈不管他了，妈妈只想要爸爸回来，可是爸爸在哪里呢？是不是爸爸一直不回来，洛晨熙就一直没有饭吃没有新衣服穿呢？

爸爸啊，你到哪里去了？爸爸不是最疼晨熙的吗？每年过年都会让晨熙骑在他肩膀上去看烟火，还给晨熙买很多糖吃。有一次晨熙生病，肚子疼得要死，爸爸说吃块糖就不疼了，给他买了各种各样的糖，后来吃着吃着肚子真的就慢慢不疼了……

爸爸，你什么时候回来，带妈妈一起回来好吗？给我买好多好多的糖……

糖……

洛晨熙怔怔地盯着一个男孩手里的波比糖，大大的，白色的，香香甜甜的，他的胃因为饿而激烈地抽搐着……

洛晨熙突然冲上去，一把抢过男孩手里的波比糖，转身就跑！

“他抢我的糖！”

“快追啊！打这个野孩子！”

……

洛晨熙没有跑多远，就被那群孩子追上了，拳头和脚雨点一般落在他身上，波比糖摔碎了，撒了一地……

“呼，我的手好酸。”

“我也是，打不动了。”

“可是我的糖没了啊，让他赔我！”

“他肯定没钱啊，怎么赔呢？”

“嗯，我想想看……”

最后他们剥下了他的棉衣和鞋子，将他丢在雪地里，嘻嘻哈哈地走开了……

“啊——”洛晨熙突然发出野兽般的低吼，似乎被什么东西刺伤。

接着，在他自己还没明白过来怎么回事之前，他已经窜了出来，一记重拳打在挟持着艾梦箐的一个男孩下巴上！

那男孩毫无防备，踉跄着松开了手仰面倒下去。

艾梦箐乘势挣脱开来，退到一边，双手紧紧地环抱在一起，看着凶神恶煞的洛晨熙，一时有点晕头转向……

他……

他应该是帮雪雯对付自己才对啊？

为什么……

“洛晨熙？”雪雯吃惊地看着他，“你要做什么？”

“放她走！”洛晨熙闷声说。

雪雯以为自己的耳朵出了问题：“她可是一直和你作对哎！”她抗议说，“而且，我是你大哥的女朋友，你怎么帮起外人来了？”对方如果不是洛晨熙，她早就骂出“白痴”来了。

“大哥没承认过你是他女朋友。”洛晨熙的脸上露出一个嘲讽的笑。

“你！”雪雯气得要吐血，尤其是见到一旁的艾梦箐听到这句话时的表情。“好——我会告诉你大哥你是怎么对我的！”

“少来这套，现在，快给我走开！”洛晨熙懒得和她废话，安子为知道的话高兴还来不及呢，何况她才没这个胆去告状。

雪雯气得直跺脚，看一看身后畏缩到一边的几个男生，又看一看高大如铁塔的洛晨熙，终于愤恨地叹息一声，给了艾梦箐一个仇恨的眼神，和男生们走出了小树林。

只剩下洛晨熙和艾梦箐静静相对，空气突然变得尴尬而微妙！

一种僵硬在两人面前弥漫开来。

这是他们第一次，平静相对。

他的脸色依旧带着凶狠的霸道，眼底却有一丝关切的光芒，泄露秘密一样微微闪烁着。这就是那个要把她从三楼丢下去的霸王吗？

她习惯性地摆出武装的表情，可她的双手却不自觉地交握在胸前，流露出渴望被保护的姿态……

他的呼吸粗重。

她的心跳急速。

不知道过了多久……

“我——”

“你——”

两人同时开口，又同时住了嘴。

终于，洛晨熙干咳一声，头也不回地大步走开，青草被他踩得“哗哗”作响。

艾梦箐愣在原地，望着他远去的背影，不知所措。

华灯初上，霓虹灯闪烁一地的碎金，空气里有着越来越重的寒意，深秋已经在不知不觉中来临了，街道两旁，梧桐树的叶子，半红半黄地打着旋子落下来。

一片叶落到一个黑衣女孩的脸上，她伸手拂开，轻轻地发出一声叹息，小小的脸上，那一对大眼睛在暮色中闪烁着浓厚的忧郁和茫然。

艾梦箐带点失魂落魄的样子，在大街上走着，她给撕破的衬衣下摆打了一个结，长发被风吹得凌乱。她以为走一走会使得自己平静些，可是已经走了快一小时了，非但没有理出个头绪来，反而越发迷茫。

她想起这几天洛晨熙欺负自己的一幅幅可恶的画面……

那条五彩斑斓的蛇，冰凉而凶猛地从抽屉里蹿出来……

她忍着恶心用脚去踩……

她被诬告带蛇来上课，被指责变态残忍……

白雾弥漫的雪柜车……

温度计显示着零下7度，呼出的气都成了白雾……

“什么时候想通了，求个饶就放了你。”他冰凉的声音在雪柜车里嗡嗡作响……

她不屈不挠地努力睁大眼睛，双手紧抱自己抵御寒意……

“要么认错，要么跳下去。”

他的脸在夜色中如魔鬼般狰狞可怕。

她站在平台伸开双臂，像一只夜鸟……

艾梦箐不自觉地微微颤抖起来，长期以来对洛晨熙的厌恶和反抗使得她习惯了以冰冷的姿态出现在这个魔王面前，她曾经发誓自己永远不会对他妥协，即使付出任何代价！包括生命……

可是……

是真的吗？他竟然救了她？

为什么会这样呢？他不是一直恨自己入骨的吗？为什么他冲出来的时候，眼睛里居然有如此沉重的痛苦？

难道……

一个念头忽然掠过艾梦箐的脑海，她想起了洛晨熙曾经喊安子为“大哥”。难道是安子为让他这么做的吗？

艾梦箐尽管独来独往，但她也知道安子为，他一直是被女生们追捧的对象。如此品学兼优的美男子，不知道有多少女生千方百计削尖了脑袋想接近他，杨雪雯就是最典型的一个。只是自己可从来没想过要招惹他，她不明白杨雪雯的怒气从何而来！

她又想起天台上的白色身影，以及那灼热的眼神。

他牵着自己的手往回拉……

她从晕眩中清醒时，看到的是一张急切的脸……

是自己看错了吗？

还是……

艾梦箐忽然打了个寒战，不自觉地抱住了自己，似乎有什么可怕的阴影笼罩在她头上一般！

忽然，一阵凄惨的呜咽声，将沉思的她拉回了现实。她仔细一看，不知道自己什么时候走到了一个墙角里，那里坐着一个大约五六岁的小女孩，穿着一件红裙子，脸上脏兮兮的，正在伤心地抽泣。

艾梦箐不自觉地皱了下眉头，而小女孩从指缝里看到她，不知道是求助还是更恐惧，居然放声哭起来——

“哇——妈妈——”

“我要妈妈——”

凄惨的哭声散落在空气里，艾梦箐不知所措地看看小女孩，又看看四周。黄昏的街道上，行人并不是很多，这是个比较隐蔽的角落，几乎没有人注意到哭泣的小女孩，而她越哭越响，眼泪鼻涕糊了一脸。

艾梦箐的眼中忽然流露出一丝厌恶，她转身就要走，不料，地上坐着的小女孩忽然鼓足勇气站了起来，也许是哭累了，也许觉得面前的姐姐不像坏人，小女孩居然怯怯地伸出了手，一把拉住了艾梦箐的衬衣下摆！

“姐姐——我要妈妈——我要妈妈，姐姐……带我去找妈妈……”

艾梦箐的呼吸急促起来，她甩了一下头发，看着拽着她衣角的手，试着挣脱，可小女孩拉得很紧，含泪的眼里满是绝望和无助。

艾梦箐突然像是要躲避妖魔鬼怪一样，用力将小女孩推开去！力量之大使得小女孩跌坐到地上，艾梦箐不敢多看她一眼，转身便逃！

“不要走！”

身后忽然响起一声愤怒的叫声，艾梦箐第一反应是小女孩在叫，可是立刻明白过来，不是的，这声音有点耳熟，于是她回过身来。

李瑶华气喘吁吁地扶起地上的小女孩，一边柔声安慰，一边对艾梦箐凶开了：“你怎么这样啊?!”

艾梦箐怔怔地，如梦游一样看着瑶华拍着小女孩身上的尘土，拿出纸巾给她擦脸，一边指责着：“就算你不愿意帮她去找妈妈，也没必要把她推到地上吧！我以为你是个讲义气的人，没想到你这么冷血这么残忍，你太过分了！”

艾梦箐竟然没有反驳瑶华连珠炮似的指责，只是恍惚地站在原地。

瑶华牵着小女孩走过艾梦箐身边。

“哎呀，你还愣在那里干什么！”瑶华走了几步，见艾梦箐没有跟上来，立刻向她招手，“走啊！”

“去哪里？”不明就里的艾梦箐疑惑地看着瑶华。

“帮她去找妈妈！”瑶华气得直翻白眼。恨不得敲开她的脑子看看是不是进水了。

“……”

“快点啦，天快黑了！”瑶华急得跺脚，不由分说地冲回来，一把拉起艾梦箐就走，艾梦箐身不由己地跟了上去。

“不要哭了好不好……”艾梦箐无力地看着依旧呜咽着的小女孩，“都带你去找妈妈了……”

“有你这样哄孩子的吗？”瑶华无奈地蹲下来，看着小女孩，忽然灵机一动，“告诉姐姐，你是不是饿了？”

小女孩拼命地点头，抽泣着。

“乖，姐姐带你去吃东西，来啊，吃饱了就不哭了。”瑶华得意地抛给艾梦箐一个“OK”的眼神。

路边的一家快餐店里，小女孩大口大口地咬着汉堡，喝着可乐。瑶华的吃相也好不了多少，拿着鸡腿拼命啃。艾梦箐虽然很饿，却好像什么都吃不下去，她喝着咖啡，看看瑶华又看看小女孩，冰凉的眼眸中渐渐有了一丝暖意。

“小妹妹，告诉姐姐，妈妈住在哪里？”

小女孩苦苦思索着：“家里……有很多好漂亮的贝壳。妈妈带我进城，人好多，妈妈不见了……我找啊找，天黑了……”她小嘴一撇，又想哭的样子。

瑶华托了托眼镜，商量地看着艾梦箐：“她在说什么呢？”

艾梦箐想了想，忽然俯下身子，用力地在小女孩身上嗅了嗅。

“你做什么？”瑶华莫名其妙地看着她。

艾梦箐淡淡一笑：“她身上有海水的咸涩气味，我看，她可能是住在天星码头那一带，换季的时候，海滩会涨潮，会有很多鱼虾，海滩边的渔民就会抓紧机会到城里来兜售。她……一定是在集市上和妈妈走散的。”

瑶华将信将疑，她试着问小女孩：“你妈妈是不是会捉鱼啊？”

“妈妈卖鱼，爸爸捉鱼。还要给我买花裙子。”小女孩天真地说。

“耶！”瑶华兴奋起来，拉起艾梦箐的手，“你真聪明啊！你怎么懂那么多？”

艾梦箐没有回答，眼中又流露出痛苦之色，瑶华看看她，似乎明白了什么，也没有说话。

“姐姐，我吃饱了，这些给你吃。”小女孩将薯条和爆米花推到瑶华面前。

“给那个姐姐吧，她还没吃东西！”瑶华忽然向一边的艾梦箐一指，小女孩犹豫了一下，轻轻地问，“那个姐姐……会不会再推我啊？”

“不会的啦。”瑶华怜惜地揉了揉小女孩的头发，“那个姐姐不是要推你，是姐姐自己心情不好，其实她和我一样，很喜欢你……”

“姐姐，是真的吗？”小女孩转向艾梦箐，迟疑着问。

艾梦箐犹豫了一下，轻轻地点点头，小女孩立刻露出天真的笑容，“姐姐为什么不高兴呢？这些给你吃，都给你吃……”

艾梦箐看着小女孩柔软的小手里举着的薯条，轻轻地接过来，一直迷茫的脸上终于露出一丝微笑。

夜渐渐深了。

“姐姐，接啊！”小女孩可爱的笑声在黑夜里作响。

“哎呀，这一个又没接住！”瑶华热情爽朗的声音。

这一路走来，小女孩已经不再怕生，她居然和瑶华玩了起来，瑶华像个大孩子一样，和小女孩子玩用嘴接东西的游戏，爆米花被她们丢了一路，开心的笑声响彻黑夜。

“好了，好了，姐姐看不清楚了。”瑶华投降，唉，谁叫她是个近视眼呢。小女孩却玩得正高兴，转向一边的艾梦箐：“那，艾姐姐陪我玩好不好？”

艾梦箐有些哭笑不得，却不忍心拒绝，瑶华适时地上来解围：“乖哦，你和艾姐姐玩别的吧，这样吧，让艾姐姐给你唱一首歌好不好？”

“好哦好哦，姐姐唱吧！”小女孩可爱地欢呼起来。

艾梦箐迟疑着，终于还是轻轻地唱起那首《卖花谣》——

小小姑娘，
清早起床，
提着花篮上市场，
穿过大街
穿过小巷，
卖花卖花轻轻唱……

略带沙哑和湿润的歌声飘散在夜色里，星星闪烁着柔和的光芒。

“哇，姐姐唱得好好啊！”小女孩开心地鼓掌，瑶华也跟着叫好。忽然“扑通”一声，艾梦箐一惊，原来是瑶华走路不看路，一脚踏进了路边的水坑里。偏偏那个水坑看上去很浅，却是建筑工地挖出来的一潭水。瑶华一脚踩进去，泥水立刻糊到了大腿，艾梦箐赶紧抱住她的身子，费了半天力气才把她像拔萝卜一样拔出来。

瑶华呻吟着，哭丧着脸，大声诅咒着自己的近视眼。

艾梦箐低下头，努力掩饰涌到嘴边的笑意。

好不容易帮瑶华弄干净了，艾梦箐不放心近视的她牵着小女孩，只好自己亲自上阵。

“是不是走不动了？要不要歇一歇？”艾梦箐努力将声音放得冷淡些，却还是掩饰不住关切。

“不，我走得动。”小女孩神气地挺起胸，“姐姐，不信的话我们可以比赛！”

话音未落，小女孩就冲了出去，艾梦箐愣了一下，也追了上去，不料小女孩很灵活，在建筑物之间东一钻西一拐，艾梦箐又不能像她那样钻过路障和栏杆，只好绕过去，三钻两躲，她发现小女孩不见了，着急地喊起来。

“姐姐我在这里啊！”小女孩忽然从她身后钻出来，拉拉她的衣服。

“为什么这么淘气啊，真担心你丢了呢！”艾梦箐情不自禁地说。

小女孩愣了一下，忽然双手抱住了艾梦箐，用软软的童声说：“姐姐，原来你真的喜欢我哦！像我妈妈一样怕我跑丢了！”然后她踮起脚，对着弯下身子的艾梦箐嘴里塞了几个爆米花，“给你吃！”

艾梦箐心里一热，不知怎么地一慌，爆米花没有咽下去，卡在了气管里，呛得她连声咳嗽，赶来的瑶华连忙帮她拍背，好不容易才止住。艾梦箐看着瑶华，瑶华也看着她，忽然间，两人不约而同地笑出了声。

灿烂的笑容，第一次出现在艾梦箐的脸上！

自从离开孤儿园，进了圣翰，艾梦箐还是第一次开心地笑！

“小薇，小薇——”海滩边，一个瘦削憔悴的妇女发狂般跑过来，抱住小女孩又亲又吻，又哭又笑，“你跑到哪里去了啊，吓死妈妈了，你要是不见了，妈妈也不活了！”

瑶华欣慰地呼出一口气，终于找到啦！看着母女团聚的一幕，她不由得取下眼镜擦了擦湿润的眼眶。

“妈妈——小薇好想好想妈妈……”小女孩抱着妈妈，一声声地喊，“妈妈——”

艾梦箐站在一边，发自内心的欣喜渐渐被深重的痛苦掩盖……

那些她努力要忘记的片段，又浮浮沉沉涌上来……

“老婆，这是你最爱吃的石斑鱼，我特地一大早去天星码头，从一个准备进城的渔民手里买的，特别新鲜，你尝尝！”一个瘦小的男子，系着围裙站在餐桌前，迎接着回到家的女人。他的脸色憔悴，眼睛里布满红红的血丝，下巴上的胡子多日未刮。

女人站在餐桌前，穿着一身紫色的连衣裙，还系了一条紫色的发带。她把白色的外套脱下来，轻轻地甩了甩头发上的雨水，眼睛里是晶莹的光芒。

“阿明……不要对我这样好，不值得，发生了的事情，就再也没办法恢复原来的样子了。”

“你尝尝啊，很香的！我煲了很久呢，还洒了葱花。”男人似乎没听到女人在说什么。桌子上，那碗鱼散发着诱人的香气。屋子的一角，一个大约两岁的小女孩偷偷咽了咽口水，她的肚子早就饿得咕咕直叫，可是爸爸坚持说要等妈妈回来才能吃饭。

“阿明！难道你还不懂吗？不要对我好——”女人痛苦地用手按住疼痛欲裂的额头，“你这样……叫我怎么办，你这样只会给我压力。”

“只尝一口……一口好吗？”男人脸上堆起苦涩的笑，“就喝一口……”

“我爱上别人了，你懂不懂！”女人失控地叫起来。

男人怔了怔，突然用力举起那碗鱼，重重地往地上摔去！“啪”的一声响，瓷片和热汤四散，女人急忙躲开，还是被弄脏了裙子。

小女孩蜷缩在角落里，吓得大声哭起来。

“不许哭！”男人转过头一吼，小女孩吓得只好憋着气，却忍不住脸上滚滚而下的眼泪。

“我想如果我没记错的话，今天是我们结婚两周年纪念日！”男人挥舞着双手，“这个家就没有一点值得你留恋的东西吗？你就这样每天公开去见你的情人吗？”

“我——”女人绝望地，“我对不起你，但是，我不能控制自己……”

“滚——”男人抓起汤勺对着女人摔去，但在愤怒中并没有瞄准，那个勺子重重地飞到了一边的女儿头上，顿时疼得她眼冒金星，本来已经抑制住的抽噎终于变成恐惧的大哭！

“哇——妈妈——”

“小箐！”女人冲过去将孩子抱在怀里，揉着她头上的包，轻轻地吹气。

“滚！立刻！马上！滚！”男人拉扯着女人，“不要假惺惺的了，既然这个家已经没有值得你留恋的东西，你立刻滚！滚啊，滚到他那儿去！”

女人再一次吻了吻女儿的额头，紧紧地把她抱住，把整个脸埋进女儿散发着孩子体香的前胸，那里的衣襟顿时湿了，她抬起头，不敢再看女儿一眼，转身便走！

“妈妈……妈妈你不要走啊……”女孩子用两只手紧紧地拉住女人的衣角，“妈妈你去哪里啊，带小箐一起……”

女人的脸苍白得像个幽灵，她掰开女儿的手指……

一根……

又一根……

两只小手绝望地松开了……

女人没有回头，任凭身后传来女儿哭叫的声音，以及男人受伤的咆哮和摔砸东西声……

她始终没有回头……

妈妈……

“妈妈，是这两个姐姐送我回来的。”小女孩终于依依不舍地离开了妈妈的怀抱，指着边上的瑶华和艾梦箐说。

中年妇女这才发现自己的疏忽，她抱歉地、感激地转向她们：“谢谢你们！太谢谢了！我……我真不知道说什么好，快进来坐，吃了饭再走吧！”

“谢谢阿姨，我们吃过了，时间也不早了，我们还是回去了！”艾梦箐抢着回答，似乎不愿意再逗留下去一样，不顾中年妇女的挽留，坚决地拉着瑶华离开了。

“你在想什么？从回来你就一句话不说。”李瑶华在快到学校的一个面点屋前停下来，看着艾梦箐，“刚才你不是还很开心吗？”

艾梦箐勉强做出一个微笑：“没什么。”

“嗯，那我有件事情跟你说。”

“什么？”

“就是……”瑶华不好意思地托了托眼镜，“我们做朋友好吗？我上次就跟你说过的，今天的事情证明，我们还不是一般的有缘啊，这是注定的。所以，我就再说一次啦。”

艾梦箐思索着，没有回答。

“喂，你不要那么快就拒绝啦，虽然你看上去不是很好相处，但是我觉得你这个人其实真的蛮好的！”瑶华期待地看着她，“对不起啦，刚才那么大声骂你冷血，我跟你道歉好不好？”

艾梦箐秀气的眉毛轻轻一挑，突然问出一句让瑶华摸不着头脑的话：“你为什么要那么热心地去帮助别人呢？”

“这个……帮助就是帮助，哪有那么多为什么啊？”单纯的瑶华不知道如何回答。

“总该有个理由吧？”艾梦箐的眼底闪动着困惑。

“理由……”瑶华抓抓头发，忽然觉得这个问题问得特别傻，“我真不知道你所谓的

理由是什么，你干吗想那么多呢？帮助人，自己也就开心了啊。”

“真的？”艾梦箐疑惑。

瑶华好气又好笑：“你刚才不是也笑得很开心吗？”

“可是……”艾梦箐继续沉浸在自己的思路里，“如果人家拒绝你的帮助，甚至，甚至反过来伤害你，那怎么办？”

瑶华发现平日冷冰冰的艾梦箐像是忽然变了一个人，脱去了伪装后，她就像一个迷失的孩子，嗯，就像刚才等着人带路的小女孩！瑶华忽然觉得自己应该好好去关心这个女孩。于是她挺一挺胸，一口气嚷了出来：“你为什么要想得那么多，活得那么累呢？你帮助别人是自愿的，只要你觉得快乐就OK，更何况世界上大多数人是善良的，你帮助他他也会对你好，你以为每个人都像你……像你……”瑶华忽然忘记了事先想好的话，看到艾梦箐的黑衣服，便冲口而出地说，“像你一样黑暗！”

话一出口，她急忙捂住自己的嘴巴，怎么搞的，自己是要和她交朋友哎，怎么说出这样不中听的话，完了，她小心地看着艾梦箐的脸色，这下她一定生气了，笨啊！

“黑暗？”艾梦箐却并没生气，也没有转身离开，只是迷惑地看着她。

还好，瑶华急忙补救：“我是说，看你平时在学校里，话也不说，人也不理的，又穿着黑衣服，就觉得你内心好封闭的样子，你不热爱生活吗？生活是美好的，就像衣服一样，只要你愿意就可以穿很多种颜色，为什么要把自己封闭起来，只穿一种呢？这样闷着会得病的，我是真心为你担心啊！”

艾梦箐竟然不知不觉地低下了头，发出一声叹息：“可是……我已经习惯了……”

“不好的习惯也可以慢慢纠正啊！”瑶华急忙说，“只要你愿意的话，你和我做朋友，我保证你会越来越开心的！”

“真的？”

“我说了这么一堆话你还问我真的假的啊？”瑶华干脆把手伸给艾梦箐，“来吧，成交！保证你不会亏本！”

艾梦箐抬起头来，长发飞舞，她耳朵上的蜥蜴耳钉在夜色里闪闪发亮。她看着瑶华伸过来的手，自己紧握的双手终于分开，右手也一点点、一丝丝地“移”过去……

终于……

两只友谊的手紧紧握在一起！

“呼，你呀，害我一直伸着手不敢动，我的手都酸了！”瑶华活动着有些麻木的手。

艾梦箐又忍不住笑了，她惊异地发现，自己今天笑的比这十九年来还要多。

CHAPTER 3

恋恋物语

艾梦箐独自坐在长椅上，轻轻地颦着眉头，望着洛晨熙，努力要抵挡什么，可一种酸酸热热的东西还是毫不留情地注入了她的心，然后蔓延开来……

小雨在玻璃窗上呻吟着，风在低低地叹息着，一场秋雨一场寒，地上已经全是泥泞和落叶。

这是一片违章修建的棚户区，一间又一间的小木屋毗邻而建，密密麻麻的像许多杂乱堆积着的积木。地下是厚厚的泥浆，大大小小的泥潭。

一盏路灯下，许多小孩在雨中踢着足球，浑然不管那地上的积水和天上的雨雾。

一间木板房子里透出昏黄的灯光，木门没有关严，留了条缝隙驱除那一股潮湿的、腐败的霉味。房间大约只有十平米，地上堆满纸箱、报纸、书……和各种杂物，然后就是四壁萧然。再有，就是屋顶在漏雨，一个盆子放在屋子正中接着雨水。那雨水一滴滴落在盆里，发出单调的、不规则的“噗噗”声。

房里有一张木板床，上面杂乱地堆着脏兮兮的破棉被。一个女人正坐在床上望着窗外的雨发呆，她不过三十七八岁，头发却已有微微的花白，从眉目和白皙的皮肤之间依稀可以看出她当年清秀的容貌，但是曾经的鹅蛋脸早已深深地凹了进去，往昔的杏眼里也只有一种呆滞的微光。

“妈妈，饭热好了，我去烧开水。”一个柔和的声音响起来，如果不是妈妈叫出他的名字，没有人相信他就是那个凶神恶煞的洛晨熙。此刻，他所有的暴戾全都不见了，脸上只有关切和温柔的神情。

洛晨熙将水壶放在炉子上，然后折回来，见到妈妈的手在颤栗，他知道妈妈的风湿又犯了。他端起碗一口口地给妈妈喂饭，一顿饭完毕后，炉子上的水也开了，洛晨熙熟练地将水倒进一只塑料盆里，多余的灌进了一个破旧的暖壶。然后他封好炉门，端着盆子回到床前，轻车熟路地帮妈妈洗脚。

“让我自己来吧。”程洁然望着儿子额头上的汗水，不忍地说。

“没关系，热水泡一下脚会好很多，我看这雨明天就会停，你的关节也就不痛了。”

“晨熙，最近在学校里好吗？老是往家里跑，耽误了你的功课吧。”程洁然想伸手抚摸一下儿子的头发，但是手刚一动，就酸痛无力地垂了下去，只能用目光爱抚着儿子。忽然她发现洛晨熙的指关节上有几处被磕伤的痕迹，不禁着急起来：“你……你又和别人打架了？”

“没有，妈妈，是我打篮球的时候弄伤的。”洛晨熙流利地回答。

“没有就好……打篮球要小心啊，你都这么大了，长这么高。妈妈不是个好妈妈，有时候都忘记了自己在干什么……”程洁然深情地望着儿子，眼睛里渐渐幻化出一种迷惑的光芒，洛晨熙暗想不妙，“妈，你又乱想了？”他担忧地问。

“晨熙，你今年是……十九了吧？”程洁然的声音越来越低。

“是，明天是我的生日。”

“生日……都十九年了……”程洁然的眼神越来越空洞，似乎散了开去，“十九年了……十九年了……”

忽然，她发疯般地拉住洛晨熙拼命摇晃：“你为什么要走？为什么要离开我们母子？你这个无情无义的家伙，我真是错看你了，你居然真的丢下我们不管，跟那个臭婊子跑了，那个野女人，不要脸的贱货！我杀了她，我杀了你，我把你们统统弄死，统统弄死！！！”

“妈，妈！”洛晨熙深情呼唤着，他知道妈妈的精神病又犯了。自从他长大后，她就经常把他当成父亲，时不时这样发作一阵，严重的时候还会在街上乱跑。他只好任凭她撕扯着自己，一声声叫着：“妈，妈，你看清楚，是我，我是晨熙，我是你的儿子啊！”

程洁然发作一阵后，关节的疼痛渐渐使得她清醒过来，“晨熙……你是晨熙……”她努力整理着头脑里的思绪，“我们这是在哪里啊？”

“妈，在家里！在我们家里。”洛晨熙立刻拿出一串钥匙，对着程洁然拼命摇晃，叮当作响，“这是家里的钥匙啊，我们在家，一切都好好的！没有人欺负你！”

程洁然望着那串钥匙，突然抱着洛晨熙大哭起来：“儿子…………你知不知道……这些年，妈妈实在是太苦太苦了……”

雨渐渐小了，洛晨熙好不容易把妈妈哄睡着。

他走到玻璃窗前，望着外面灰黑的天。在确信妈妈已经沉沉睡去后，他点燃了一支烟，对着潮湿的玻璃窗轻轻地吐出一口。

烟雾笼罩，他的脸上没有了往日的嚣张和霸道，只是一种深深的忧郁。

他好几天没有去学校了，他对自己说是担心妈妈，可是，他内心知道，自己是在下意识地回避和艾梦箐见面的机会。

他又想起了自己对她的一连串欺凌，以及那天他一反常态地赶走雪雯的事情，他始终没明白自己为什么会那样做，只是他知道自己没有后悔过——

“你是个没有父母的野孩子！”他似乎又听到杨雪雯的诅咒，“你连人家的男朋友都抢！”

洛晨熙深深地吸了一口烟，似乎找到了一个理由给自己，他是为安子为才去救那个丫头的。不是吗？看看雪雯气得发疯的样子，就知道安子为肯定是喜欢艾梦箐了，大哥喜欢的女孩子，他做兄弟的当然要帮忙！

大哥喜欢的女孩子——

洛晨熙这样告诉自己，他觉得一直压在胸口的石头落下了些，但是另一块石头又悄悄地压上来。

他那英挺的脸上，渐渐有了一丝他自己也不知道的惆怅……

忽然，门外传来轻微的汽车声，洛晨熙回过神来，才发现烟蒂快要烧到手指，他低低诅咒了一句，看看床上的妈妈，然后轻轻地走了出来。

天桥上，两个少年喝着啤酒，雨后的空气清新湿润。

“为什么好几天没来上课？”安子为担忧地看着洛晨熙，“阿姨的病……是不是严重了？”

“老样子，有时候发作一阵，不过最近她又犯了风湿，虽然我常常会刺激到她，但我还是想多陪她几天。”洛晨熙解释着，忽然觉得自己话说得有点多了。

安子为没有在意，他打开宝马的车门，从里面取出一个纸盒，纸盒里是一套黑白相间的运动装：“送你的生日礼物！生日快乐！”接着他又拿出几听啤酒，“来，我们喝酒聊天。”

“谢谢大哥！”洛晨熙接过纸盒，这就是安子为——他最信任的人，最好的大哥。自己的生日只有他知道。

“晨熙，有件事情，我要问问你。”安子为轻轻啜了一口啤酒，“你，不会怪我插手管你的事吧？”

“你是说——艾梦箐？”洛晨熙有点费力地吐出这三个字。

“嗯。”

“别傻了大哥！”洛晨熙粗声说，仿佛满不在乎，“那次还幸亏你赶到，不然我头脑一发热，真的弄出人命来就惨了，谢你还来不及呢！怎么会怪你？”

“可是——”安子为欲言又止，似乎在酝酿着语言，终于下定决心，“可是，如果我管她的事情管到底，你会不会介意呢？”

“你是说——”

“我的意思是，我知道你很气她，但是，可不可以看在我的面子上，以后不要再针对她了，就这么过去算了，好吗？”

洛晨熙没有马上回答，似乎陷入一种奇怪的思绪中。

“晨熙……”

“好，大哥，我答应你！”洛晨熙一仰脖子，灌下一大口酒，“只要是大哥说的，我一定做到！你放心。”

“晨熙！”安子为感动地说，“你真的不怪我？”

“怎么会呢，你一直是我最好的大哥！”洛晨熙发自内心地说，“要不是你，恐怕我早就冻死在雪地里了！”

安子为用力拍了拍洛晨熙的肩膀，脸上流露出欣喜，然后继续喝着啤酒。洛晨熙又点了一根烟，一时间，两人谁也不说话，只有夜的触角温柔地伸张开来。

良久，洛晨熙终于试探着问：“大哥，你是真的喜欢那个丫头吗？”

安子为的呼吸忽然不平稳起来，他紧紧握着易拉罐，慢慢地说，“我想……也许是……”

“我第一次见到她，是在新生报到那天，她穿着一件黑衣服，戴着太阳帽，耳朵上有一只蜥蜴耳钉，真是奇怪的女孩子，那天我就注意到她了……”

在多年的兄弟面前，安子为终于袒露心声。

“后来……我一直观察着她，她真是奇怪，谁也不答理，话也不多说一句，很拽的样子。但是当我看她的眼睛，又觉得她似乎是个很需要保护的女孩，我也不知道为什么，她越是冷，我就越是想看她笑，她笑的时候一定很好看，可是我从来没看她笑过……学校里有那么多女孩子，我知道很多人对我好，尤其是雪雯……”

安子为忽然想起什么：“你知道吗？雪雯和我闹了一场，女孩子的感觉有时候就那么敏锐，她知道我喜欢艾梦箐，她点穿我，我挺生气的，赶她出去，我从来没对她那么凶过，感情的事情，实在勉强不来……”

洛晨熙静静地听着，却始终没有和他有眼神交流，他不敢看大哥幸福的样子。

“雪雯是对我好，我赶她走的时候，没想到她的感受，只是担心她会不会一气之下去

伤害艾梦箐！”安子为长长叹息，有些惆怅，但更多的是痴迷。

洛晨熙的手一抖，一大截烟灰落在衬衣上，他似乎要开口说什么，但是又咽了回去，继续听着安子为自言自语。

“一直知道你和她有过节……也知道你怎么捉弄她，当时，我也想看看她会有什么反应，可是这样倔强的女孩，我还真是第一次遇见！”

“我……也是。”洛晨熙从喉咙里嘀咕出了一句，声音低得只有自己能听见。

“接着，就是那天……有人告诉我那件事情，当时我真的吓坏了，我开车冲到那里，怕来迟了出什么事情，一路上我都在想，希望她平安，我还有很多话要对她说，她一定要听我说，我才知道原来她在我心里已经那么重要了。那种感觉，是我十九年来第一次体会到的，我觉得很幸福……原来喜欢一个人可以那么幸福……”

“真的，很幸福……”安子为重复着，似乎沉醉在一个温馨的梦里，洛晨熙垂手而立，一语不发，安静地听着，努力地微笑，只是那微笑没成形就消散了。

“几点了？”安子为突然从沉醉中清醒过来。

“十二点！”洛晨熙隐藏起脸上的尴尬，趁机说，“不早了，大哥，我们回去吧。”

“何必那么急？明天是周六。”

“妈妈一个人在家我不放心，何况明天一早我还有些事情，我得早点休息。”

“那好吧，好好照顾阿姨！再见！”

“再见！”

早上九点，一个微微寒冷的阴天，路上还残留着积水和落叶。

罗莎孤儿院里，孩子们三三两两地在操场上自由活动，有的在老师的带领下玩着游戏，有的手拉着手窃窃私语，还有几个孩子正在练习少儿英语口语，清脆的朗诵声越过了高墙，飞进艾梦箐的耳朵里。

艾梦箐隔着铁丝网，在墙上爬山虎的掩映下，静静地打量着那些孩子们。

虽然绝大部分孩子都在兴高采烈地游戏和学习，但她敏锐的眼睛还是看到，有几个小女孩孤独地坐在一边，摆弄着手里的玩具，似乎不合群的样子。

“唉！”艾梦箐突然长叹一声，想起十二年前的自己——

玛利亚孤儿院里，七岁的艾梦箐独自缩在一角，望着满操场嬉闹的孩子们发呆。

“为什么不和小朋友一起玩？艾梦箐？”一个身材修长的修女走过来，手上拿着一个洋娃娃。

“我想回家。”小艾梦箐低声说，“我要妈妈。”

“这里就是你的家了，如果你愿意，可以把我当成你的妈妈。”修女笑吟吟地上去拉起小艾梦箐的手，试着把娃娃塞进她手里，“来，一起玩吧！”

“这不是我的家！”艾梦箐小脸冰凉，“我要回家！你也不是我妈妈！”

“可是……”修女欲言又止，“你能去哪里呢？你这么小，还是留在这里和小朋友一起玩吧！”

小艾梦箐眼中闪烁着倔强，突然将洋娃娃丢得老远，“这不是我的家，我不喜欢这里，也不喜欢你！”

修女看着小艾梦箐跑开的背影摇头叹息……

罗莎孤儿院的院长办公室里，四十多岁的秦院长正翻看着桌子上的表格发愁。

义工人手越来越少了，就在前两个月，一个女孩子考上了外地的大学，离开了这座城市，另一个女孩子结婚度蜜月去了，后来就不见了踪影。唉，像这样一时好奇，来做几天义工，又吃不了苦跑掉的女孩子实在太多了！当这是好玩的事情吗？

忽然，桌子上的电话发出“嘟嘟”声。

“秦院长，有个姓艾的女学生，说是想做义工，”前台接待员甜美的声音传了过来，“您要见她吗？”

“带她来吧。”秦院长说。

几分钟后，一个一袭黑衣的女孩子出现在秦院长面前，扎着马尾，露出清秀的脸，耳朵上，一只蜥蜴耳钉闪闪发亮。

“我想报名做义工。”女孩轻轻地说，秦院长觉得她似乎有点紧张，她指了指沙发，“坐吧！”别的女孩子来做义工，都是满脸兴奋和好奇的神色，而这个女孩子似乎有点不同。

“你为什么想做义工呢？”

“嗯……我想让孩子们快乐，也想让自己快乐。”女孩思索了一下，回答。

秦院长觉得她的回答有点公式化，但是“也想让自己快乐”的说法还是让她很满意，毕竟只有自己找到工作的乐趣，才能长久地做下去。

“你叫什么名字？”

“艾梦箐。”

“好，艾梦箐，做义工光有热情是不够的，还需要有一定的耐心。不瞒你说，很多女孩子来的时候是兴致勃勃的，接触了以后发现这工作并不是想象中那么美好……这样吧，”秦院长沉吟了一下，“我先对你进行一些常规的义工测验吧。第一个问题，你觉得孤儿的心理是怎么样的？”

“极度地怀疑自己，否定自己。”

“哦？”秦院长的眼镜闪烁起了光芒。

“他们也许会不断地问：‘我究竟做错了什么？为什么爸爸妈妈都不要我？我是不是长得很丑？我是不是一个坏孩子……’”

“那么，你认为孤儿最需要的是什么？”

艾梦箐自然地回答着：“他们需要的是关心。不只是物质上的，还需要心理上的，他们需要被别人肯定，被别人赞赏，被别人需要……”

“如果一个孤儿突然不见了，你将采取什么样的措施去寻找？”

“我会先看看院里所有隐蔽的角落，”艾梦箐淡淡地一笑，有点苦涩，“一般来说，他们不可能跑回家去，因为他们清楚地知道自己已经没有家了，但他们一般都会找一个属于自己的私密角落，不为大多数人知道的地方藏起来，在那里他们可以安慰自己……”

秦院长满意地轻轻点头。

“不错。你显然很明白他们的心理，如果方便的话，你现在可以先去熟悉一下环境，然后我们再谈好吗？”

“嗯，我这就去。”艾梦箐微笑点头，然后随着院长走出办公室。

“哎，松手啊！”

艾梦箐无奈地挣脱一个孩子的手。才走到院子里，就被一个蒙着眼睛捉迷藏的小男孩抱住了。

小男孩松开手，拉下蒙脸的布，看到不是他要捉的人，不由失望而好奇地问：“你是谁？”

“我……”艾梦箐突然不知道怎么回答。

“我和你一起玩吧。”她想了半天只说出这句话。

“你会玩什么呢？开火车？丢沙包？变魔术？”

“我……”

“你什么也不会，不和你玩了！”小男孩转身跑开了。

一边的秦院长微微皱起眉头。艾梦箐有点慌乱，于是拉住一个路过的小女孩说：“姐姐教你读书好吗？”

“现在不是学习时间啊！”小女孩好奇地看着这个陌生的姐姐，“而且我也不认识你啊！”

艾梦箐不知所措。

“现在快到中午吃饭时间了，”秦院长上来解围，“去参观一下食堂吧。”

食堂里，艾梦箐努力地学着给孩子们打饭打菜。

“不要打得太多，孩子会消化不良的。”秦院长忍不住提醒，因为她见到孩子们的队伍还有一小半，而锅子里的菜几乎见底了。

艾梦箐一紧张，勺子脱手掉进了锅里……

“报告姐姐，阳阳尿裤子了。”

艾梦箐冲上前去，脸色发红，“你刚才不是已经去过了吗？”

“刚才去的是我哥哥，不是我——哇——”小嘴一咧，男孩子哭了起来。

“姐姐，他们是双胞胎。”

“哥哥脸上有颗痣，弟弟没有。”

“这样啊，姐姐带你去换裤子。”艾梦箐环顾四周，“你的房间在哪里？”

等到她把小男孩的裤子脱掉时，小男孩又哭了。

“呜……我没有裤子了，我的裤子都洗了。”

“哎呀，这位义工，你不可以让孩子光着屁股站在地上哭，会着凉的！”清洁工路过门口。

……

艾梦箐不知如何是好。

艾梦箐狼狈地坐在秦院长的办公室里，秦院长的眼神却很慈祥。

“你对孩子的心理很了解，你也确实是真心想做义工，”她拍拍艾梦箐的肩膀，“我在这里工作了十几年了，见过的人很多，我看得出来你是个好女孩。”

艾梦箐抬起头看着这位慈眉善目的中年女人，秦院长又笑了，“不过你欠缺一些经验，不要紧，我找一个老义工带你几次，你就熟了。”

秦院长拿起桌子上的电话。

“小洛吗？……对，对……在路上了？好的，今天有个女孩子来做义工，我看她挺不错的，一会儿麻烦你带她一下，嗯，就这样了。”

“请稍等会儿，”秦院长挂了电话，用眼神鼓励着艾梦箐，“不要紧张，你可以做好的！”

艾梦箐局促不安地坐在院长办公室里，十多分钟后，响起了敲门声。

“请进。”

艾梦箐慢慢抬头，和进来的男孩四目相对，两人都惊得呆了！

来者正是——洛、晨、熙！

洛晨熙有三分仓皇，三分恼怒，更有三分好奇，三分震惊。

怎么会是她？

是她——艾梦箐！没错，她居然还戴着那只该死的蜥蜴耳钉，也不怕吓坏小孩子！怎么会在这样的环境下遇见她？她是神经短路了还是吃饱了没事情做，居然跑来孤儿院做义工？

慢着——

他震惊的思绪渐渐平复，猛然想起雪雯对她的咒骂，想起了骂过她“孤儿院跑出来的野丫头”。

可——她即使要做义工，也应该回自己的孤儿院吧？她偏偏跑来自己做义工的地方！真是撞邪了！

……

自己越是想避开她，却越是要碰上！

艾梦箐却除了震惊，便再找不出别的情绪了。

刚才隐约听到院长说“小洛”，可就算她把全世界姓洛的人翻个遍，也不会想到“小洛”就是洛晨熙。

院长居然让一个恶霸做义工！

他……

不会一发火就把孩子从楼上丢下去吧！

艾梦箐想拔腿就走，但天生的倔强又使她站住不动，不能让他觉得自己是害怕他。

“怎么回事？你们认识吗？”秦院长看出两人之间气氛诡异。

“但愿我从没见过她。”洛晨熙挤出低声的诅咒。却不敢在这位院长面前无礼，“她是……”他脑子里掠过一串称呼：扫把星，倒霉鬼，该死的女人，大哥看中的女孩……

“我的……同学！”

艾梦箐像雕像一样站着不动。

“真是巧啊。”秦院长开心地笑了，“那我更放心了。”她慈祥地拍拍洛晨熙的肩膀，“带她去吧，她是一个很善良的女孩，你要好好带她。”

“哦！”洛晨熙的喉结颤动着，他突然觉得口很干，还有，心跳很快！

面无表情地把艾梦箐带出院长办公室后，洛晨熙一句话也没说，就开始按部就班地做起自己的事情来。

从头到尾，艾梦箐都被晾在一边，可又不能像前几次那样转身就走，只得拉开些距离看着他的一举一动。

带着一丝不屑的她，发现了许多让她惊愕的事情——

“噢……洛哥哥来了！”孩子们争相涌了出来。

“洛哥哥，我们好想你啊！”

“洛哥哥，你快变魔术啊！”

“我们玩捉迷藏好不好？”

艾梦箐像见到鬼一样捂着嘴巴，不可置信地看着洛晨熙脸上露出的温和笑容。

“好，变魔术、捉迷藏……但是，你们的作业都做好了吗？”

“做好啦！”十几只小手齐齐举了起来。

“我们不要跟你玩！”艾梦箐忽然发现几个小女孩围着一个小女孩在争吵。她连忙赶过去，“为什么啊？干吗不跟小燕玩？”

“她臭死了！”

艾梦箐想了想，“她臭的话你们也不能不跟她玩。”

“就不跟她玩！走开——”一个小女孩动手一推，小燕一还手，两人打成一团，艾梦箐拉也拉不开。

洛晨熙正在用扑克牌表演魔术，所谓的魔术，无非就是把牌以飞快的动作藏进袖子里去，再倒换到另一边，但孩子们不明就里，都一脸崇拜地看着他。

他眼角的余光看到了这边发生的事情，立刻赶过来，看也不看一边手足无措的艾梦箐，而打架的两个女孩子见到他，却都乖乖住了手。

“为什么不和小燕玩？”洛晨熙问。

“小燕身上有种味道，臭死了——呼，好臭！”动手的小女孩抢着说。

洛晨熙带点严肃地望着她们，“你们说小燕臭了吗？”

“没……没有。”

“不可以说小燕臭的，否则你们就会和她一样臭，一样没有人跟你们玩了。”

“呜……”另一个小女孩忽然哭起来，“那怎么办，我已经说啦。”

“说了也没有关系，只要你向小燕道歉，以后不说她臭，那么她慢慢就会和你们一样，到时候就不臭了。”

“真的吗？”

“真的！”洛晨熙抱起一个人孤独地站在一边的小燕，艾梦箐立刻闻到一种类似狐臭一样的味道从她身上散发出来，她差点要捂住鼻子，但是洛晨熙却毫不犹豫地抱着她，大声问：

“哥哥身上臭不臭？”

“不臭啊！”几个小女孩吸吸鼻子。

“对啊，那是哥哥从来不说小燕臭，哥哥就不臭。你们只要不说她臭，多和她玩，她也会不臭了！”

“这样啊，那，以后我就不说你了，小燕。”动手的小女孩不好意思地吐吐舌头。

“我们跟你玩！”

“嗯，都跟你玩，你要快点不臭喔！”

艾梦箐转开头，不想让洛晨熙发现自己眼睛里藏不住的赞许之色。

下午三点。

艾梦箐坐在教室外面的长椅上，若有所思地看着洛晨熙带着孩子们玩老鹰抓小鸡的游戏，他被汗水打湿的刘海贴在脸上，开心地笑着。

完全不是那个嚣张凶狠的他。

艾梦箐越来越疑惑了。

“听说你是小洛的同学？”一个声音在她身后响起，两位女教师笑吟吟地看着她。

艾梦箐站起来，勉强地点点头，让出长椅给她们坐。

“别客气，你也坐。”一位女老师拉她坐下，“小洛可是个好孩子，这几年一直在这里做义工，真是难得。”

“几年？”艾梦箐吃惊地问。

“是啊，你不知道吗？”女教师赞许地微笑着，“他这三年一直在这里勤勤恳恳地工作，非常有爱心，是个特别好的孩子！”

“……”艾梦箐不知道该说什么好。

“其实，他的身世也很可怜的！”另一位女教师叹了一口气，“大概是因为爸爸走了，妈妈疯了，自己也有被抛弃的感觉吧，他是真心喜欢这些孩子，孩子们也喜欢他！”

艾梦箐浑身掠过了一阵震颤，她鼓起勇气想要问什么，可是上课铃声响了。两位女教师匆忙地站起来，其中一位还不忘抛下一句：“你就跟着他好好学习吧，相信你一定行的！”

艾梦箐独自坐在长椅上，轻轻地颦着眉头，望着洛晨熙，努力要抵挡什么，可一种酸酸热热的东西还是毫不留情地注入了她的心，然后蔓延开来……

太阳不知道什么时候出来了，一线金色的阳光闪耀着她的眼睛。

“你这一天到哪里去了？我早上起来就找不到你，发短信给你你说很忙，忙什么啊？”艾梦箐回到宿舍时已经是华灯初上，瑶华坐在自己的床上，一脸的关切。

艾梦箐的眼眸中不由得流露出一丝感动，她放下双肩背包：“我去罗莎孤儿院了……去那里做义工。”她迟疑了一下，还是没有把碰到洛晨熙的事情说给朋友听。

“哇？义工？”瑶华吃惊地张大嘴巴，“我没听错吧？你失踪了一天，就是去做义工？累不累啊？你怎么突然想到去做义工的？下次带我去好不好？”

艾梦箐的脸色竟然微微泛红：“你说过……帮助别人自己也会快乐……”

“对哦！是我说的！”瑶华兴奋起来，“我这个人还蛮会说话的对不对？居然可以让你听进去，而且你真的那么做了！啊，我太高兴了！我好有成就感啊！”她眉飞色舞地说着，单纯的脸上露出热情的笑容，不知不觉感染了艾梦箐，她也跟着笑了。

“你这么做真的很好，要不了多久，你就会和我一样，快乐起来，阳光起来的！”瑶华肯定地下了结论，对朋友的关心又使得她想到另一个问题，“不过，下次你出去，一定要告诉我去哪里了，否则我会担心的。”

“呵，我这么大人了，你放心吧，我真的一直很忙才没有顾上和你联系。”艾梦箐宽慰着瑶华。

“怎么放心啊，你一天都没消息，我还以为又是洛晨熙把你绑架到什么地方去了呢，

想起上次的事情我就觉得恐怖！”瑶华担心地说着。

听到“洛晨熙”三个字，艾梦箐的脸色有些古怪，瑶华也注意到了，“你是不是太累了？那你休息吧，我走了。”

“哎，等一等！”

“什么？”瑶华诧异地看着她。

“嗯……你为什么老是担心我被他……被洛晨熙绑架什么的？”艾梦箐有点含糊地问。

瑶华想也不想地回答，“因为他是个魔王啊！学校里有谁不知道他的厉害，你得罪了他，他自然不会放过你。”

“他真的这么凶狠？”艾梦箐像是在问瑶华，又像是在自言自语。

瑶华急了，觉得艾梦箐吃苦不记苦，“你别以为他这几天没来找你麻烦，事情就算过去了啊！他这样恶毒的人，想要整你，随时都可以！你见到他一定要躲开！”

“如果躲不开呢？”艾梦箐低声含混地说。

“哎呀！总之他要多可怕就有多可怕！”瑶华急得眼镜差点从鼻梁上掉下来，“他简直是无恶不作、专横跋扈、蛮不讲理，恶……”瑶华发现自己的成语快用完了，“恶贯满盈！”她想起了金庸小说里的“四大恶人”。

艾梦箐咬住嘴唇，低下头装作整理头发，不让瑶华看到自己脸上的表情。

“反正你不要惹他，记住我这句话，不、要、惹、他！”瑶华重重地叮嘱着，“好了，我回去了，你早点休息！”

艾梦箐躺在柔软的床上，黝黑的长发散落在雪白的枕头上。

是真的累了……这一天的紧张、震惊、疑惑使得她一直像绷紧了的弦，还有……还有一种莫名其妙的不宁心绪……

可为什么睡不着呢……

艾梦箐翻了个身，眼前出现了一个黑衣少年的影子……

蛮不讲理的洛晨熙，诬赖她用球踢她，拧住她的下巴……

残忍暴戾的洛晨熙，在她的抽屉里放蛇，将她关进雪柜车……逼她要么求饶要么跳楼……

可是，当她被雪雯欺负时，他却莫名其妙地救了她……

艾梦箐又想起今天的事情。

彬彬有礼的洛晨熙，站在院长面前……

温情脉脉的洛晨熙，开心地和小朋友们在草地上玩……

老师们说，他这三年来一直在这里勤勤恳恳地工作……

艾梦箐的心越来越烦乱，从没有过的感慨抓住了她……这个男孩子，到底是什么人啊，他怎么可以同时化身为魔鬼和天使呢？到底哪一个才是真正的他呢？

几乎一夜没有睡好，直到天快亮，艾梦箐才迷迷糊糊地进入梦乡，但没多久就被闹钟惊醒了。

今天是周日，还是得去做义工。

去，还是不去？

艾梦箐犹豫了一下，还是从床上爬起来。她觉得有点不舒服，镜子里的自己因为失眠而脸色苍白，大眼睛下面有些许阴影。

她花了点时间来梳洗，还特意扑了一点点粉底，涂了一点唇彩，把头发高高地束起来，让自己看上去精神些。

“一大清早就吵人，又是你艾梦箐！”郑波从床围里探出头来。她特别不喜欢艾梦箐，尤其是瑶华居然和她成了朋友，还因为瑶华骂自己不够义气，哼，冷冰冰的样子就叫义气？

艾梦箐照例不屑与她斗嘴，郑波讨了个没趣，“打扮那么漂亮给谁看呢！”

艾梦箐不动声色地往外走，却为了郑波这句无心的气话而面上微微发热，她掏出面纸想擦去唇彩，但又把面纸收回，恢复漠然的样子走下楼。

“这么早啊，小艾！”秦院长微笑着招呼她，“孩子们还在早读呢！”

艾梦箐笑了笑，听着琅琅的读书声从窗户里飞出来，不自觉地开始用眼睛搜寻，脸上居然流露出一丝淡淡的期盼。

很快，孩子们下课了，嬉笑喧闹着从教室里冲出来，而几位义工也陆续到齐了。

艾梦箐发现洛晨熙没有来，心里有些轻松，又有些淡淡的失望。

她摇摇头，似乎要甩掉什么，开始学着给孩子们分发点心，打开水，检查他们的个人卫生。

吃过点心，是自由活动时间。孩子们像小鸟一样，三个一群，五个一伙地在操场上嬉闹，艾梦箐抹了一把额头的汗水，觉得头有点晕，可能是昨夜睡得太少。

她想找张椅子坐一下，忽然发现椅子背后“藏”着一个穿红衣服的小女孩，确切地说，是孤独地蹲在椅子背后，看着地上的泥巴和蚂蚁发呆。

“她叫丽华。”秦院长刚好路过，对艾梦箐说，“来了一个月了，话也不说，也不和别的小孩子玩，怎么劝她也没用。”

艾梦箐难过地看着小女孩，她依旧蹲在那里，好像不知道她们在议论她一样。秦院长看到一边有个孩子摔倒了，便匆匆走了开去。

艾梦箐慢慢地绕到椅子背后，努力让声音显得柔和，“丽华，你在想什么呢？”

小女孩动也不动，木然地望着地，满手都是泥土。艾梦箐想去抱她，“来，姐姐带你去把手弄干净好吗？”

小丽华甩开艾梦箐的手，“我要回家。”

这句话如此熟悉，艾梦箐的心猛然被刺痛，她似乎看到了十二年前的自己，和面前的小女孩一样地倔强，一样地无助，一样地落寞!

“这里就是你的家了……”忽然间，艾梦箐觉得自己又站在了十二年前的角落里，所不同的是她扮演的角色置换了……

艾梦箐一直照顾着丽华，丽华毕竟是个孩子，她的腿蹲得发酸的时候，也就没有拒绝艾梦箐把她抱到椅子上，但无论艾梦箐怎么哄劝，她就是不肯洗手吃东西，也不肯多说一句话，只是重复念着要回家。

艾梦箐无可奈何地去找秦院长，秦院长正站在走廊上笑着看孩子们做游戏。

“小艾啊，累了吧。”她慈祥地说，“我看你这大半天一直陪着丽华。”

艾梦箐有点不好意思地叹息，“院长，真对不起，我真没办法。”

“不要紧。”秦院长显然对这样的事情已经见惯不惊了，“她来这么久，一直都是这样子，话也不说人也不理，她至少还肯让你抱，别人碰她一下都不行。”

“她家里……还有什么人吗？”艾梦箐迟疑着问。

“唉！”秦院长有点难过地叹口气，“丽华原来是在一个很好的家里生活，爸爸是个小有名气的电台主持人，可是却爱上了一个电台新来的工作人员，结果两人在一次驾车出游中不幸遭遇车祸双双遇难，丽华的妈妈实在没有能力抚养她，就把她送来了，自己跟着一个生意场上认识的离婚男人走掉了。”

艾梦箐听得心里满是紧紧的疼，秦院长反过来安慰她，“我想，过上一段时间，丽华总会慢慢好起来的，你也不要自责了——哦，小洛来了！”

艾梦箐情不自禁地抬起头，顺着院长的目光看去。阳光下，洛晨熙穿着一身黑白相间的运动服，正大步而来，金色的阳光在他桀骜不驯的脸上镶了一层细碎的金边，闪烁着点点光芒。

艾梦箐努力抿紧嘴角，但是一丝喜悦之情却依旧从她的大眼睛里冒出来。

他有意无意地往她这里看过来，艾梦箐赶紧把视线移开，但两人还是若有若无地对视了一下，彼此都从对方的眼睛里捕捉到一丝慌乱和尴尬。

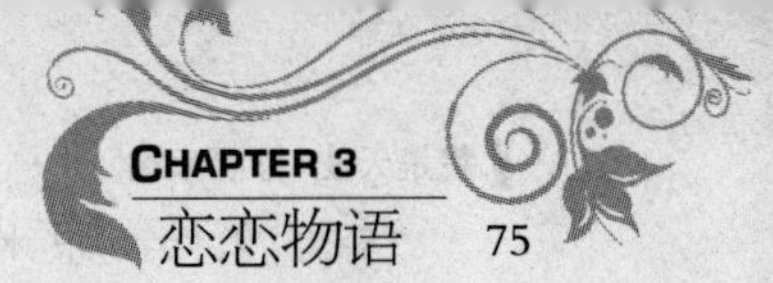

"洛哥哥——"

孩子们照例喜悦地欢呼着扑上去，把洛晨熙围在中间。

"洛哥哥，今天还变魔术吗？"

"洛哥哥，不如你带我们做运动吧！今天舞蹈老师拉肚子了。"

洛晨熙微笑着，"好，那洛哥哥教你们跳舞！"

艾梦箐几乎要笑出来，有没有搞错哎，洛晨熙还会跳舞？

舞蹈教室里，放着热烈俏皮的音乐，洛晨熙带着孩子们跳起舞来。艾梦箐觉得似乎有点眼熟，想了想，应该是《浪漫樱花》里的舞蹈吧，她站在门口好奇地张望着。

洛晨熙越跳越起劲，孩子们跳的动作并不标准，但他没有像舞蹈老师一样去纠正他们，在他看来，孩子们玩得开心最重要了，于是在有着三面大玻璃的舞蹈教室里，孩子们闹成一团。

"小艾姐姐！"一个孩子忽然发现了门口的艾梦箐，不由分说便将她拉了进来。

"一起跳舞啊，好好玩的！"

艾梦箐丝毫没有防备到这一着，顿时脸上烧了起来，"我……"

音乐声盖过了她的话，而她立刻发现，在这样热闹而喜悦的氛围下，实在不可能一个人孤单地站着。孩子们不时地跳到她身边，做出各种舞蹈姿势，她总不能像个木头一样站那里吧！

艾梦箐只好跟着孩子们跳起来，一开始她跳得很简单，只是机械地站在原地轻轻地跟着音乐摇晃，但是随着音乐越来越激烈，她身体里的舞蹈细胞不知不觉地被一点点释放激发，她终于伸开双手，开心地、尽情地跳了起来！

因为她和洛晨熙的舞蹈并不同，但她跳得也十分好看，孩子们就不知不觉地分成了两派，一派围绕在洛晨熙周围，另一派跟着艾梦箐学习。

音乐声中，艾梦箐和洛晨熙身不由己地被孩子们越推越近，两人终于互相对视。脸上竟然不知不觉地露出微笑……

大大的舞蹈教室，透明的玻璃墙，孩子们花朵一样的笑脸……

还有……

一个满脸潮红的女孩，

一个英武帅气的男孩，

他们随着旋律摇摆、相遇、错身、回头、对视……

微笑着……

空气中满是欢乐温馨的味道……

艾梦箐几乎忘记了一切，忘记了身在何处，只是尽情地舞动着，似乎要把隐藏已久的生机和活力一次绽放……

当然，她暂时也忘记了丽华……

谁也没有注意到，一个孤独的，瘦小的身影，正慢慢地爬向二楼……

“来人啊——有孩子要跳楼了！”空中突然爆发出一阵惊吼。

“秦院长！秦院长！”

“丽华，你快下来！”

……

音乐声戛然而止！刹那间教室里乱做一团！孩子们跑的跑，叫的叫，你推我搡。艾梦箐猛然回过神来，看也没看洛晨熙，就冲了出去！

院子里的一幕吓得她心惊胆战，小丽华站在二楼天台的边缘，被风吹得摇摇欲坠，只要再往前一步，就会摔下来！

罗莎孤儿院的二楼虽然不是很高，但下面是水泥地，对于一个七岁的孩子来说，一旦摔下来后果不堪设想！通往天台的地方原本有个小门，一直都是锁着的，为的就是怕孩子们上天台玩失足摔下去，可今天清洁工人一时疏忽，打扫完卫生后居然忘记锁起来！

一时间院里秩序大乱，老师们有的忙着疏散看热闹的孩子，有的大声对丽华喊话。秦院长临危不乱，一边指挥人在水泥地上铺上垫子、棉被等东西，一边吩咐着：“小林，把孩子们马上带回宿舍和教室去！小洛，找绳子出来，小艾你打电话报警——”她忽然发现艾梦箐不见了。再一抬头——

艾梦箐不知道什么时候已经冲向二楼天台！她站在丽华身后，还有一段距离，风吹动她的长发，她的脸因为激动和紧张而烧得通红。

“丽华，听话，快回来。”艾梦箐试着和她对话。

“我不！”小丽华倔强地说，“我要回家！”

“你要回家，就得先下来啊！”艾梦箐一边和她拖延时间，一边悄悄地又向她逼近了几步。

“不！我要回家！要不我就跳下去！”

“你下来，姐姐送你回家好吗？”

“不！你骗我！你们都骗我！”小丽华越说越激动，“这里不是我的家！也没有我的爸爸妈妈！我不喜欢这里！爸爸妈妈不要我了，把我丢在这里。你们也不放我回家！”她语无伦次地嚷着，小小的身子抖得像一片火红的枫叶。

艾梦箐知道只有尽量和她拖延时间，才能趁机冲上去救下她，“姐姐不会骗你的啊！你告诉姐姐你的家在哪里，我保证马上送你回家，好吗？”

“……”

“来，告诉姐姐，你的家在哪里？”艾梦箐又悄悄向前几步，衡量着她和丽华之间的距离。

“呜……”小丽华突然大声地哭起来，一边哭一边喊，“我家原来在一个好美好美的地方，爸爸妈妈都喜欢我，可是爸爸死了，妈妈就再也不要我了，我……我要去找爸爸，我也死，死了就可以找到爸爸了，他会带我回家，我不要在这里……”

她一边哭一边重重地跺了一下脚，这一下使得她失去了平衡，小小的身子整个向着天台外倾斜而去！

说时迟那时快，艾梦箐情急地向前一扑，一只手“捞”到了丽华往下坠去的身子，可是她自己顿时也失去了重心，眼看着就要跟着丽华一起坠下了！

“啊！”惊叫声从人群中飞出。几个胆小的女教师立刻蒙住了眼睛。

在这电光火石的一瞬间，艾梦箐忽然感觉自己空着的手反握住了一样东西，于是她死命地抓紧……

“抓住我！不许松手！”一声粗暴的吼声在她耳边响起。

洛晨熙不知道什么时候来到了天台，在艾梦箐扑上去救丽华的时候，他也扑出去抓住了她的手！身手灵活的他同时反手抓住了天台突起的一角，死命地抓紧，于是三个人晃晃悠悠地悬挂在半空中将落未落！

小丽华双目紧闭，脸色发青，显然已经晕过去了！艾梦箐只觉得揽着她的那只手几乎快要断掉，而另一只拉着洛晨熙的手关节大概都勒出血了，她倾斜的目光依稀看到下面慌乱的人群，觉得肺部像是被压得快要窒息，她只能大口大口地呼吸……

“看着我！不许松手！”洛晨熙大叫。

艾梦箐费力地回过头，看到了一双火一般明亮的眼睛！洛晨熙正死死地望着她，似乎要把所有的鼓励和勇气一点一滴地“望”进她的心里。他棱角分明的脸上写满了急切，绷得紧紧的下巴说明了他用尽全力在支撑着。

“艾梦箐，你听着。”洛晨熙大声地说，“现在，我一只手拉着你，一只手抓着天台的一角，你一只手拉着我，另一只手抱着丽华，明白吗？”

“明……白……”

“好，那我坚持下去，你也坚持住，我们谁都不许松手！你记得！谁都不许松手！”

艾梦箐拼命点头，用尽全身的力气抓住丽华，而洛晨熙也死死地抓住她的手，“看着我，我们一起念，不松手！”

“不松手，不松手，不松手……”两人齐声重复着。他的脸在她面前渐渐模糊，渐渐地变成水中的倒影……只剩下那双火一般明亮的眼睛，艾梦箐望着这两簇小火苗，闪亮的火、温暖的火、给她勇气和信心的小火苗……

几位男老师手忙脚乱地拿着长绳子上了天台，一头打了个活结套在洛晨熙的腰上，然后合力像拔河那样拉着，终于一点点把三个人拖了上来。

艾梦箐瘫软在地上，抱着丽华的胳膊已经麻木，一位老师不得不掰开她的胳膊将丽华“取”出来。

而另一只手……

她浑然不觉自己的另一只手还被抓在洛晨熙手里，而洛晨熙似乎也麻木了，直到艾梦箐想要移动一下，才发现似乎有什么东西拉着自己，她“哎呀”一声叫了出来。

洛晨熙一怔，忙不迭地把手松开。

“今天真倒霉，撞着鬼了！”他低声诅咒了一句，脸上却露出温柔的光芒。

艾梦箐没力气反驳他，浑身都被汗水浸湿了，她只是慢慢转过身子，背着洛晨熙坐着，努力调整呼吸和思绪。

“想不到你还真的很勇敢。”洛晨熙努力想说话，不想让她看到自己余惊未消的狼狈样。

艾梦箐自顾自擦着头上的汗水。

“喂！”洛晨熙又不耐烦了，重重一顶她的背，嚷道：“聋子，我跟你说话呢？”

艾梦箐冷冷地：“聋子又怎么能听得见人说话。”

洛晨熙怔了怔，“可……你不是明明听见了吗？你说听不见，这又偏偏听见……”说来说去，他自己也觉得没有道理，不由得尴尬地住了嘴。

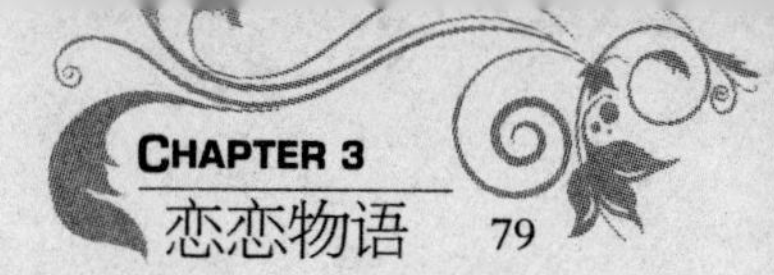

艾梦箐终于忍不住“嗤”一声笑出来，洛晨熙努力板起脸，却也忍俊不禁。

笑声中，两人忽然发现他们已经并排坐在一起，也不知道是艾梦箐先转过去的，还是洛晨熙先转过来的，只是彼此都看见对方在狼狈地喘气，满头汗水，头发凌乱，脸上也脏兮兮的。

“哈哈哈!!!”他们对视一眼，忍不住又同时笑出了声。

我是天使 **你**要幸福

第一季 原来，我爱你

CHAPTER 4

天使眼泪

她整个人都是白色的，除了那一头乌黑发亮的长发，她轻轻地移动着，白色的裙摆飘起来……干净得没有丝毫烟火气，像一个落入凡间的精灵，飘逸出尘……

午后倾斜的阳光淡淡地照在书桌上，空气里弥漫着若有若无的书香，干净透亮的玻璃窗内，一只不知名的淡绿色小虫扑打着翅膀，正努力要飞出去。

艾梦箐抬起头，探手轻轻捉住了小虫，将玻璃窗拉开一条缝隙，将小虫放了出去。小虫先是在窗台上犹豫了一下，似乎不相信自己已经自由，接着便一下子飞得无影无踪了。

结束了这段小小插曲，艾梦箐又继续将视线移回到手里的书本上，但是她似乎并没有在真正地看书，她的目光穿透了书本，落在一个不为人知的地方。

金色的阳光照在她身上，使得整个人远远看过去像一个油画里的剪影，美，却没有真实感。

可是——如果此时有人看到她嘴角边的淡淡微笑，和脸上若有若无荡漾着的红晕，就会发现原来她也是有“生机”和“活力”的——似乎就像那只小虫，一旦冲破了阻碍，就会毫不犹豫地振翅飞翔一样。

“想什么呢？”一只手落在她的肩膀上，艾梦箐转头看到瑶华心无城府的一张笑脸。

“在宿舍没找到你，我猜你来这里了，”瑶华拿起艾梦箐的书翻了翻，奇怪地问，“这一章社会学老师早就讲过了，你怎么还在看？”

艾梦箐合起书：“啊，我温习一下。”

瑶华深沉地摇摇头，“离考试还早着呢，急着温习干吗？书看多了人会变傻的，尤其是你，整天不说话光看书，容易得自闭症。”她做出一个像米奇老鼠一样可爱的笑容，“别看了，我们去逛街好吗？”

“逛街？”艾梦箐重复了一遍。

“是啊，学院路上新开了好几家精品时装店，我想你陪我去看衣服，你自己也可以买啊！”

“可是……”艾梦箐实在不喜欢那些精品店里花花绿绿的衣服。

“哎呀，别‘可是’了！”瑶华不由分说拿起艾梦箐的书本就往包里塞，差点把邻座的书也错塞进去。

秋意已经很浓了，校园里火红的枫树争相开放，叶子红得像哭红的眼睛，不时有几对校园情侣牵着手从枫树下走过。

“真甜蜜啊。”瑶华摘下一片叶子，拿在手里把玩，“这样的景色，真的好想轰轰烈烈地谈一次恋爱啊！看着人家出双入对真是羡慕死，唉！”

艾梦箐没有出声，拉了瑶华一把，要不她会一头撞在迎面走来的一对情侣身上。

“哎？是郑波和她新交的男朋友吧！”瑶华又习惯性地托一托眼镜，“怎么，终于想开了她？”

“什么想开了？”艾梦箐不解。

“追不到白马王子就退而求其次呗！”瑶华八卦地看着艾梦箐，“她暗恋安子为好久了，但是安子为根本不答理她，她只好找一个一直喜欢她的男生做男友！”

艾梦箐睫毛闪动：“你是说她也喜欢安子为？”

“当然啦！她喜欢得要死！天天托人给他递情书，下课的时候跑去校门口等他，还假惺惺地装作崴了脚要安子为扶她，哼，我全知道！”瑶华不屑地撇一撇嘴。

艾梦箐忍着笑，听着瑶华继续感慨：“其实不止是她，哪个女孩子不对安帅哥动心啊！比如说我们宿舍的汪小琪，画了好多他的素描，一个人躲起来看！可惜她们都抢不过杨雪雯哦！”

听到杨雪雯的名字，艾梦箐脸上掠过一丝沉思，她试探着问：“杨雪雯是安子为的女朋友吗？”

“可以说是，也可以说不是。”瑶华耸一耸肩膀。

“怎么说？”艾梦箐奇怪起来。

两人走出了枫林，瑶华一点点掰着手里的叶子：“说是，那是她自己说出来的，总之那段时间她天天跟蜜蜂见到糖一样粘着安子为，而安子为似乎也跟她走得比较近，不知道多少痴心的女生为他心碎呢！”

“可是，安子为直到今天也没公开承认她是他的女朋友，只是这个杨雪雯很有耐心地一直等着，而且她条件又好，都叫她公主，公主和王子不是很般配吗？所以啊，我想安子为最后还是会选择她哦！”瑶华自以为了解地说着，并且难过地叹息，“唉！白马只有一匹，但女孩子的梦想却有千千万万个！”

艾梦箐嘴角不由得浮起一线笑意，“那么，你也是这千千万万中的一个？”

“我？呵呵……”瑶华的脸忽然红了，但马上又自嘲地笑了，“我很有自知之明啊，我长得不好看又是个大近视眼，人家才不会看上我呢！喜欢他就放在心里好了，不过……”她用力把那片叶子丢出老远，“我有时也做梦，如果能做他的女朋友，让我做什么都愿意！唉！”

艾梦箐微微摇头，“安子为就真这么出色？”

“那当然啦！他是每个女孩子的梦中情人！你没听说过吗？在圣翰，没有哪个女生能抵挡安子为的微微一笑，就像没有哪个男生能抵挡洛晨熙的一拳！”

艾梦箐没想到谈着安子为又会听到洛晨熙的名字，不由得脸上微微发热，掩饰地转头去看路边的景色。

“这条裙子不错，挺好看的。”学院路上的一家服装店里，瑶华拉着艾梦箐，兴高采烈地在一堆衣服和裙子之间挑选着。

“只是……S码的我好像穿不上唉！”瑶华拿起裙子在自己身上比画着，一边遗憾地叹息，“我都不明白，为什么我的腰上就要比人家多出三公斤肉，赶也赶不走，气死我了！”

“那你还老是挑那么瘦的衣服试。”艾梦箐不解。

“没办法啊！我喜欢！我好想穿这种粉红粉红的公主裙，要是我能瘦一点，漂亮一点的话，穿起这样的裙子，说不定，我也有机会赢得安子为的赞叹哦！”瑶华一边看着公主裙一边忍不住幻想起来。

艾梦箐没想到她还在想着安子为：“你买衣服又不是为了他。”

“女为悦己者容啊！我每次看到漂亮的衣服，就幻想自己变好看了，穿着这样的衣服，等着我心中的白马王子出现！”瑶华理直气壮地说。

艾梦箐哭笑不得，不和她理论，低头去看角落里的一排黑色衬衣，瑶华注意到，拿着裙子跟过来。

“你为什么总是穿黑色？有很多颜色可以穿的。”

“我习惯了。”艾梦箐拿起一件衬衣比画着。

“你又来了，习惯是可以慢慢改掉的嘛！”瑶华环顾着店堂四周，“不如我来做你的服装顾问，给你选些颜色艳丽的衣服！”

瑶华在另一排衣服架子上看了一会儿，取下一件宝蓝色的秋装。

“这个怎么样？”

“太俗气了，”艾梦箐淡淡地扫了一眼，很不喜欢，“那么夸张的蝴蝶花，领子又那么低。”

瑶华嘟了一下嘴，又拿起一件大红色的淑女裙，“那试试这个吧！”

“呵，不行，太红了，适合很艳丽的女孩子穿，我穿上会很怪，而且只会显得我瘦。”艾梦箐有些好笑地看着这个并不高明的“服装顾问”。

“那这个呢？”一件明黄色的短装。

“中国人的皮肤穿黄的都不好看。”

“这个呢？”桃红的针织衫。

……

“我真的不喜欢……”艾梦箐带点歉意地看着忙进忙出的李瑶华，和面前一大堆五颜六色、花团锦簇的衣服。

“哼！”瑶华累了，也有点生气了，“不管你了，我自己试衣服去，你一个人慢慢看！”她气呼呼地抓起其中一件进了试衣间，还顺手推了一下衣服架子。

艾梦箐急忙上前扶住摇晃的衣架，但几件衣服还是从挂钩上滑落下来，她蹲下去一一拾起。

突然——

一条白色的连衣裙出现在她面前，它隐藏在一大堆鲜艳的衣裙中，要不是被瑶华冒失地一推，还真很难发现它。

艾梦箐吸了一口气，望着手里的白裙子。

简单而高雅的剪裁，素静的一抹白色。

“同学，要不要试一下？”一位服务员闻声而来，挂起掉落的衣服，看到拿着白裙子沉思的艾梦箐。

“试一下吧，你穿白色一定会好看的！”

穿白色的一定好看？

……

似乎在什么时间，什么地方，有人对她这样说过……

艾梦箐手指微微用力，陷入白裙子光滑的面料中。那种柔软的、美好的感觉立刻从指尖向上蔓延，直到大脑再落回心里——

面前的白裙子，忽然散发出美丽的光华！

那一天下午——

小丽华静静地躺在孤儿院的医务室里，细瘦的胳膊上挂着点滴，双目紧紧地闭着，在镇静剂的作用下陷入了沉睡。

艾梦箐细心地替她掖好毯子，伸手试了试她的额头，确定没发烧，然后轻轻地走出医务室。

一股刺鼻的烟雾扑面而来，门外，一个黑衣少年正抽着烟，静静地站在那里。

"她没事了？"

艾梦箐挑起眉，没回答洛晨熙的话："你不要在这里抽烟，给孩子们看到了影响不好。"

"那你戴只'蜥蜴'来做义工，就不怕吓坏小孩子了？"洛晨熙粗声说。

艾梦箐掠了掠头发："洛晨熙，我不想和你吵架。"

"废话！你如果好好地回答我的话，我干吗要和你吵？"洛晨熙瞪着她。

艾梦箐忍了忍，看在他救过自己的份儿上："好，你问。"

"我——"洛晨熙忽然不知道问什么。算了，看在他们刚才并肩作战的份儿上，"你为什么总是一副死气沉沉的样子？嗯？艾梦箐同学！"

"这与你有关系吗？洛晨熙同学！"艾梦箐回击，"我还想知道，为什么某些人整天一副横行霸道的样子呢！"

该死的！洛晨熙恨不得又拿布塞她的嘴巴："你少说两句，没人把你当哑巴！要不是我横行霸道，你现在还不一定有命站在这里和我斗嘴！真不识好歹，早知道才不关心你——"他忽然狼狈地住了口。

她突然也尴尬起来，眼底，却有一个亮点在扩大。

空气似乎静得只剩下两人的呼吸，潮湿而暧昧地流动着，洛晨熙将烟头丢进垃圾箱，第二次发出习惯的诅咒。

“今天真倒霉，他妈的，撞着鬼了！”

这次艾梦箐可有力气顶撞他了：“你说谁是鬼？”

“我——”他抓抓头发，“我说撞着鬼，又没说鬼是你，你激动个什么！”

“你——”艾梦箐气结，忍不住恨恨地说，“我才撞着鬼了！我走到哪里都撞着你！自从遇到你我就倒霉！亏我昨天晚上还在想你好的一面……”

她忽然也不作声了，紧紧地咬住了嘴唇，两朵红晕飞上了脸颊。

这次轮到他尴尬了。

又是一阵沉默，两人静静相对，眼光交接，又都触电一样弹了开去。

“嗯哼，”他干咳着，想打破沉默，“咳咳，我……”

“咳什么？”她没好气地抓紧机会回击，“嗓子不好就少抽烟摆酷。”却不小心让自己的声音里带出一丝关切。

“你少管！”他粗声说，“打断人家的话是很不礼貌的，艾梦箐！”

“你让女孩子抽二手烟，”艾梦箐冷哼，“是很没素质的！”

“你——”洛晨熙怒气冲冲地摸出烟来，一连几次都打不着打火机，好不容易点着了，却发现嘴里的烟倒置了。

他忿忿地将烟摔在地上，重重地踩了一脚。

她想笑，闪动睫毛，拼命忍着，脸因为用力紧绷而露出两个浅浅的小酒窝，在阳光下微微跳动着。

洛晨熙不知不觉地看得入了神，又意识到自己的失态，急忙转开目光。

“你看什么？”她的语气里竟然有一丝期待。

“看……”他情急中找出一句话来，“你为什么整天穿得跟乌鸦一样，你是三十岁还是四十岁？”

“你少管！”她学着他的口气，瞪了一眼他的黑白运动服，“五十步笑百步。”

“你懂什么？我是男人，那叫个性，你是女人，那叫老土！”洛晨熙抛出一记白眼给她，“你这一身打扮，谁会当你是义工？简直就是孤儿院里土生土长的修女！”

话才出口，他就想起了当天雪雯辱骂艾梦箐的一幕，顿时想起她的身世，自悔说错了话，却又不知道如何收回，又说不出道歉的话来，“喂喂，我不是……我是说我觉得，呃，你老穿黑的不好看！”

艾梦箐本来眼底已经涌上受伤的神色，却被他难得的细心和体贴打动了。

他……居然会顾及到自己的感受吗?

望着他额角因为着急而渗出的汗珠，她的心不知不觉地软下来。

洛晨熙见她忽然不说话，更是后悔。他宁可她像刚才那样和自己斗嘴，不想看到她又恢复落寞的样子。

自己干吗口无遮拦呢?她……不会被自己无心的话伤害到吧?

“其实你长得也不是不好看！”他困难地表达着，声音却因为不自觉的内疚而变得柔和起来，“我觉得……那个……如果你穿白色，一定很好看！”

“大男子主义！”艾梦箐丢下一句，转身就走，怕自己眼底的笑意被他看到，更怕自己脸上有着和声音不相称的温柔。

洛晨熙望着她跑开的身影，眼里燃烧着一抹光华。

“她穿白色也许真的很好看。”他低低地唧咕了一句。

……

“如果你穿白色，一定很好看。”

艾梦箐的呼吸竟然不自主地急促起来，白色……她穿白色真的好看吗?不，那只是“他”说的!

但，自己为什么会想起“他”的话?自己为什么会记得“他”的话?自己为什么偏偏又看到了“白色”?

那浅浅的白色，柔柔的白色，纯纯的白色，梦一样的白色……

“小艾?艾梦箐，你跑哪里去啦?”瑶华试衣服试得天昏地暗，第N次走出来的时候忽然发现找不着艾梦箐，忍不住叫起来。

“我在这里。”

试衣室的门“呀”一声推开，一个白衣少女慢慢地走了出来——

U字形的领口，恰到好处地修饰了她优雅修长的脖子，简单的腰带，使得她看上去苗条却不瘦弱。

她慢慢地转到穿衣镜前，眼光迷迷蒙蒙，一身白像一团轻烟软雾包围着她，越发显出她的干净而轻灵。她举起手，宽宽的白色袖子滑了下来，露出白皙的胳膊——

整个人都是白色的，除了那一头乌黑发亮的长发，她轻轻地移动着，白色的裙摆飘起来，似乎脚步都是飘飘袅袅的。

她干净得没有丝毫烟火气，像一个落入凡间的精灵，飘逸出尘……

“艾、梦、箐！”瑶华破口尖叫，不敢相信这白衣少女就是艾梦箐。

她的声音被店堂内外喧嚣的议论声淹没了。

“啊，好漂亮的女孩子啊，像是拍电影的！”

“我要是有她那么好的身材和皮肤多好！”

“是哪个学校的呀？”

“像小龙女啊，一身的白……”一个男孩子怔怔地望着她，顾不上一旁女友愤怒的目光。

“看什么看！见到美女就花痴……”另一个女孩子用力将男友的脸别过去。

美女？真的是美女呀！瑶华拨开人群冲上去，拉起艾梦箐左看右看，手舞足蹈：“哇！你简直像被仙女点化了，换了一个人耶！真没想到原来你这么漂亮！我的眼光不错吧！”

瑶华根本不管这裙子完全不是她给艾梦箐挑选的，只是自顾洋洋得意：“听我的没错吧！你现在根本就像个公主，嗯，就像外国电影里的那些公主……”

“这位同学，”一个胖胖的，像老板娘一样的女人站了出来，“真是好看！这件衣服可是我们店里的珍藏版，很多人想穿也穿不上，不是腰太小就是裙子太长，只有你穿起来像是量身定做的一样，快买了吧！”

艾梦箐从云端落回到现实，看一眼标价牌，忍不住暗吸一口冷气。

一边的瑶华也注意到了价格，嚷起来：“老板娘，能不能便宜点啊！我们是学生啊！”

“哎呀，难得穿这么漂亮，就买了吧！这可是韩国的限量版，就这么一件了，不打折的，你看看这料子，这质地……”老板娘口若悬河地吹嘘着。

“我替她买了。”

一个声音忽然在店门口响起，声音不大，却盖过了所有的喧闹声。

所有人的目光都从艾梦箐身上移向店门口——

又是白色！

一个穿一身白色西装的少年，正慢慢地向店里走来，浓密而微卷的黑发，挺秀的剑眉下是一双深邃的眼睛。而在他身后不远处，一辆白色的宝马静静地停着。

他掏出信用卡交给店员，手指上一枚戒指散发着柔和的光芒。

“老板娘，这裙子，我替她买下。”

“轰”的一声，人群中议论声再起。

“那不是圣翰的校草吗？哇，太有型了！”

“是安子为，安子为啊！他在笑呢！”

“他又没对你笑！”这会儿，轮到刚才被别脑袋的男生将女友的脸别了过来。

……

瑶华的夹鼻眼镜快掉下来了，她没有看错吧！安子为会到这里来！她没有听错吧！他要给艾梦箐买裙子！啊，太好了！她奋力挤上前去，伸出手来。

“安子为！我是艾梦箐的朋友，我叫李瑶华，我注意你已经很久了！真希望和你交个朋友！”

“你好。”安子为客气而礼貌地用指尖碰了碰瑶华被汗水湿透的手，然后绕过她，径直走到艾梦箐身边。

“你真美……”

他低声说。

“像个真正的公主……”

安子为深情地望着穿着白裙的艾梦箐，嘴角泛出温情的笑容，眼睛里依恋和欣赏的神色无限地扩大。

“今天晚上，我想约你吃饭。”他一字一顿地说。

“啊！他要和她约会！”

“王子开始追求他的公主啦……”

“他们两个好配哦……”

瑶华的一颗心都要从嗓子里跳出来了！安子为居然会约艾梦箐吃饭！哇！她像是被打了一针鸡血，突然兴奋起来，艾梦箐呀艾梦箐，你运气真好！

瑶华有一秒钟的嫉妒，可对朋友的真心喜欢使得她立刻把这嫉妒抛到了九霄云外，多好啊！今天才发现艾梦箐打扮起来如此漂亮，比那个杨雪雯强多了！安子为如果喜欢她也是正常的啊，要是他们能够……嘿嘿！瑶华越想越高兴，可是艾梦箐为什么还不回答？

“可以吗？”安子为痴痴地望着艾梦箐，手竟然不自觉地握成了拳。

沉默……

突然寂静下来的店堂里，只有一首歌在轻轻流动着。

我知道我不是一个轻易就会说爱的人

没有想到这样的你却改变我

太美丽　太美丽

你的爱是多么地甜蜜

……

艾梦箐紧紧拽着裙裾，固执地沉默着！被白色包裹着的她看上去美丽而冰冷，像一个高傲的公主……

王子正走向公主，他如此深情，如此英俊，深情得似乎能把所有人的心都绞住，英俊得似乎岩石也会熔化——

可是，那个公主，为什么，为什么还是沉默如昔？

……

我知道我不是一个轻易就会说爱的人

没有想到这样的你却改变我

太美丽　太美丽

你的爱是多么地甜蜜……

瑶华急得喉咙发痒，终于不管不顾地开了口，“能和你一起吃饭，小艾高兴还来不及呢，我想，嗯，她一定是太高兴了，都忘记说话了……”

“不。”

艾梦箐的嘴唇轻轻翕动，发出一个字。

她说得很轻，但是已经足够让安子为听得一清二楚！

寂静……

他望着她……

他的脸上带着柔和的微笑，诚恳的微笑，千回百转的微笑……

没有哪个少女能抵挡安子为的微微一笑……

可是，她就那样站在那里，对他说——

“不。”

安子为的呼吸几乎在那一刻停止！他难以置信地看着她，她美得像个霓裳仙子，却又冷得像块大理石……

只有那首歌，断断续续地飘进他耳中——

太美丽

爱让我也美丽

现在我不再怀疑不怀疑

有多爱你……

艾梦箐没有再看安子为一眼，抱起自己的衣物就往外走！

走过呆立着的安子为……

走过无数惊讶、好奇、不屑、惋惜、嫉妒的目光……

她走到门口，忽然又折回头，望向安子为——

安子为的眼中发出惊喜的光芒！

他期待地上前一步，等待着……

可是……

艾梦箐掏出钱包，将里面所有的钱全都取出来，有零有整，甚至还有一堆硬币，统统塞进他的手里！

她甚至没有多说一句话。

转身就走。

这一次，她没有回头。

安子为失神地松开手，任凭钱币散落一地……

月亮不知道什么时候升起来了，清冷的，银白的……

月色如水，静静地照着一片棚户区，使得这火柴盒一般的一间间小屋看上去也柔和了许多，没有了白天的杂乱和拥挤。

洛晨熙穿着黑白运动服，坐在自家的屋顶上，望着天空中的一轮圆月。

月亮很大很美，像“她”的眼睛，唉，为什么又想到“她”的眼睛？他自嘲地叹息了一声。

摇了摇头，又甩了甩头，拿出一支烟，嗅了嗅，又收回去，“她”好像不喜欢自己抽烟……该死！又是她！这个牙尖嘴利的丫头！可是当她扑上去救人的时候真是勇敢，自己从来没见过这么勇敢的女孩子！居然一手抱着小女孩一手拉着自己，他真的担心她撑不住，可她奇迹一样撑下来了……

洛晨熙摊开右手看了看，又下意识地在鼻端嗅了嗅，似乎那里还有艾梦箐残留的气味，当他意识到自己在做什么时，他黝黑的脸红了。

她说……她昨天晚上在想自己好的一面。

洛晨熙想着她话说到一半就咽住的样子，忽然觉得心里被一种潮水般的温柔涨满了，一种他从来没有领略过的滋味……

忽然……

手机急促地叫了起来！

“大哥？……好的，我马上过来！”

洛晨熙合上手机，却没有立刻动身，他怔怔地看看天上的月亮。

月亮很大很美……

洛晨熙忽然左手握拳，重重地对着右手手心敲下去！“咚”的一声闷响，疼痛使得他似乎甩掉了什么。

他飞快地下了屋顶。

月亮照着空旷的屋顶，散发着一地清冷。

这是一间雅致的简餐吧，很小，只能容纳十来个人。空气里散发着酒精和咖啡的混合气味，木质的大桶悬挂在墙上，烛光中一个吉他手正弹着一首歌。

“今晚，我没想到会是你出现在这里。”安子为苦笑着，将一瓶酒递给落座的洛晨熙。

“大哥？”洛晨熙被安子为的话弄得摸不着头脑。

“喜欢这里吗？”安子为淡淡一笑，唇角勾出一抹苦涩，自己又开了一瓶啤酒。

洛晨熙看着这小巧而有格调的餐吧，“喜欢。”

“这是我的餐吧。”安子为一口气灌下了大半杯啤酒，“我十六岁生日的时候，爸爸说送我一份礼物，就是投资给我开一家餐吧。全是我自己设计的，虽然小，但我很喜欢，毕竟是自己的事业，不过我没有带任何人来过。”

洛晨熙没有说话，只是看着安子为失落的脸。

“今晚我本来是想带她来的，我想把自己最得意的东西给她看，和她分享，我要亲自给她介绍这里的菜式，推荐这里的花式咖啡……”安子为抓起瓶子又倒满了自己的杯子。

“大哥！”洛晨熙低声说，“你是说……艾梦箐？”

“可是，她拒绝我了！”安子为重重地往椅背上靠去，啤酒泡沫纷乱地洒了出来，他的眼睛大大地瞪着，布满了红丝，脸色铁青。洛晨熙看着满桌的空酒瓶，不知道自己来之前他已经灌了多少酒。

“知道吗……她今天的样子很美……美得像个公主……”安子为又把一杯啤酒吞下去，洛晨熙忍不住按住了他的手，“你喝多了！”

“不要管我！”安子为推开洛晨熙的手，“我没事……我只是觉得很失败，又不想让别人看到，除了你，好兄弟……”

洛晨熙的脸上忽然露出痛苦之色，像是被什么重物击中，看着安子为陡然憔悴的面容

和被啤酒弄脏的白色西装。

“想不到她居然拒绝我！我哪里错了……”安子为茫然地问着，“我一心想对她好，可是，她为什么这样？为什么？”

“大哥，别这样！”洛晨熙又气又惊又痛，更有一种内疚死死地包围住了他。

“我可以掌握一切，但是，我为什么就无法打动她的心？为什么？你告诉我！”安子为突兀地抓住了洛晨熙的手，洛晨熙莫名地惊跳了一下，试探地看着安子为。但是，他只看到那激动的、发红的脸庞，那燃烧的、痛苦的眼睛。

“大哥，女孩子多得是……”洛晨熙无力地劝解着。

“我请她吃饭她都不答应我，接下来该怎么办？还有没有接下来？”安子为根本没听见洛晨熙说什么，只是激动地自言自语。

洛晨熙深深地吸了口气，手指在口袋里触摸到一串钥匙，那金属的冰冷一直刺进了他的血管。

他看着对面神情恍惚的安子为，黝黑的脸色渐渐变得苍白。

他点了一支烟，猛抽起来，那一口继一口的烟雾把他整个的脸都罩住了。半晌，他抬起头来，眼睛里带着深沉的痛楚。

“大哥，你放心！我保证你有‘接下来’！”

“晨熙？”安子为疑惑地抬头。

“不要说了，你想喝酒，我陪你喝！来！”洛晨熙抓过瓶子，倒满了两人的酒杯。

“好兄弟！”安子为感动地握住洛晨熙的手。

他没发现，洛晨熙的牙关紧咬，深深地注视着面前翻腾的啤酒泡沫，似乎做了什么重大决定。

阳光仍然很好，但是，天气已经开始冷起来了。

艾梦箐依旧穿着黑色衬衣和长裤，夹杂在下课的学生中慢慢走着，对身边的一切依旧视若无睹，包括一路上喋喋不休的李瑶华。

“喂！我跟你说话，你到底有没有在听啊！”瑶华嚷着。

“哦？”艾梦箐心神不定地“哦”了一声。

“哦什么哦？你为什么拒绝安子为的邀请啊？你是不是脑子进水了，多少人等着这样的机会啊，我真是被你气死了！你呀！”

“哦。”

“你怎么还是哦！”瑶华气得直翻白眼，“我要是你，早就飞扑过去了，也不看看那是什么人，是安子为啊！多少女孩子为了他的一个笑容可以排上三天队的人！如果他肯请我吃饭，我做梦都会笑醒……”瑶华抓抓头发，“我会烧香，我宁可考试全都Down掉……”

“哦。”

“艾——梦——箐！”瑶华对准她的耳朵大喊了一声。

“做什么？”艾梦箐吓了一跳，“我耳朵好得很！”

“跟你讲了半天话你到底有没有听啊！你最近怎么怪怪的？”瑶华跳着脚。

正在此时，艾梦箐的手机却响了。陌生的号码。

“是不是安子为啊？是不是他大人大量,不跟你计较，打算继续跟你交往啊？”瑶华先兴奋起来。

“喂？”艾梦箐疑惑地接起来。

“艾——梦箐？”迟疑的声音，带点冷，带点沙哑。

艾梦箐忽然脸色一变！看了一眼身边伸长了脖子的瑶华，走开几步。

“什么事？”瑶华看见她一只手神经质地拨弄着书包上的带子。

“我有事和你谈。”洛晨熙冷冷的声音。

“我现在没时间。”

“那好，晚上七点，学校南边的蓝风咖啡吧！”

“喂……”

“咔……嘟……嘟……”回答艾梦箐的是决绝的挂机声以及冷漠的忙音。

艾梦箐将手机塞回书包，一抬头看见了一边探头探脑的瑶华，脸刹那红起来，“我有点事情，先走了！”

“你去哪里？是不是安子为啊？”瑶华跟着喊。

“不是。”艾梦箐越走越快，瑶华几乎跟不上，“那你这么激动去哪里啊？你不是答应下午陪我逛街的吗？喂喂喂……”她一头撞到一个捧着书的同学身上，书撒了一地，瑶华只好一边道歉一边停下来帮人收拾。

等她抬头，艾梦箐早已不见了踪影。

七点。

七点十五分。

七点半……

蓝风咖啡吧里，冷冷清清，因为洛晨熙的出现，原本在这里喝饮料的人都撤退了，生怕万一又惹到这个霸王。

最后，只剩下洛晨熙一个人，和他手里冰冷的，被他弄得叮当作响的一大串钥匙。

“啪！”洛晨熙将钥匙重重地拍到桌子上，吓得服务员探头过来。

“看什么？我没叫你！”洛晨熙粗暴地吼了一声。

这该死的女人，居然有胆子爽约？不行！今天就是翻遍圣翰每一寸地，也要把她翻出来，敲开她的脑子告诉她，大哥对她是多么好！

这不知好歹的女人！她凭什么拒绝大哥？凭什么？凭什么？难道——

洛晨熙更用力地握着钥匙，桀骜的脸上渐渐流露出焦灼而痛苦的神色。

七点四十五分了！可恶！洛晨熙决定不再等，他刚要站起来，忽然，门被推开了——

一个白衣少女款款而入！

高挑而苗条，白色的长裙直曳到地，腰际间系了根白色的绸带，袖子宽宽大大，半露着雪白的胳膊。

她站在那儿，白衣飘飘，如云，如絮，如湖畔昂首翘立的白天鹅，如凌波仙子飘然下凡，浑身竟纤尘不染！

洛晨熙呆了，他是真的呆了——

她从全黑，变成全白？

她从冷漠的黑天使，变成落入凡间的精灵！

好像童话故事里的仙女，变化多端，而每个变化，都让人目眩神驰……

她穿白色，真的很好看……自己猜得没错……

那么，看来，她记得自己的话……她居然记得自己的话！

——

注视着她，他像着了魔般一动也不动。

“你想干什么？”

艾梦箐轻轻走到洛晨熙面前，语气还是冷冷的，黑眼珠却像两颗浸泡在水晶杯子里的黑葡萄，散发着柔和的光芒。

“我……”洛晨熙手一松，一串钥匙落在地上，他俯身去拾，触摸到那冰冷的钥匙，忽然像被电击一样清醒了！不！不可以！他下意识地挺直了脊背，记得你的任务！记得你找她是为了谁！

他咬了咬嘴唇，咬得又重又疼，再开口时，声音里又带着往日的霸道和冷酷。

“为什么拒绝我大哥？”

“你大哥？”艾梦箐一时没反应过来。

“安、子、为！”洛晨熙清晰地吐出三个字。

艾梦箐有片刻的恍惚，和一刹那的不知所措，只有洛晨熙的声音冷冷地在她耳边响起。

“安大哥虽然不是我亲兄弟，但是是我最尊敬、最爱护，比亲人还要重要的朋友！如果有人伤害他，我拼了命也要保护他！现在，有人让他伤心了，而那个人——就是你！”

艾梦箐终于弄明白洛晨熙在说什么了，一种受伤的、懊恼的情绪顿时抓住了她，武装的神色又回到了她脸上。

“你约我来，就是为了告诉我安子为和你的关系？”

“艾梦箐，别不识抬举！安子为有什么不好？多少女孩子喜欢他？想必你也听过看过！”洛晨熙努力说着话，他不敢停，害怕一停下来自己就不知道说什么。

“他喜欢你是你的福气！你不要身在福中不知福！立刻去跟他道歉、求和，别让他再难过！”

艾梦箐的小脸变得冰冷，黑眼珠失去了生气，下巴轻轻地向空中一抬。

“不。”

“你少来！”洛晨熙努力控制住自己的情绪，“不许说‘不’！否则我要你好看！”

艾梦箐张开嘴，想说几句什么，说几句漂亮的话，但她什么都说不出来。

洛晨熙黑色的身影高高地挡在她面前！

她眼前忽然涌起一阵黑色的迷雾……

是——

孤儿院里满面温情的洛晨熙……

天台上他伸过来的手……

他眼睛里的小火苗……

——难道，是自己看错……

……

黑色的迷雾徐徐消散，洛晨熙冰冷而残酷地、强势地瞪着她！

在这一刹那，她看清眼前什么都没有，只有被伤害了的自尊。

……

“洛晨熙！”艾梦箐用力地喊出来。

一阵风过。树上叶子簌簌掉落。

深秋的天气是阴沉欲雨的。

夜风里有潮湿的雨意，凉凉地扑在他们额际和颈项间……

洛晨熙握着钥匙的手已经汗湿！他不敢去看她的眼睛，和她突然失去血色的嘴唇，而那内心的痛楚更使得他蹙紧了眉！

“你立刻答应和大哥约会！不然，我饶不了你！”

洛晨熙努力说出这最后一句威胁，转身越过那一抹白色想走掉，他不能再留下去，否则他不知道自己会怎么样！

艾梦箐望着他绷紧的面容，望着他僵硬的握着钥匙的手指，望着他黑色的身影……

终于，她挣扎地，无比艰涩地开口。

“这是……你的真心话？”

他面部肌肉僵硬，低下头去。

他望着桌子上的咖啡杯，咖啡已经冰冷。褐色的液体躺在白瓷杯中，没有丝毫的生命力。

他忽然想起那夜安子为痛苦的脸孔，白得就像这白瓷一样。凉意爬上了他的脊背。

他咬咬牙，将眼光从咖啡杯上调回，看看她。

“……是！”

生硬的字飞进空气里，他没有再看她一眼，立刻走出门，钥匙被他甩得发出刺耳的声响。

一时间，屈辱、伤心、愤怒……各种复杂的感情齐聚艾梦箐心头！

洛晨熙！他以为他是什么？安子为的保护神吗？而自己又是什么？是他“命令”来“娱乐”他“大哥”的人？

自己为什么要留在这儿，听完这让她屈辱的一番话？

自己为什么不能像当初一样洒脱地一走了之？管他什么安子为王子，洛晨熙学霸！自己不是一向软硬不吃，我行我素的吗？

到底为什么？

艾梦箐挺立在门口，白色的裙子被风吹起，像一只涨满风的帆船，因为迷失了方向，而在黑夜里晃晃悠悠……那帆船，也曾等待过什么，期盼过什么……

可是最终，自己等到了什么？

夜雾深重，艾梦箐浑身冰冷，眼底却燃烧着一簇火焰。

这火焰迅速地蔓延开去，燃烧在她每个细胞里……

CHAPTER 5

花雨黯语

艾梦箐任凭安子为拥抱着，安慰着，目光却越过他的肩膀，望向角落里——

那里，躺着满身鲜血的洛晨熙……

坚强地昂着头，傻傻地凝视着他们拥抱的一幕……

曙光悄悄地染亮了大地，洛晨熙洗了一个澡，换上了一套全黑的衣服，将钥匙揣入口袋里，吸一口气，准备出门。

“晨熙？”程洁然不知道什么时候已经坐了起来，望着儿子。

“妈？你这么早就醒了？为什么不多睡一会儿？”洛晨熙关心地望着母亲。

程洁然笑了笑，一种母性的光辉爬上她的脸，“一晚上听你翻来覆去，我也睡不着。”

“妈妈，对不起。”洛晨熙抱歉地说。

程洁然慈祥地看着儿子，她有些惊觉：“最近是不是有什么事情？你为什么这么不安？告诉妈妈？”

“妈！”洛晨熙叫，“什么事也没有。”

“你和人打架了？还是功课不好？”程洁然忽然担心起来。

“没有，妈妈你不要乱想！”洛晨熙宽慰着母亲，“我好好的，什么事情也没有！”

“那么——”程洁然轻轻地叹息，“是不是为了女孩子？”

“妈！”洛晨熙的脸上忽然染上一层痛苦之色，他极力要掩饰，可那痛苦又从眼眸中流露了出来。

“晨熙，你也十九岁了，如果有好的女孩子，就带回来给妈妈看看，”程洁然温柔地

说着，她并非整日疯癫的，清醒的时候，她也有自己的思想和分析能力，和任何一个疼爱儿子的母亲没什么分别，“是妈妈不好，这些年苦了你了，如果你能找到中意的女孩子，你不用怕妈妈没人管，尽管去恋爱，妈妈可以自己照顾自己。”

“妈！”洛晨熙吸了一口气。

“好了，你要出去就快点出去吧！”程洁然笑着目送儿子离去。

洛晨熙穿着黑衣，漫无目的地四处游荡，偶尔有几个外校的学生走过，见到他立刻躲得远远的。来不及躲的就硬着头皮上前溜须拍马。

洛晨熙呼出一口气，他希望自己在别人心目中的印象还是跟以前一样——一条剽悍残酷的黑豹。若有人惹了他，他随时都能连皮带骨将这人吞下去。

他在一块石头上坐下来，望着身边荒凉的景色，以及青草上的露水，忽然觉得有点不对劲——

这是什么鬼地方？

一阵风过，树木轻轻地在晨光中发抖。

“该死！”洛晨熙诅咒了一句，“见鬼！”

他发现自己居然不知不觉地来到他救过艾梦箐的小树林！

怎么会走到这个地方的？洛晨熙瞪着自己的双腿，脸上的肌肉紧缩起来。许久，他沉浸在一种奇怪的境界里，直到一阵孩子的笑声把他惊醒。

“小毅，这是你喜欢的小手枪，我今天拿来送给你了！”一个大约六七岁的男孩子，穿着一身帅气的牛仔服，手里拿着个盒子。

“啊！太好了！”被称做小毅的男孩看上去和他差不多大，“可是，你自己不也很喜欢吗？昨天去你家玩，你告诉我那是你最心爱的玩具！”

“没有关系啦！你喜欢就拿去！”男孩像一个大哥哥一样宽容。

“我真的可以拿吗？”小毅的眼神中流露出羡慕之色，“我拿走了你不会难过吗？”

“不会啦！”男孩把盒子塞到小毅手里，“只要是我的东西，你喜欢我就送给你，我们是好兄弟，拉过勾的！”

两人拉着手，从洛晨熙身边走过去，清脆的童音被风断断续续地吹进洛晨熙的耳朵——

“我不要了，因为我知道你也喜欢，我不跟你抢。”

“没关系啊，我送你！”

“不，我不要，你对我好，我不能拿你喜欢的东西！”

……

洛晨熙的心被刺痛，十年前的往事又涌上心头！

“快来！快来啊！”一个穿着华贵，白白净净的男孩子，把一个黑黑瘦瘦的男孩子拉进屋子里，“有东西给你看！”

九岁的洛晨熙和安子为开心地在房间里玩耍，外面冰天雪地，房间里却温暖如春。

“这个是变形金刚，可以变出好多花样的，我爸爸从外地给我带来的。”小子为得意地炫耀着。

小洛晨熙看着他手里的玩具，眼里不禁流露出羡慕的神色，小子为注意到了，迟疑了一下，忽然把玩具塞到他手里，“送给你！”

“送……给我？”小洛晨熙咬着嘴唇，看看玩具又看看安子为。

“是呀！我看得出你很喜欢，所以送给你啊！”小子为大方地说。

“那你送给我了，你玩什么啊？”

“嗯……我有你陪我玩啊，你不在的时候有老刘陪我，爸爸妈妈陪我，我不需要玩具的，可是你就没有人陪，所以让它陪你好了！”小子为懂事地说。

“你……你为什么对我那么好？”小洛晨熙脸上闪着疑惑和感动，“你又给我棉袄穿，又带我吃好吃的东西，又让我在你家住，现在还把你喜欢的东西给我……”

“因为我们是好兄弟啊！”小子为学着电视里看过的镜头，用力地拍着小洛晨熙的肩膀，“好兄弟讲义气！”

“好兄弟？”

“嗯！我们结拜兄弟怎么样？我比你大，我是大哥，你是我弟弟！”小子为想起了昨天看过的武打片！

“好啊！”小洛晨熙点头。

于是，两个孩子在屋子里一本正经地跪下。

小子为找不到香炉，只好点了三根红蜡烛，又倒了两杯可乐代替酒。

“我，安子为和洛晨熙结拜兄弟，以后有福同享，有难同当！不求同年同月……”同生共死的台词对安子为来说太拗口了，他就按自己的意思说了，“以后不许别人欺负我弟弟，我喜欢的衣服弟弟要穿就给他穿，我喜欢吃的、玩的弟弟喜欢都给他！”小安子为一口气喝干了“酒”，推推小洛晨熙，“该你说了！”

“洛晨熙和安子为结拜为兄弟，”小洛晨熙想了想，真情流露地说，“大哥是世界上对我最好的人！他喜欢的东西，洛晨熙绝对不和他抢，要是有人欺负我大哥，我就打死他！”

然后也一口气干了。

“嗯！哈哈……好兄弟！”

“大哥！”

……

欢乐的笑声飞出了屋子，飘散在白茫茫的雪地上……

大哥是世界上对我最好的人……

他喜欢的东西，洛晨熙绝对不和他抢……

洛晨熙咬紧牙关，内心做着艰难的斗争！往事、现实浮浮沉沉地撞击着他，使他沉浸在自己的思潮里，没有发现一个阴影正慢慢地向他逼近……

“呀！这不是洛老大吗？”一个有几分熟悉的口音，带着挑衅的声音。

“怎么一个人失魂落魄的样子？少见少见！”

……

洛晨熙猛然回到现实中，看清楚面前的人，正是那天被他逼得跳河的“华夏一条龙”的老大！

洛晨熙一凛，战斗的本性又在一刹那苏醒，他才发现这里太靠近华夏学院。他一边打量着周边的地形，一边冷冷地开口。

“今天这里没有河。”

“少做梦了！”那小子吹了一声口哨，立刻，长草一阵簌簌地颤动，十来个彪悍的少年从埋伏好的地方刷刷地跃了出来。

“睁大你的眼睛看看，上次让你糊弄过去了，这次可不知道轮到谁倒霉！”那小子自信地说着，今天请来的可都是身强力壮的帮手，并且有几个还特地在武术培训班学习了一段时间，为的就是要报上次被逼跳河的仇。

他们已经等待了好多天，终于等到洛晨熙一个人出来，而且还走到这个地方，真是千载难逢的好机会！

洛晨熙也看出了今天来的显然是高手，他一只手轻轻弹着钥匙，脸色阴沉。

“哈哈哈！”那小子发出狂妄的笑声，“你也有怕的时候？”

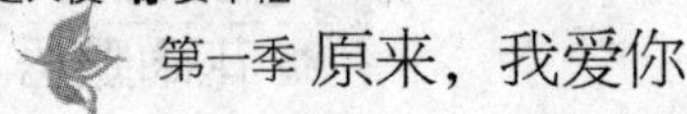

“老大，别跟他多说了，看他那丢了魂的样子，八成是被人甩了！”另一个人接嘴。

“哦——我说呢，我们的洛老大今天怎么一个人在这里沉思，原来是失恋了？哈哈哈！不要紧，只要你跪下向我们认错，女人的事情包在我们身……”

“上”字还没出口，他就挨了一拳，惊叫着后退几步。

洛晨熙突然觉得一股无法抑制的怒火冲上来，一跃身扑向那一群人，就像是一条愤怒的美洲豹。

“兄弟们上啊！好好收拾这小子！”

两只拳头到了洛晨熙面前，一条腿横扫他足踝。

没想到他双手横扫，岩石般的拳头分别向两人重重砸去！同时矫健地脚后跟也踢在后面那人的肋骨上！

然后他突又反手，一串沉重的钥匙，像长了眼睛一样，砸在后面一个人的鼻梁上！

他快得像一阵风。

“抄家伙！”那小子喊着，顾不得那么多人拿武器对付一个赤手空拳的洛晨熙有失体面。顿时木棍钢管劈头盖脸地抽向洛晨熙。

“啊!”洛晨熙爆吼一声！侧面一让，一只手居然生生地承受住了木棍的一击！然后一用力，木棍顷刻就到了他的手中！

洛晨熙的动作矫健而勇猛，十二岁时，他就已经是个出了名的可怕的孩子了。

“老大”忽然发现自己错了，他本不该讥讽洛晨熙失恋，使得他愤怒异常。

他发觉这种愤怒的火焰，已将洛晨熙身上每一分力量都燃烧了起来。

就像是大地中突然喷出了石油，石油突然被燃烧，这种力量，是任何人都无法抵挡的！

少年们纷纷后退，他们忽然发现和自己打斗的并不是一个人，而是一座爆发的火山！

……

“闪人！闪人！快！”那小子最后被洛晨熙像个空麻袋一样抡起，过肩摔出去时，他终于顾不得那么多了。

“这小子发了疯，快逃！”

……

洛晨熙没有追赶，红着眼睛，大口地喘着粗气，疼痛立即传来——混战中他的手上、腿上也受了几处伤，鲜血正慢慢地浸了出来。

只是他的目光里燃烧着深重的沉痛和怒火！

然后，他捡起地上的钥匙，用力向着自己腿上的伤口戳了下去!

风轻轻地吹过青草，草上还带着些鲜血……

太阳似乎也不愿意看到这惨烈的一幕，迟迟没有探出头来……

又是一个阴冷的天气，乌云在天际堆积着，滚动着……

两百多平米的豪华公寓里，一样看不到阳光。

白色窗帘在风中微微飘动，屋子里昏暗而沉寂。

安子为穿着家居的睡衣，走到酒柜边上，倒了一杯酒，轻轻地啜了一口，叹息一声，眼神中尽是无奈和惆怅。

他翻开枕头，底下静静地躺着一块黑色的头巾，安子为将它拿起，揉皱、再铺平，铺平、再揉皱……

然后，他又从自己悬挂的西服口袋里拿出一块洁白的手帕，将手帕和头巾小心地放在一起，歪着头仔细打量着，又啜了一口酒。

“咯咯！”忽然传来敲击声。

“谁？”安子为烦躁地问。

“子为，是妈妈！”安妈妈关切的声音，“你是不是不舒服？怎么不去上学？”

“早上没课，妈妈！你让我一个人静一静！”安子为不想开门。

“子为，别这样，有个同学来看你！”安妈妈劝解着，“是女同学，在客厅等着，穿一身白衣服，很干净漂亮的样子！”

安子为像弹簧一样把酒杯重重地一放，冲过去拉开门。门开的那一刻，他脸上的期盼和焦急迅速地转为了无奈和失望——

客厅里，杨雪雯穿着白色的套裙和高跟鞋，静静地坐在沙发上。

安子为第一个反应是要退回房间去，可是安妈妈已经走到了门口，雪雯也站起来慢慢地跟过来。

“你们年轻人聊聊，或许就好过点了，你们玩吧，我出去了！”安妈妈笑着将雪雯推过来，转身识趣地离开了。

安子为只好让雪雯进屋，雪雯打量着凌乱的房间，开始动手把沙发上的杂志和报纸收集在一起，将四散的衣物挂起来。

安子为不让她做，“这些活张妈会做的。”

“我喜欢为你忙。”雪雯不住手。

“好了好了！坐下来！”安子为无奈地叹息，“喝点什么？”

“什么也不要。”雪雯在屋子里转了一圈，“子为，我新买的白裙子好看吗？”

“你穿什么都好。”安子为心不在焉地说。

“子为！”雪雯努力将语气放柔，“你还为上次的事情生我的气吗？我今天是特地来跟你道歉的，上次我太过分了，你原谅我好不好？”

“哦，我早就忘记了，你不需要道歉。”安子为重新拿起桌子上的酒杯。

“你在喝酒？”雪雯耸耸鼻子，“而且喝了不少！一大早喝什么酒？你心情不好？”

安子为没有答话，拿起瓶子又注满了面前的酒杯。

“别这样！你看你，瘦了，气色也不好，看到你这样我很难受！”雪雯眨了眨眼睛，眼眶红了，“我们出去走走好吗？”

“谢谢，我不想动。”

“那我们开车出去兜风？”

“不去，”安子为压抑着自己的烦躁，“你找我到底有什么事情？没事情的话你让我一个人静一静好吗？”

“你为什么每次都这么问？”雪雯委屈，“我只是想你，你不知道和你吵架后我多想你，多想看到你！人家是真的关心你！”

“OK，现在你已经看到我了，我也谢谢你的关心，你可不可以走了？”安子为用手支着头，酒精、失眠使他头疼欲裂。

“我不走！”雪雯任性地夺走安子为手里的酒杯，“我留下来照顾你！”

安子为无可奈何，“杨雪雯，每个人都有心情不好的时候，你就不能给我点安静的自由吗？”

“也给你暗恋艾梦箐的自由对不对？”雪雯终于忍无可忍。

“你……”安子为的头更疼了，“我想我有自由暗恋任何一个人，这个自由不需要你来给吧！我说过很多次了，我们只是同学和朋友！”

“我不听！”雪雯气得浑身颤抖，“我一大早倒了两趟公车来看你，你居然这样对我，连起码的礼貌也没有了，以前你不是这样的，为了那个艾梦箐，你整个人都变了！”

“不要胡说！我不想吵架。”安子为用力按着太阳穴。

“我没有胡说，她是个没风度没教养没水准的野丫头！听说你约她了，而她一点面子也不给你，这还不能让你看清楚她的本来面目吗？她根本配不上你，子为，醒醒吧，你看你把自己弄成什么样子了，值得吗？”雪雯苦苦地劝解着。

安子为恼怒了，有种被人揭开伤疤的刺痛，“值得不值得我心里清楚，不需要你多事！我和她的事情，也请你不要管！”

“啊！”雪雯绝望地低呼，嫉妒使得她忘记了一切，不管不顾地攻击起来，“那个死女人有什么好？你这么维护她？她不过是路边的一根草！她……她比不上我一丝一毫，她根本就是个贱丫头……”

“住口！住口！”安子为抓住雪雯一阵摇晃。

雪雯的头发被摇乱了：“我偏偏要说，她贱，她贱！”

安子为举起手，雪雯没有逃避，“打呀！你也会打人？你下得了手就尽管打！”

安子为深吸一口气，手慢慢收回：“你听着，我正式告诉你，我喜欢她，我爱她，她是我心爱的女人，不许你侮辱她！就算她拒绝我，我也不会和你在一起！”

雪雯咬着嘴唇，全身不停地发抖，终于忍不住用手掩着脸，失声痛哭起来。

“现在，请你离开，否则我叫老刘来请你出去！”安子为拉开门。

雪雯忽然举起桌子上的酒杯，用力对着墙壁扔过去，“砰”的一声，血红的液体和玻璃片四散飞溅。

“在我走以前，你也听好！我杨雪雯一定会报这个仇！我要笑着听她哭！”

“你不要再跑啦……再跑我的脚就要长水泡了。”瑶华汗流满面地追上去，拉住艾梦箐，“你是怎么了？”

艾梦箐像梦游一样，瑶华拉她，她就坐在街心花园的长凳上，神志一直迷迷糊糊的。她无法集中自己的思想，无法安排自己的去向，甚至，到了最后，她竟不太确知自己要做什么。

她脑子里只有一抹黑色，带着钝钝的痛压迫着内心。

就在前几分钟——

当艾梦箐抱着书本走向宿舍时，忽然窜出一个黑衣人拦住她的去路。

艾梦箐睁大了眼睛，想反击的话被洛晨熙的样子吓了回去，他为什么衣衫破烂，满脸青紫，像是刚刚和人打过架？

“你……”她翕动着嘴唇，“你受伤了？怎么受的伤？”

“你少管我！”他大吼，几乎震破她的耳膜，“你有时间就去关心我大哥！他生病了，都是为了你！”

艾梦箐一言不发掉头就走，洛晨熙伸手一拦。

“跟我去见大哥。”

“我不去！”她忍无可忍。

“跟我走！”他不由分说拽住她的手腕，她疼得叫起来，“你放手！”

他根本不听，铁箍一样箍紧了她的手腕，她挣扎着，突然低下头，一口咬下去，他没有预料到这一着，大惊，松开了手。

她发出一声低喊，像躲避什么妖魔鬼怪一样，匆匆跑开了。

她一头撞到去食堂的瑶华身上，手里的书本都掉在地上，瑶华莫名其妙地拣起她的东西喊她，可她充耳不闻地往前跑。

瑶华只好一路追过去，跟着她跑出了学校。

“告诉我发生了什么事情？”瑶华奇怪地看着梦箐。

艾梦箐面如死灰，机械地望着远方。

“你到底是怎么回事情哎？是朋友就说出来，也许我可以帮你呢！”瑶华好心地说。

“你帮不了我……谁也帮不了我……”艾梦箐怔怔地自言自语。

“什么啊！我可是一直帮你找快乐找阳光哎！”瑶华鼓起腮帮，那样子显得很滑稽，“你不说算了。”

过了一会儿，瑶华看着两眼发直的艾梦箐，又担心起来：“我们已经坐了这么半天了，真无聊，我唱歌给你听吧？”她好心地要逗她开心。

“你不喜欢？那我吹口哨吧？我吹得可好了，就像给小娃娃把尿一样！”瑶华自己先笑了起来，可艾梦箐似乎根本没听到她在说什么。

“喂！你不要这样子吓人好不好？来，看着我，笑一个啦！”瑶华做着鬼脸，又用手去咯吱艾梦箐。

“你走开啊！”艾梦箐突然推开瑶华的手，烦躁地说。

“你发什么神经，是我啊！”瑶华被她突然的爆发吓了一跳。

“你走，你走好不好！”艾梦箐两只手插进纷乱的长发里，将自己的头埋进膝盖中，“你让我一个人待着，不要管我！”

“哼！”瑶华委屈地站起来，有点生气了，“好啦好啦，走就走，我还懒得陪你发神经呢！”

她大步离开，艾梦箐依旧低垂着头，双臂抱着自己，像是一尊雕像，和渐渐漆黑的夜融为了一体。

瑶华走了一段，忽然发现艾梦箐的东西还在自己手里，她愣了一下，折回去想还她。

就在此时，她忽然发现一辆黄色的面包车正开过来，车子来得好快，一个急刹车就停

在了艾梦箐面前，车上跳下几名高大的男子，二话不说就架起了艾梦箐，一只黑色的头套往她头上一套，她还没反应过来就被塞进了车里！

“呼”的一声，车子扬起一路烟尘驶远了。

瑶华大惊：“来人啊——绑架！”

她没命地跟着车子跑，还好是华灯初上的时间，这条路上出租车还很多，瑶华跑了没多远就拦到一辆出租车。

“快，跟住前面那辆黄色的面包车！”幸亏面包车容易辨认。

“小姐……”司机有点奇怪。

“我多给你一倍的钱！”瑶华急得心都要从喉咙里跳出来了。

车子在一家偏僻的夜总会门口停了下来，一道小门开了，瑶华藏身在出租车的后座，看着几个男人七手八脚地把艾梦箐推了进去，门被立刻锁上了。

瑶华掏出一张五十元钞票看也不看地塞给了司机，下了车立刻掏出手机想找人帮忙，可是她根本不知道该找谁，急得像热锅上的蚂蚁。

她下意识地拉开艾梦箐的皮包，一只小巧的手机呈现在她面前。

瑶华忽然眼睛一亮，她试着打开手机寻找艾梦箐的电话薄，可是那里居然只存着自己的电话！她不甘心地又去找通话记录。

一个陌生的号码跳了出来，时间是前几天。

会不会是她的亲戚、朋友，可以帮助她的人？

已经来不及多想，瑶华立即用自己的手机拨出那个号码——

木屋的屋顶上。

洛晨熙点着一根烟，出神地瞪着自己挽起袖子的左手，那里有一圈牙印，又红又肿，像一个烙印。

“跟我去见大哥！”

他拖她，她居然咬了自己，她就那么不愿意去见安子为吗？

洛晨熙眼中又露出愤怒痛苦之色，他压住叹息，拿起手机，看着上面的号码。

他是什么时候存下她的号码的？洛晨熙摇摇头，要不要打一个给她？跟她说什么好？劝她去看安子为？如果她挂断呢？

也许可以和她说点别的，孤儿院？她的白裙子很好看？该死！为什么自己想要跟她说点“别的”？洛晨熙，你到底是为了安子为还是为了自己？

洛晨熙捏着手机的手僵硬了，他刚要收回手机，它却叫了起来！

陌生的号码——

“喂？”

瑶华一时没听出这个声音是谁，只是觉得电话里的男声似乎带着一种期待。

“喂喂，说话！见鬼！”

“洛晨熙！”瑶华惊叫出声，艾梦箐手机上唯一的来电居然是洛晨熙！她简单的脑子立刻想到，会不会又是他派人做的？

“你……你把艾梦箐弄走了吗……”瑶华小小声地问着，又不敢挂电话。

“什么？”听到艾梦箐的名字，洛晨熙不由得一凛，“你是谁？你在说什么鬼话？”

“……”

“说话！”

“艾梦箐……艾梦箐被绑架了，”瑶华吓得直抽气，“不，不，不是你干的吧？”

“混蛋！”洛晨熙怒吼，同时大惊，“她被绑架了？什么时候的事情？你是谁？快说！快！”

“我是她的朋友，我是李瑶华！”瑶华发现洛晨熙全不知情，心里一松，谁都知道洛晨熙虽然凶恶，但从来不否认自己做的事情，他如果说不是他那就不是他了！

瑶华忽然觉得像抓到了一根救命稻草，对了，洛晨熙一向只服安子为，而安子为最近不是在追艾梦箐吗？太好了，她一口气地嚷出来：

“那我求求你救救她，学校里只有你能救她，她是你大哥的朋友……”

“住嘴！”洛晨熙喝止，人已经奔下屋顶，“还不快告诉我，她在什么鬼地方？你又在什么该死的地方？”

这是一家夜总会的地下室，用来堆积一些废弃的桌椅和杂物。

阳光照不到这里，永远都照不到，这地方永远都是阴森、潮湿、黑暗的。

昏暗的灯光，从天窗斜斜地照进来。

艾梦箐的头套被摘掉了，她发现自己双手双脚都被绳子绑在一张破旧的椅子上，她渐渐地适应了光线的眼睛，看到了七八个叼着烟，流里流气的男子。

以及他们中间，冷笑着的杨雪雯。

杨雪雯的眼睛里喷射着怒火，忽然冲上前来，左右开弓对着艾梦箐的脸打下去。

艾梦箐的头被打得歪过去，鲜血从她的嘴角边流下来，只有她的一双眼睛，依旧流露着冷漠和嘲讽。

“原来是你。”

“你这个不要脸的女人！”雪雯一把抓起她的长发，用力一扯，“我真不知道你有什么地方值得子为为你发狂？”

艾梦箐知道解释也没有用，只能更用力地咬紧牙，任凭雪雯发泄着满腔怒火。

“你从来就没为他做过什么，你甚至还拒绝他的邀请。他却处处维护你，为了你骂我！我对他那么好，他却说他爱你……你做梦！”雪雯又是一个耳光扇了过去。

艾梦箐的脸已经肿了，她看向雪雯的目光里却没有深深的怨恨，相反却带着一丝难以觉察的同情。

她忽然觉得雪雯其实也是个可怜的人。

“这个丫头怎么一直不说话，她是哑巴吗？”一个戴着鸭舌帽的男子上前来，伸手去掏艾梦箐的舌头。

这下艾梦箐可忍不住了，用力扭过了头。

“呵呵，脾气还不小！”鸭舌帽学着雪雯的样，用力一扯艾梦箐的头发，但男人的力气比女人大多了，艾梦箐疼得整个人往后仰去，轻呼出声：“啊……放开我！”

“原来会说话！”男子们肆意地大笑起来，“既然会说话，那就跟杨小姐说，我错了，我以后再也不敢了！”

艾梦箐鄙视地看了一眼这群打手，闭上眼睛。

“还挺倔的！”一名男子从身后端起一盆冷水，对她直泼下去，十一月的天气已经很冷，艾梦箐被这一泼，浑身发抖。

“还不说！”雪雯仇恨之极，焦灼地走了几步，“李哥，再想其他法子整她！”

叫李哥的男子忽然贪婪地盯着艾梦箐，原来被打湿的衣服紧紧贴在她身上，显出了玲珑的曲线。

艾梦箐注意到他们的神色，这才真的害怕起来！

雪雯皱了皱眉头，但转念一想又高兴起来，她退到了一边，任凭男子们的眼光生吞活剥着艾梦箐。

“怕了吧？”她得意地冷笑，“你也有怕的时候？上次算你运气好，让你跑了，这次看谁来救你！”

像是回答雪雯这句话一样——“砰！”屋顶的天窗忽然被撞破！

一根粗绳索垂了下来，接着，一个黑影刹那间滑下来，还没落地，就听到他的一声怒喝。

“放开她！”

“洛晨熙！”雪雯失声尖叫。

椅子上的艾梦箐双目发出惊喜的光芒！一层红晕忽然散落在她苍白的脸上，竟然使得她被打得青肿的脸有了点生气！

“放开她！”洛晨熙心急如焚，特别是当他看到几名男子投向艾梦箐的眼神时。

“放她？”叫李哥的男子“啪”地吐掉嘴里的烟，“这小子口气倒不小，杨小姐，他是什么人？”

雪雯回过神来，见到洛晨熙脸上青紫斑斑，显然之前已经经历过一次大战了，她又看了看屋子里她雇来的人，脸上再次恢复蛮横，“洛晨熙，你又跑来管闲事？！这次你看清楚，可不是在学校打架！李哥他们都是江湖上混的人，”她还是多少有点心虚，又补充了一句，“识相的话赶快走！”

洛晨熙皱皱眉头，真的，这不是在学校打架。几个二十来岁的男人，一字拦在他面前，手中已经亮出了刀刃和铁棍，在昏黄的灯光下闪着寒冷的光芒！

他又看了看椅子上披头散发，浑身透湿，脸蛋青肿的艾梦箐……

“放开她！”洛晨熙胸膛一挺，毫不犹豫地向着他们走过去……

“不要！”椅子上的艾梦箐忽然发出一声尖叫。

“洛晨熙，你赶快走！走啊！”艾梦箐狂乱地喊着，她看出眼前的形势对洛晨熙大大不利，他即使在学校是霸王，可是赤手空拳的他怎么可能敌得过一群混混?!

“你不要过来，你走，走啊！”艾梦箐情急关心，“求求你快走……”

“你住嘴！”洛晨熙对她一吼。

趁着他分神，李哥的铁棍已经对着他抡了下来——

“啊……”艾梦箐发出痛楚的喊声。

洛晨熙的反应依旧迅速，他一闪身，避开棍子，同时一只手直切对方手腕!

怎奈他经历了白天的一场大战，又费力地爬窗，滑绳，体力难免不支，这一掌虽然切在对方的脉搏，却只是让对方的手酸麻了一下，并没有将棍子击落。

但已经有人不由赞叹。

“想不到这小子还真有两下子！”

“老五，你上！”李哥指挥着，经过刚才一个回合的交手，他已经发现这小子身手虽然灵活，但明显体力不支，老五的一把刀，就可以收拾他了，有面子的事情，乐得给兄弟做个顺水人情。

老五的刀子猛然挺出，刺向洛晨熙的胸膛，洛晨熙又一闪，以为可以将这一刀避开，没想到这次居然是虚招，刀光一闪，本来指向他胸口的，忽然到了他的咽喉!

雪雯吓得捂住了脸，她早知道黑道上的人出手一向不留情面，“别弄出人命来——”

可，就在此时——

洛晨熙一低头，竟然生生地咬住了寒光闪闪的刀刃！但刀子还是划破了他的脖子，鲜血滴滴嗒嗒落在他的衣服上。

洛晨熙趁着对方迟疑的一瞬间，手里的钥匙迅速飞出，用力戳进老五的大腿内侧！

老五不由自主地惨叫一声，后退一步！咬牙从伤口里拔出钥匙！

洛晨熙趁机上前一步！

但洛晨熙发现，他也无法再夺回他唯一的武器！

“住手！”李哥生气地喊，“没出息！”

老五羞愧地退到一边，黑帮有个规矩，绝不群殴一个赤手空拳的人，只能一个个和他车轮战。

“小三，你上！”

杨雪雯看得几乎呆住了，她只是想教训艾梦箐，可不想弄出大事来，看这样子，洛晨熙好像要为了这个丫头拼命！

她忽然冲到艾梦箐身边，重重地给了她一个耳光。

“你这个臭丫头！居然骗得那么多男人对你好！你要是有良心，就不该看着他被人打！快叫他走！”

这次艾梦箐居然听话得很，不管不顾地喊起来：“你走啊！洛晨熙……算我求你……他们不会把我怎么样的，你快走啊！”

洛晨熙依旧标枪一样立在那里，黑色的身影散发着前所未有的坚毅！

“你……”艾梦箐豁出去了，她嚷起来，“你滚啊！谁要你来管我的闲事？我不要你救我，我不领你的情，我一点都不感激你……”

她说不下去了，眼泪终于从她的脸上滑落……

自从离开孤儿院，这还是她第一次掉眼泪！

……

“你滚……”艾梦箐用力压抑着抽噎，“快滚，我看到你就讨厌，我不想见到你，我讨厌你，讨厌你，讨厌你……”

她一口气喊了十几个“讨厌你”，嗓子哑了，泪水和脸上的血混在一起。

洛晨熙脸色铁青，下巴绷紧，强忍着钻心的痛，他黑色的衣服已经被撕破，鲜血落在地上，看上去像是一只受伤的豹子……

“小三，别抄家伙。”李哥也不禁对面前这倔强的少年生出一丝佩服。

“你也是条汉子，大家空手，你赢了我们，这丫头你带走！”

“不要……”

艾梦箐用力向前一扑，连人带椅子倒在地上，望着几步外瘫软在地的洛晨熙，“你们怎么样对我都可以，放了他吧……”

“住嘴！”雪雯一脚踩在她的手上，当她看见双方空手相斗，也就不再担心会出人命了，她想凭洛晨熙的底子，最多是受伤，于是另一种幸灾乐祸的情绪抓住了她。

“叫什么？我还没死！”洛晨熙费力地吼了一声，用尽全力，摇晃着靠着墙壁想站起来，但是剧烈的疼痛使得他不得不重新跌了下去。

“洛晨熙……”艾梦箐拖着椅子，一寸寸费力地移动着，“求求你不要吓我……你为什么还不走……你快走啊……”她泪如雨下，“我不要你为了我……为了我……”

洛晨熙虽然浑身伤痕累累，但是听到艾梦箐真情流露的哭喊，他肿胀的脸上忽然有了一丝难言的温柔！

他挣扎着看向她……

她流着泪，一点点地“挪”向他……

竟然没有人再上前阻止，屋子里似乎在一刹那安静下来了！连雪雯也呆住了。

一寸……一寸……

他们的距离越来越近……

就在他们快要靠近的时候……

门忽然被冲开！几只闪亮的手电照得人睁不开眼睛！

十几名打手拿着武器冲了进来，旋风般地向李哥等人身上打去，一时间，仓库里大乱，桌子椅子纷纷翻倒，展开一场混乱的群殴，拳头和脚雨点般纷纷落下……

冲在最前面的是一个白衣少年。

不是安子为又是谁？

“快闪！”见对方人越来越多，李哥终于觉得势头不对，拉着惊慌失措的雪雯，带着手下慌乱地从后门逃逸。

……

“梦箐！你没事吧。”安子为满脸心疼地扑向地上的艾梦箐，割断了她身上的绳索，不停揉搓着她麻木的手足，“梦箐……不要怕，不要怕，没事了……”

他的眼眸是痛苦的，看着自己深爱的女孩，低声呼唤着。

却，完全忽略了不远处另一个需要自己关怀的生命。

“啊……！”在安子为的呼唤下，艾梦箐艰难地发出呻吟。

“梦箐……不要怕，我来了……”安子为再也顾不得许多，见到她被打得青紫的脸和颤抖的身体，心疼得几乎停止呼吸。他猛然一把将艾梦箐搂在怀里，“你受苦了……现在没事了，都过去了，我会保护你……我爱你！我再也不让你受半点苦！”

艾梦箐任凭安子为拥抱着，安慰着，目光却越过他的肩膀，望向角落里——

那里，躺着满身鲜血的洛晨熙……

坚强地昂着头，傻傻地凝视着他们拥抱的一幕……

艾梦箐浑身的血液都冻结了，不，不，不能这样！不能这么残忍，不要！不要！洛晨熙，事情不是你看到的那样，不是你想的那样！

她想喊，她想挣脱安子为的怀抱，想扑过去扶住洛晨熙，诉说她内心深处太多太多的话！但是，她发不出声，也动弹不得，她所有的力气似乎都已被抽空，只能像个木偶般被安子为紧紧地拥抱着……

洛晨熙傻傻地凝视着那一对拥抱的人……

他的头脑昏沉，眼睛模糊，浑身上下疼得要裂开……

然后……

一丝微笑忽然出现在他的嘴角！

他笑。

轻轻地，不能压抑地，痛楚地笑。

他笑这混乱的人生，笑这奇特的命运，笑这残酷的现实。

……

他笑着，挣脱了兄弟的搀扶，摇摇晃晃地向门外走去……

他的鲜血一路滴落在地上，留下一条长长的线……

艾梦箐张开了嘴，却喊不出半点声音，她想抬起手，却动弹不了。

只有一样东西是自由的……

眼泪冲出了她的眼眶……一串串滚落下来……

“对了，晨熙呢？”安子为终于从激动中平息下来，这才想起了好兄弟，面色焦急地到处寻找。

“少爷，刚才，他一个人走掉了。”手下报告。

“什么？”安子为疑惑，又一想，洛晨熙一向不喜欢让人看到自己狼狈的样子，他能走说明他的伤还不是很严重吧！

对艾梦箐的关切使得他暂时把兄弟抛在了一边。

“梦箐，你能走路吗？我带你去医院……”

“不，”艾梦箐终于发出声音来，“送我……回宿舍！”

窗帘在风中摇摆，不断地拍打着窗棂，发出单调的、破碎的声响。

雨已经从倾盆如注的大雨转为绵绵密密的细雨，萧萧瑟瑟的，带着无尽的寒意，从敞开的窗子外一丝丝地飘进屋里来。夜，好长好长，长得似乎永远也过不完。

“不要，不要！”艾梦箐忽然翻身而起，从噩梦中惊醒过来，摸到枕头上一片泪湿的痕迹，浑身冷汗淋漓。

“洛晨熙……求求你不要……”虽然知道是梦，艾梦箐还是痛苦地自言自语。

没有人听到她的自语，同学们都熟睡了，寝室内是暗沉沉的死寂。

她抬起头来，茫然四顾，那份沉寂带着浓重的压迫感向她卷来，她心里充塞了太多太多需要迸发的感情、思想和意识。

她披上衣服坐起来，一眼看到桌子上的一大包药水、棉花、纱布、绷带……

……

几个小时前她挣扎着要回宿舍，安子为无可奈何，只好亲自送她到门口，买了许多药给她，又看着瑶华把她扶了进去，再三叮嘱，才恋恋不舍地离开。

艾梦箐理了理长发，眼前又出现洛晨熙浑身血污的样子，她的心剧烈地疼着。

再也耐不住了，她从床上下来，摇摇晃晃地走到桌前，拧开台灯，动手包着剩余的药物……

“我要去看他，我要去给他送药！”

她对自己说，慌乱地、飞快地包着药物。

艾梦箐一边包着药物，一边借着台灯的光，从桌上的镜子里看到了自己的脸……

一张青肿而憔悴不堪的脸……

她突然愣住了……

“哐当！”一只酒瓶被砸碎在柜台上。

这是一家小小的杂货店，店堂打烊的时候，也兼做了卧室和客厅，一个男人正望着一地的杂乱，嘴里发出咒骂：“小箐——你给我过来！躲什么躲！”男人喷着酒气。

七岁的小梦箐怯怯地走过来：“爸爸……”

“爸爸？谁是你爸爸？”男人发出一阵狂笑，伸手给了小梦箐一个耳光，“你妈妈是婊子，你是个小婊子！爸爸……哈哈哈！我倒了一辈子霉，替一个婊子养女儿！”

小梦箐根本听不明白爸爸在说什么，只是被动地，忍耐地望着他。

“妈的！”男人又给她一耳光，“简直一模一样！你和你妈一样，就喜欢用眼睛这样看人，妖精一样的眼睛！她是个老妖精，你是个小妖精……小妖精，你不会有好下场！”

小梦箐的脸热辣辣地肿起老高，可是根本不作声，任凭眼泪在脸上悄悄流淌。

“我诅咒你……”男人雨点般的拳头纷纷落下，此时他已经不是在打女儿，而是在发泄心里的怨恨，“我诅咒你！你不会有好下场！你这个阴险毒辣的小贱种！你这一辈子不配爱人，不配被爱，你没有好结果，没有好结果……”

小梦箐用两只手抱着头，咬紧牙关，不叫，不哭，不讨饶。男人打累了，像泄了气的皮球，瘫软下来，看着脸蛋青肿，嘴角和鼻子都在流血的女儿，内疚和良知忽然又回到了他身上。

“爸爸看看……打疼了么？爸爸不是要打你……爸爸心里恨啊……为什么……”

男人像个孩子一样无助地哭起来：“我不计较你的过去，可是你还是要走……你还是丢下我，丢下这个家……你连小箐都可以不要……你怎么能这么狠心啊……”

小梦箐像木头一样看着爸爸发酒疯，她已经习惯爸爸这样的发作了，自从妈妈走后，爸爸就关了店，整天喝酒，醉到十成的时候就呼呼大睡，醉到七八成的时候，他就成了个完完全全的魔鬼。

“小箐……你长大了千万别恋爱……”男人含糊地说着，“你千万别爱上什么人，否则你像爸爸一样，一辈子都完蛋了，毁了，什么都没了……”

小梦箐用力把已经睁不开眼睛的爸爸搀扶到床上，拿毛巾擦拭他的呕吐物，再默默地收拾着屋子。

“千万别爱上什么人……小箐……”男人依旧在模糊地呢喃着。

……

你千万别爱上什么人……你这一辈子不配爱人，不配被爱……

艾梦箐恐怖地瞪大了眼睛，望着镜子里的自己，手一抖，一大包药物掉在地上。

她怔怔地捡起药物，忽然觉得手里似乎拿的是定时炸弹！她发出一声恐怖的低吼，将药包用力丢进垃圾箱！

然后，她逃一样回到床上，用被子蒙起了头。

黎明慢慢地来临了，窗外一片绰约的暗影转为清晰。

但，雨，仍旧没有停，绵绵密密地下着。

我是天使 **你**要幸福

第一季 原来，我爱你

CHAPTER 6

遗失美好

艾梦箐的大眼睛里渐渐浮上一层泪影，她控制着，不让眼泪掉下来，转过头，望着台上依旧一脸热切的安子为。

“我、接、受！”

窗外还在下雨，只是越来越小了，那雨珠甚至无法在树梢上凝结成滴，只是濡湿了青灰色的枝干。

白色病房里静悄悄的，洛晨熙躺在床上双目紧闭，眉头似乎因为痛楚而轻轻皱着，瓶子里的液体一点一滴输进他的身体，却染不红他因为失血过多而苍白的唇。

安子为坐在病床边，焦灼地看着床上的朋友，用棉花签沾了点水，轻轻地在洛晨熙苍白的唇上涂抹着，试图湿润那干裂的唇。

“你可千万不能有什么事情，否则我会内疚一辈子的。”他低声说。

那晚，洛晨熙虽然用尽最后的力气强行离开，但就在快到家的时候，终于因失血过多而晕倒在地！

风轻轻地吹着这倔强的少年……

“晨熙！”安子为送艾梦箐回宿舍后，终究是不放心洛晨熙，打手机给他无人接听，只好开车来找他，才在巷子口发现了浑身血肉模糊地躺在地上的洛晨熙。

安子为又惊又急，又气又痛。洛晨熙伤得这么重，居然一声不吭地就走掉了！他用力背起昏迷不醒的洛晨熙，塞进宝马车里，立刻加大油门往医院送！

“都是为了帮我，你真是傻！事先也不和我说一声！”安子为痛楚地望着了无生气的洛晨熙，“从小到大，你就是这样倔，就是这样帮我，全世界就只有你是真心帮我的，躺在这儿的人应该是我才对！”

……

“要是有人欺负我大哥，我就打死他！”

安子为想起了往事，咬紧了嘴唇。

一个护士轻轻地走进来，看了一下依旧昏迷不醒的洛晨熙，调节了一下点滴的速度。

“护士，我朋友为什么还没有醒过来，他会不会有内伤？”安子为担心地问。

“放心，他只是失血过多，手上、腿上一连有十三处伤口，我们已经给他缝了针，处理过了，这瓶点滴是帮他恢复元气的。”

护士解释着，显然对风度翩翩、温文尔雅的安子为很有好感：“但是他脑部受到重创，所以一直处于深度昏迷，恐怕要住院几天，不能挪动他，我们还会仔细给他检查一下。”

护士微笑着走了，安子为目中的担忧之色更浓重了：“晨熙，好兄弟……你可千万不能有什么事情！”

他整理着洛晨熙的被褥：“我一定给你请最好的医生！你说过我们是一辈子的兄弟，我还有很多事情要和你一起做！你别吓我，你不会有事的对不对？我们不是说好了冬天还要一起去滑雪的，马上就冬天了……”

说着，说着，安子为眼眶红了，“你快点醒过来，我们一起滑雪去……你不是说什么都听大哥的吗？大哥在叫你醒来，你怎么不听话啊？快醒过来啊！”

安子为握起拳头，狠狠地、无助地对着床头柜捶了一记。“咚”的一声闷响，床上的洛晨熙好像被惊动了，他皱着眉，转动着头，发出低低的呻吟。

“晨熙！你醒了吗？你听得到我说话吗？”安子为惊喜地扑过去，但是忽然想起护士说的，不能挪动他，只能焦急地看着他。

“大哥……”洛晨熙的眼前模模糊糊，像是有一团迷雾，迷雾中有千千万万个安子为的脸，焦急而关切地望着自己。

“对，是我！”安子为狂喜，“你听得到我说话吗？你真的醒了吗？”

迷雾徐徐消散，洛晨熙努力睁大眼睛，他动了动，发现浑身酸疼，想要抬手，发现手被固定在床边打着点滴……

刹那间意识回到了他的大脑！

仓库里的血战……

她连人带椅倒在地上爬向自己，哭着喊自己的名字……

安子为的从天而降……

“艾梦箐！”洛晨熙没有多想，下意识地喊出了她的名字，“艾梦箐……她怎么样了？”

“放心吧！她只是受了点皮外伤，受了点惊吓，休息两三天就没事了。”提起艾梦箐，安子为脸上顿时流露出情不自禁的喜悦和温柔。

洛晨熙深吸了一口气，真的清醒了！他狼狈而懊恼，想看看安子为有没有发现自己的失态，但他看到的只是一张依旧关心、热切的脸。

“你为什么不等我找齐人手，就一个人杀过去了？你以为是在学校里打架吗？”安子为疼惜地责备着，“以后，不许你再为我冒险了！”

洛晨熙挣扎着要坐起来，但是一阵剧烈的疼痛又把他拉回到枕头上，顿时额头上沁出了汗珠，他恼怒而不甘心地从牙缝里挤出一句：“见鬼！”

“别动！医生说，你身上有很多伤口缝了针，头也撞伤了，要住院观察几天。”安子为急忙按住洛晨熙，努力把他的伤势说得温和些。

“什么——”洛晨熙想起来了，“我昏迷了多久？现在是什么时候？”

“现在是……”安子为看看时间，“第二天下午了。”

“要命！”洛晨熙慌了，“我妈见我一夜没回去，一定会担心的，不行……”

“别动别动！”安子为把手放在洛晨熙的肩膀上，“你放心，我已经托人去照顾阿姨了，并且告诉她，因为学校要考试，你暂时要在宿舍里住上一到两周温书，她相信了，还托人告诉你不用担心，好好念书！”

“真的吗？”洛晨熙呼出一口气，疼痛使得他浑身冷汗涔涔。

“大哥什么时候骗过你？”安子为拿起一块纱布，轻轻地帮洛晨熙擦拭着额头的汗水，“你只管好好养伤，阿姨不会有事的，而且我已经和精神疗养院的院长打过招呼，如果阿姨有事情，他们随时会过来治疗她的。”

“谢谢大哥！”洛晨熙感动地沙哑着声音说。

“我才要谢谢你呢！你救了我心爱的女孩，我为你做这点小事情算什么？”安子为的声音也略带沙哑。

“大哥……”

“不要说了，你既然叫我大哥，你妈妈就是我妈妈，你快点好起来，我们一起回去看她！”

“大哥！”

“我知道全世界只有你是真心对我好的，我们是一辈子的兄弟！”安子为紧紧握住洛晨熙没打点滴的那只手。

安抚了洛晨熙，安子为从医院出来，钻进宝马，缓缓地发动了车子，摇下车窗，雨已经停了，外面的空气清新而湿润。安子为若有所思地慢慢开着车，小心地绕过积水和泥泞，忽然，他的手机响了起来。

“喂？”

“少爷，我是老刘，你要的东西已经准备好了。”

“好的！”安子为嘴角勾起一抹欢悦的微笑，“我现在就去取！”

半红半黄的夕阳不知道什么时候穿破了云层，将温柔的余晖洒在路边湿润的花草上。

放学的铃声响了，圣翰学院顿时热闹起来，三三两两的人拿着书本，笑闹着从课室里奔出来。

教学楼中心的广场上，喷泉闪烁着光芒，映照着漫天彩霞。

所有人的目光都凝固在那里——

“玫瑰！好多的玫瑰！”

“还是蓝玫瑰，好美好美！”

“是不是有九百九十九朵？我眼睛都花了！”

“看，是安子为！”

……

那飞溅的水柱边，静静地站着一个白衣少年。他的身后，无数的蓝玫瑰在喷泉周围娇艳美丽地绽放！

安子为的手里拿着十二枝蓝玫瑰，那花心里插着一张小小的卡片——

彩霞映照在他身上，映照着他俊朗的面孔，映照着他热切的眼神，映照着他身后的白色宝马，映照着那九百九十九朵蓝色妖姬……

他在等待着什么。

他在搜寻着什么。

他的目光越过无数的喧嚣，投向台阶上的一抹黑色……

蓝色的花海……

漫天的彩霞……

英俊不凡的白衣少年……

这是每个女孩子梦里的想象……

艾梦箐双手握拳，似乎整个人被魔杖点过，成了一具化石。

她的长发轻轻飞舞。

她的睫毛微微闪动。

她如在梦中一样，看着安子为手持玫瑰，一步步向自己走来……

越过无数女孩嫉妒、惊讶、羡慕的目光，他走到自己面前……

蓝色的玫瑰花吐着娇艳的蕊，在艾梦箐眼前怒放。

安子为轻轻抬手，将玫瑰花递了过去。

艾梦箐看到花束中插着的小卡片——“你在我心里是最美。”

时间仿佛凝固了。

空气里只有芬芳的花香……

他的白色西服散发着柔和的光芒。

她的黑衣被风轻轻吹起。

终于……

艾梦箐伸出手去，慢慢地，慢慢地张开手指，接过了花束，把发烫的脸依偎在蓝色的花瓣上。

安子为的眼底散发出狂喜的光芒！

深秋的时候，圣翰学院里所有的人都在议论着一条爆炸性的新闻——

安子为和艾梦箐在谈恋爱！

灰姑娘终于穿上了水晶鞋，接受了白马王子的青睐！

据说，安子为对艾梦箐好得不能再好——

艾梦箐说她喜欢真丝衬衫，可惜买不起。

第二天，她的宿舍里就挂满了真丝衬衫，从米色到咖啡色，从粉紫到深紫，从水红到枣红，从黑到白……什么颜色都有！

艾梦箐说她想学习骑马。

三天后，安子为居然买了一匹马寄养在马场，马背上烙着艾梦箐的名字，马鞍、马装、马靴、马鞭……无一不备！

艾梦箐说她喜欢听流水的声音。

于是安子为带她去无数欧式的西餐厅吃饭。灯光幽暗，四面窗子上有一片一片的水帘倾泻……流水淙淙，极富情调！

……

类似这样的传闻越来越多，人们经常看到安子为用白色的宝马载着一身黑衣的艾梦箐，驶过人群。

圣翰学院的女孩子全都又气又妒又不甘心，早知道穿个黑衣，装个酷就能钓到校草，自己当时就应该改变招数！

……

“拽什么拽？”灯光下，郑波看着晚归的艾梦箐，一脸愤愤不平，“真不知道安子为喜欢你什么，就这副半死不活的样子吗？”

“哎呀，我看安帅哥是一时糊涂，他吃多了大鱼大肉，偶尔也要吃咸萝卜加米饭的！”另一个女生从床围里探出头来。

艾梦箐依旧无动于衷，似乎她们议论的事情与自己无关，她走到桌边，慢慢地梳理着长发。耳朵上的蜥蜴耳钉散发着清冷的光芒。

“你别得意！咸萝卜就米饭迟早是要吃腻的，到时候，你哭也哭不出来！”郑波气得直想拿书砸艾梦箐的脸，看她脸上还有没有表情！

“喂！你说谁是咸萝卜？”门被冲开了，瑶华愤愤不平地站在门口。

“啊！是你！你是艾梦箐的保镖是不是？”郑波嚷着，“李瑶华，你真会拍马屁，知道她钓上了帅哥，就整天跟在她屁股后面转！”

“总比你好！追不到喜欢的人，就跟一个连自己都看不起的男孩子在一起！”瑶华不甘示弱，大声嚷回去。

“你找我？”艾梦箐不想看到朋友为了她跟人吵架，她上去拉住瑶华的手。

“我们出去说，让这些吃不到葡萄的狐狸在房间里慢慢骂，就是骂干了口水，安子为还是喜欢你！”

路灯下，两个女孩子坐在校园的凉亭里。

“哎，艾梦箐，想不到你真的跟安子为好上了，看来你还是蛮厉害的！”瑶华好奇地打量着艾梦箐，却发现她和以前一样，几乎没什么改变!

艾梦箐听出瑶华的语气里那一丝酸酸的味道，她忽然想起瑶华说过她也曾暗恋安子为的一番话来，不由得抱歉地皱起了眉头。

“瑶华，对不起……”

“对不起什么？”瑶华傻呵呵地问，但立刻明白了，脸不由得红了一下，可立刻，她就把这一丝微妙的醋意抛开了，“那个啊，我是说着玩的，你可别放在心上，我知道自己配不上人家，我可不是郑波啊，我是真心喜欢你的，我会祝福你们的！”

艾梦箐叹了口气，整理着自己的思绪，终于，还是决定告诉唯一的朋友真心话，“其实，我并没有和安子为在恋爱。”

“你说什么？”瑶华不敢相信。

“是真的。”艾梦箐的嘴角泛起一丝苦涩的笑。

“哎呀！你别不好意思了！”瑶华嚷着，“我都说了我没什么，你还说这样的话，什么叫你没和安子为恋爱？那么多同学都看到你接受他的鲜花了，还有同学看到你们在高级餐厅约会吃饭呢，还有人看到安子为开着宝马带你兜风呢……”

她滔滔不绝地说着：“和安子为谈恋爱又不是什么丢人的事情，好多人在外面造谣说自己是安子为女朋友呢，你干嘛不承认啊？”

“我真的没有和他恋爱，最起码，我没有爱上他。”艾梦箐冷冷地、清楚地打断了瑶华的长篇大论。

“什么？”瑶华的眼镜几乎要从鼻梁上滑下来，“这样好的男孩子你不爱，你还想怎样？”

艾梦箐忽然沉默了，眼里划过一丝痛苦的神色，但只是一闪而过。

“我……我是不会和任何人恋爱的。”

“不恋爱？”瑶华哗然，“你是不是受了明星出家的影响，想做尼姑？”

“不，我怕营养不良，什么都吃，怎么做尼姑？”艾梦箐认真地回答。

“你……”瑶华哭笑不得，看看黑衣的艾梦箐，忽然想起一个问题来，“你是不是曾经受过什么感情上的伤害，所以才不想恋爱？”

“我根本不相信这个世界有真爱。”艾梦箐低声说，“我……我是一个被诅咒过的人。”

“谁诅咒你啊！”瑶华嚷着，“谁告诉你这个世界没有真爱？你为什么对爱情这么悲观？”

艾梦箐不答，走开几步，双手抱在胸前，看着黑色夜空，星星像眼泪一样闪动着。

瑶华想了想，没有追问下去，做朋友这么久，她已经知道艾梦箐的性格，如果她不愿意说的事情，怎么问她都不会说。

“好啦，好啦，”她好心地要转变话题，“不说这个了，那么，既然你没有和安子为恋爱，你为什么和他出双入对？这样对你们俩都不好哎！”

“根本没有‘出双入对’。”艾梦箐叹一口气，回过神来，勉强地解释着，“只是，你也知道的，那天我被欺负，他救了我，所以，我不好意思拒绝他的约会，至于礼物……是他一定要送的，我推也推不掉，但是我们只是平常地吃饭、游玩，没有谈过任何感情的事情。”

“原来这样啊！”瑶华恍然大悟，“可是，这样下去也不是办法啊，我觉得安子为对你很认真哎，要不你找个时间跟他说清楚？”

“不，不好。”艾梦箐迟疑着，“这样不好，会伤害他的自尊的，也许过一段时间，他自己就会厌烦了，转而找别的女孩子，你也知道，有很多女孩子排队等他。”

“你是真的不懂还是装不懂啊？”瑶华叹息。

“不懂什么？”

“爱情啊！”瑶华严肃起来，她的眼镜片忽然异常明亮，“爱情，就是无论世界上有多么出色的人在你面前，你却只选了那一个，心里、眼里就再没有第二个了！这叫一心一意！”

艾梦箐一震，疑惑地看着瑶华。

“所以，如果安子为是真的喜欢你，他眼睛里就只有你一个，学校里又不是没有别的漂亮女孩，但是他喜欢你了就是只要你，怎么会再去找别的女孩？以前不会，以后就更不会！”瑶华笨拙地解释着。

“是吗……”艾梦箐的叹息低得只有风听得见，“爱情就是一心一意？你相信有这样的爱情吗？”

“我当然相信！”瑶华坚决地一挥手，“并且我相信我一定能找到，每个人都可以，只要你相信，你也可以找到！就像你当时找阳光、找快乐一样，你找到了爱情，就会更快乐、更阳光的，你愿意去找吗？愿意相信吗？”

夜雾深重，艾梦箐眼睛里也蒙上一层雾气，她沉思着，久久没有回答瑶华的话……

“一、二、三、四……”

学校的健身房里，包着纱布的洛晨熙正在练习着拉力器，他黝黑的脸在几天里消瘦了很多，双眼也深深地陷了下去。

“二十一……二十五……三十……”汗水滴落在地板上，虚弱的身体渐渐承受不了，可是洛晨熙依旧不依不饶地拉着拉力器，仿佛他要对付的不是健身器械，而是一个可怕的敌人。

“住手，快住手！”安子为老远就看见了这一幕，忍不住大喊起来。

洛晨熙一分心，拉力器掉落，不偏不倚地砸中了脚趾，疼得他轻呼一声弯下腰去。

“怎么搞的，这么不小心？”安子为赶过来，搀扶着洛晨熙坐下。

“伤口还没完全好，怎么就提前出院了？这也算了，一出院就跑来做这个，你不要命了！”安子为气急地埋怨着，“我看看你的伤口！”

“没什么。”洛晨熙躲闪了一下，“大哥，今天怎么有时间来找我？”其实他想问的是，你不用和艾梦箐约会吗？但他终究没有问出口，只是压抑地抹了一把汗。

“我是特地来通知你的，明天在市中心广场的白鹤酒楼里，有一个宴会！”安子为开心地笑了，英俊的脸上散发着光华。

“宴会？”洛晨熙一时没反应过来。

“是呀！明天是梦箐十九岁生日，我要给她举办一个大型的宴会！”安子为激动不已。

梦箐？艾梦箐？他已经叫得这么亲热了？洛晨熙的心脏猛然一抽，在经历了恍若隔世的战斗、昏迷后，他惊异地发现，这个名字还是会刺痛自己！像是无数条坚韧的铁丝从他心脏上抽过去，拉紧，疼得满头冷汗涔涔！

“你又不舒服了？”安子为发现洛晨熙的异常，“谁叫你这么疯狂地锻炼的！”

“哦……是，我不舒服。”洛晨熙顺水推舟，“我想，你说得对，我的身体还没有完全复原，再说我明天有点事情，我看，我不能去了，大哥！”他费力地说。

“这样啊？”安子为脸色一黯，“明天只是吃饭，开派对，又不是打架。再说，明天真的是我一生中最重要的日子，如果你这个最好的兄弟不来，我会很难过很失望，你的事情就往后推一推吧！”他情意真挚地劝说着。

洛晨熙咳嗽了一声，努力把声音放稳，“我看情况吧。”

“那好吧。”安子为看看时间，“我要走了，还有很多事情要准备，你一定要来啊！派对上，我有重要的事情要宣布，很期待你能来，如果最好的兄弟不能分享我的幸福，我会很遗憾的，等你啊！”

洛晨熙怔怔地看着安子为走了出去，又捡起地上的拉力器，疯狂地锻炼起来。

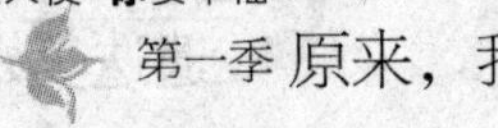

气派的白鹤饭店，一派喜庆的样子，彩纸和气球装点着每一个角落，还有数不清的成打成打的鲜花：玫瑰、百合、马蹄莲……水样的音乐缓缓流淌着。

艾梦箐换上了一件白色真丝衬衣，系了一条白色的圆裙，远远看去，像个被簇拥在鲜花丛中的仙子，她拒绝化浓妆，只淡淡地用了粉底和口红，越发显现出她浑然天成的清秀。

安子为也是一身白西装，系着领花，满面春风地和一个个来宾握手、寒暄，一一介绍给艾梦箐。

“这是电视台知名的主持人Jack先生。”

“梦箐，你看，那是歌星Kain！我费了很大力气才把他请来的，等下他会在现场给我们演唱哦！”

Kain正费力地推开粉丝的包围，戴上了墨镜。

“还有颖儿、李杰……哗，他们一会儿都会来为你唱歌的，我要你过一个难忘的生日！”安子为兴奋地说着。

艾梦箐却依旧淡淡地站在一边，一副无所谓的样子。

“你没有告诉我，你弄得这么隆重。”她低声说，“你只是说吃饭。”

“别傻了！只要你快乐，你开心就好！”安子为拍拍她的肩膀，“生日快乐。”

艾梦箐咬了一下嘴唇："我去补个妆。"

她穿过人声鼎沸的大厅，向休息室走去，眼睛下意识地搜寻着。

被邀请的客人们（大部分都是安子为的手下，以及一些年轻的亲戚）正散在大厅的各个角落，握着酒杯，三三五五地聚在一起，低声地谈论着。

"真是隆重，少爷显然花了不少心血呢。"

"怎么还不开始啊？"

"少爷要等熙哥来了再开始，不过好像熙哥有事来不了，再等等吧。"

……

艾梦箐轻飘飘地走过长廊，走进休息室，关上门，虚脱一样把头抵在门上。

"小艾在哪里啊？我来了！"瑶华气喘吁吁地抓住了安子为。

"瑶华啊！你来得正好，她去补妆了，我不方便去，你去看看她吧，穿过大厅，走廊的倒数第二间就是。"安子为高兴地说着。

瑶华穿过大厅走向长廊，在倒数第二间房门上敲了敲，没有回答，她再敲了一下，转动手柄，门根本没锁，她推门而入，看到的一幕让她大吃一惊。

艾梦箐正伏在床上，听到声音，她撑起来，长发披散的脸上，泪痕满面。

"怎么了？"瑶华吃惊地问，"有什么事情吗？你和安子为吵架？还是……"

"没什么。"艾梦箐慌乱地用纸巾擦着脸。

瑶华更惊讶了，她从来没见艾梦箐哭过："到底怎么回事？外面好多客人，好多歌星影星都来为你庆祝生日，你却躲在这里一个人掉眼泪？"

"嘘，别嚷。"艾梦箐恳求地说，拿出粉盒补着妆，"客人都到齐了？"

"我看差不多到齐了。"瑶华帮着艾梦箐将头发盘起。

"……好像他们在等洛晨熙。"艾梦箐努力不动声色地说。

"洛晨熙？"瑶华疑惑地想了想，"我没见到他来。"

艾梦箐脸色苍白凝肃，眼睛迷茫而凄苦，但她显然是在竭力控制着自己的情绪。

拂了拂头发，又整整衣裳，勉强提起精神，她提高声音说："走吧！"

正午十二点半，大厅门口忽然人影一闪。

一身黑衣的洛晨熙大步而入，他看来憔悴不堪，衣服也没有换新的。

侍者们都奇怪这是从什么地方来的客人，像来自荒野，周身都带着泥土味，那微褐色的皮肤，粗犷而带点野性的神情！

安子为却特别开心地走过去，牵着洛晨熙的手往大厅里带，高声说着："这就是我的生死兄弟洛晨熙！"

艾梦箐睫毛低垂，她想逃开，可是，来不及了，安子为已经把洛晨熙带到自己面前。

"梦箐，晨熙来了！"

艾梦箐僵硬地伸出手去："你好。"

洛晨熙只是用指尖碰了碰她的手，他们的目光都回避着对方，生怕一旦交接，就再也分不开。

"好了好了！酒会正式开始！"安子为拿起麦克风宣布。

酒会采用的是自助形式，客人们各自挑选着沙律、明虾、牛排、牡蛎……

人们纷纷上来，向艾梦箐敬酒，当然，她喝的是可乐。

"生日快乐，寿星女！"

"生日快乐……"

"谢谢……"艾梦箐机械地回答着。

一个人影遮在她和安子为面前，艾梦箐感到自己心跳狂乱。

"大哥！今天这样的好日子，怎么可以让她喝可乐？"洛晨熙端着两杯红酒过来，他眼睛通红，满身的酒气，"来，我敬你们一杯货真价实的酒！"

"晨熙？她不会喝酒。"安子为不好意思地笑笑。

"不。"艾梦箐用力抬头，接过洛晨熙的杯子，"我可以。"

洛晨熙的眼光从她脸上费力地掠过，艾梦箐强忍着痛苦，听到他一字一句地说——

"生日快乐！子为是我这辈子最好的兄弟，我祝你们幸福！"

洛晨熙把"你们"两个字说得特别重，"先干为敬！"

艾梦箐的手一阵痉挛，杯子差点掉在地下，她看着满身酒气的洛晨熙，咬紧牙关，强挤出两个字来。

"谢谢！"

然后，她端起杯子，像喝茶一样地大口咽下去，才喝了两口就剧烈咳嗽起来。泪水不受控制地滑了下来。

"你没事吧？"安子为急忙给她拍背。

"没什么……我去吃点东西！"艾梦箐匆匆走开。

安子为倚着窗台，端着香槟，眼光不自觉地追随着艾梦箐轻盈穿梭的身影。

看着她拿盘子，取菜；看着她和瑶华说话；看着她在角落里站住，走来走去……她那纤细的腰肢摆动着裙裾，清秀的面孔透露着刚毅的神情。

这是艾梦箐，冷漠里有着刚强，叛逆中有着温柔，这是艾梦箐，一本最难读也最费解的书——但，你永不会对这本书厌倦。

——这是艾梦箐，他只要望着她，就能感到喜悦与满足的情绪在体内流动。

——这是艾梦箐，属于他的艾梦箐！不是吗？不是吗？不是吗？

安子为感到血液在血管里喜悦地流转着，香槟将他俊秀的脸染上了淡淡的红晕，他招手叫过来一个侍者，低声吩咐了几句。

歌星Kain走上台去，乐队开始奏起了音乐。

每一滴眼泪

每一次心碎

什么爱能无疲无悔

不灰心等待

痛苦也忍耐

坚持爱了就不后退……

我知道我不是一个轻易就会说爱的人

没有想到这样的你却改变我

太美丽　太美丽

你的爱是多么地甜蜜

太美丽　爱让我也美丽

现在我不再怀疑不怀疑

有多爱你……

……

一曲演唱完毕，掌声如潮。安子为突然走上台去，拿起麦克风。

“各位晚上好，我很感谢大家能光临今天这个PARTY，这个PARTY是我为艾梦箐举办的，为了庆祝她的十九岁的生日！”

“生日快乐……”

尖叫声、掌声、口哨声、欢呼声顿时响彻了整个大厅。

艾梦箐有些动容，感激地看着安子为，又看看热闹的人群，轻轻点头，鞠躬致谢。

“现在，我要宣布一件重要的事情！”安子为等大厅里平静下来，又拿起麦克风。

“那就是——”

众人好奇地望着安子为，望着他真诚的、挺秀的面容。

“我很喜欢艾梦箐，我希望她可以接受我做她的男朋友！”

“哗！”现场顿时爆发出狂风暴雨般的掌声和欢呼。

艾梦箐的脸色白得跟身上的裙子一样，她双手交握着，身体不受控制地颤栗着，她竭力想让自己平静下来，却身不由己地抖颤得像寒风中的枯叶……

大厅里的人鼓动着。

“快答应啊，艾梦箐。”

“快说我接受啊……”

“一、二、三……艾梦箐，接受！艾梦箐，接受！”不知谁带的头，数十人立刻喊起了整齐的口号。

“艾梦箐，接受！艾梦箐，接受！”

艾梦箐的眼光掠过人群，搜寻着那个黑衣人影。

洛晨熙正静静地站在人群中，脸上毫无表情，没有跟着别人喊，却也没有任何痛楚、不忍的神色，倒像是个无意中经过的路人，有着置身事外的无所谓……

艾梦箐的大眼睛里渐渐浮上一层泪影，她控制着，不让眼泪掉下来，转过头，望着台上依旧一脸热切的安子为。

“我、接、受！”

声音那么遥远，似乎不是出自她的口中，而是有人在对她说一样。

“耶——”

现场顿时一片欢腾。安子为拉动一个花球，事先准备好的五彩纸屑漫天洒落！彩色喷雾也冉冉喷出。

音乐立刻变得热情起来，人们欢呼着，再次一拨拨拥挤上来，向这对童话里的王子公主表示他们的祝福。

安子为幸福得像飞上了云端，他拉着艾梦箐的手，一杯一杯地和祝福的人们敬着酒。

“哎——我说！你们不能这样灌我大哥！”洛晨熙大笑着走过来，一把夺下安子为手里的杯子，“要喝酒是吗？我陪你喝！”

宾客看着他："你替他喝？那就喝三杯！"

"三杯有什么！"洛晨熙立刻倒上三杯酒，毫不犹豫地直着脖子，咕咚咕咚灌了下去，他的手颤抖着，酒洒落在衣服上。

"晨熙！"安子为感动地看着兄弟，"你的伤还没好，少喝点。"

"别那么不够意思！大哥！"洛晨熙大笑，"今天是你的好日子，我做兄弟的替你高兴，喝几杯酒算什么？又来一个……"他拉住一个上来敬酒的宾客，"喝酒吗？我来喝！"

艾梦箐咬着唇，难以置信地看着在人群中兴高采烈、不断拼酒的洛晨熙，脸色苍白得像块大理石，眼睛却幽幽地闪着光。

豪华的大厅，不断闪动的照相机和摄影机，欢笑的人群……

气氛越来越热烈，艾梦箐的头越来越晕，她感觉自己像个木偶娃娃，机械地被安子为牵引着……她的眼前，却始终只有拿着酒瓶，一直在笑的那个黑色人影。

"安少爷，你这位兄弟蛮够意思的，都不知道帮你挡了多少酒了。"一位宾客笑着，指着人群中已经脸红脖子粗的洛晨熙。

"他可是我的生死之交！"安子为高兴起来，"说起来，这次还多亏了他，梦箐被人欺负，全是他奋不顾身冲上去救人呢！"

"是吗？"很多宾客一听纷纷围了上来，安子为越发来劲了，"他一个人对一群混混，简直太强了，是不是，梦箐？"

艾梦箐只好勉强地点下头，走去餐桌边取菜。

"真厉害啊！"宾客羡慕而惊讶，"安少爷，可不可以让他和我们说说当时的经过？一定是惊险万分吧！"

"对啊对啊，跟我们说说！"

"熙哥，快告诉我们！"

越来越多的人群开始起哄了，洛晨熙还没反应过来，就被热情的客人们团团围住。

"快给大家讲一讲啊！"

"是啊，我们都好想听呢！"

洛晨熙愣住了，太多的酒精使他头疼起来，而人群却不允许他发愣。

"安少爷，快叫熙哥给我们讲讲！"

"晨熙，你就给大家说说吧。"安子为知道洛晨熙不喜欢夸耀自己，但今天这么高兴，何况这又是非常有面子的事，“大家都等着你呢！”

艾梦箐僵住了，手指攒得紧紧的，不，不可以，不要这样残忍！她不想再回想那一幕，尤其，是在今天！

忽然听到洛晨熙说，“好，不过我口有点渴，等我先喝点热汤。”

几辆餐车正缓缓地推过来，侍者正把餐车上的海鲜汤一盆盆地搬下来，洛晨熙笑着向餐车走过去。

不知道怎么回事情，好像是喝了太多酒让他脚步不稳，又像是被什么东西绊了一下，刹那间，他整个人朝着那个正在上汤的侍者撞了过去，清脆的惊叫声中，一盆滚烫的热海鲜汤，大半都撒在洛晨熙的身上！

“哎呀——”人群顿时转移了注意力。

“你怎么这么笨手笨脚的！”安子为气急败坏地责骂着侍应生。

“是、是、是他先撞我的。”侍应生结结巴巴地回答。

“晨熙，你是不是喝多了？让我看看有没有伤到哪儿？”安子为一边拨开人群走过去，一边提高嗓子大喊，“老刘！老刘！药膏！纱布……开车送他去医院……”

“不用麻烦了！”洛晨熙趁机挥开面前的人，三步两步到了大厅门口，“大哥，只是烫了一下，别扫了你的兴，我自己去附近的医院自己处理一下，你们继续玩！”

“你行吗？叫老刘跟你去吧！”安子为焦急地喊。

洛晨熙已经退到门口，“不用了！我自己来，你们好好玩！”话音未落，他已经在几米外了。

艾梦箐情不自禁地追了几步，又收住脚，她喉中哽塞着，只有她知道，洛晨熙是为了避免谈仓库里的那一幕，才不惜使用苦肉计！人们都以为是他喝多了，只有她清晰地看到，洛晨熙根本就是故意的！

天哪，她咬紧了牙关，心里痛苦地呼号着：这样下去，她会疯掉，他也会疯掉！

洛晨熙一走出白鹤饭店的大门就开始在街道上狂奔起来，像是身后有人追赶一样。跑出了一段路，发现已经安全了，他这才筋疲力尽地站住，觉得浑身酸疼，手上更是火辣辣地起了一排水泡。

“该死的！”他用力一拳捶向路边的电线杆。

“跟谁生气呢？”街角忽然转出一个人影。

杨雪雯穿着粉红色的上衣，一条简洁的牛仔裤，站在他面前。她依旧化了妆，只是掩盖不住脸上的憔悴，眼睛又红又肿，冷冷地望着和她一样落魄的洛晨熙。

“你？”洛晨熙粗声说，“你来做什么？你一直跟着我？”

“不要误会，我没有跟你！”雪雯笑了笑，仰起头，“我只是一直站在这里，从派对开始就站在这里，因为里面的幸福和欢乐不属于我！”

洛晨熙没有回答，他的手越来越痛。

“你受了伤？哦，对了，你上次的伤还没好吧，怎么安子为也不管管，让你一个人带伤跑出来了？”雪雯的目光中闪着少有的深邃。

“你少管我！上次的事情，我还没跟你算账呢！”洛晨熙吼了一声。

“哈哈哈！”雪雯忽然发出一阵冷笑，“如果找我算账可以发泄你的郁闷，那就尽管来找好了，反正我也逃不掉。”

“你在说什么鬼话！”洛晨熙怒声说，“谁告诉你我郁闷了！”

“你浑身上下都写着郁闷两个字！我又不是瞎子……”雪雯看着他，“嗯，还有，痛苦、失落……”

“神经病！”洛晨熙不想理她。

“怎么，不敢承认吗？可别忘记了，我们现在是同病相怜。”雪雯幽幽地说。

“什么同病相怜？”洛晨熙无端地竟然有点心慌。

“你非要我说出来吗？”雪雯上前一步，“我是为了子为，而你——你是为了艾梦箐，对不对？”

洛晨熙的眉毛可怕地纠结了起来，他的声音阴沉而带着风暴的气息。

“杨雪雯，你少自作聪明！”

“何必呢？”雪雯冷冷地说，“你喜欢她，而她也喜欢你，不是吗？你们骗得了安子为，却骗不了我，那天在仓库里，看你们一副生死相许的样子，我就知道了，你要是不喜欢她，怎么可能这样拼命地来救她……”

“你给我住嘴！”洛晨熙突然跳起来，一把揪住了雪雯的衣服，狠狠地说，“你敢再胡说一个字，我就杀了你！她……她是我大哥的女朋友！我救她也是为了大哥！你这个女人少在这里给我自作聪明，你懂不懂？懂不懂？懂不懂？懂不懂……”

他没有料到自己的声音里已经不自觉地流露出痛苦。

“你要是敢在我大哥面前多嘴，你要是再破坏他们，我会把你整个人撕成碎片！”洛晨熙恶狠狠地将雪雯一把推到电线杆上，转身大步离去。

雪雯费力地揉着被撞得生疼的后背，洛晨熙暴怒的举动虽然吓着了她，却使得她更坚信自己的直觉了。接着，她又想到，刚才洛晨熙提到艾梦箐都是用“她”称呼，似乎根本就不愿意叫出那个名字一样。雪雯看着洛晨熙的背影湮没在人群里，嘴角慢慢展开一个冷冷的笑……

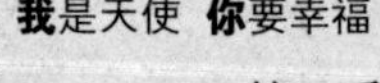

第一季 原来，我爱你

CHAPTER 7

那时花开

安子为背后，却站着一个女孩子，神色迷茫而凄苦，她费力地掉转头，不看他，耳朵上的蜥蜴耳钉发出冷冷的光芒……

那正是洛晨熙用尽全力想忘记，却怎么也抹不去的——

艾、梦、箐!

安子为和艾梦箐真的“出双入对”了。

圣翰的冬天来得特别快，十二月底，下了一场雪，白色的雪，一片一片落下来，把什么都掩盖了，淹没了。

同学们看到穿着白衣的王子和公主，静静地在雪地里走过，他笑容温和，满面柔情地替她围上一条大大的围巾，她淡淡微笑，长发飘飞，眼光如梦。

渐渐地，连那些妒忌他们的同学都叹着气说：原来他们真的很相配。

安子为和艾梦箐，就在这个冬天里，踏遍了圣翰的每个角落。爱情，真的是一件很“伟大”的东西，安子为从来没有一个时刻，像现在这样沉醉、这样疯狂、这样迷恋过。

可是，安子为却并不“快乐”！

他始终没弄清楚，艾梦箐既然答应做自己的女朋友，为什么还是对自己若即若离？她身上总是带着一种冷冷的光，像一块寒冰，不自觉地把自己与外界隔离。

她让他陪着她上课下课、让他用宝马车带着她四处兜风、她被动地接过他送的礼物……可是，就有那么一点不对劲——恋爱不是这样的，恋爱是两个人相互的依恋和默契，恋爱是两颗心的水乳交融，而她呢？她的心似乎落在一个不为人知的角落里，无论他对她多么温柔体贴，多么柔情备至，他得到的只是一个陪着他的“人”，而不是那颗“心”！

这天，安子为把艾梦箐带到了自家经营的小餐吧。

“喜欢这里的环境吗？”他笑着问她。四周，柔和的灯光，木质的桌椅，墙上的书架放满了一排排杂志和书，吧台的一侧，是一个悬挂的木质酒桶，空气里混合着酒精和咖啡的香气。

艾梦箐不由得深深吸了一口气，“喜欢，怎么想到来这里的？”她已经习惯了跟着他在高级的、大型的西餐厅吃饭。

“因为，这是我的餐吧。”安子为开心地笑了，“我十六岁的生日礼物！”

“你的？”艾梦箐瞪大眼睛看着安子为。

“是啊，十六岁生日那天，我爸爸问我，喜欢什么礼物？我说，我十六岁了，长大成人了，不能总是收你们的东西，我想做点自己的事情。”安子为铺开餐巾，“于是，那一年，我把从小到大积累下来的钱都取了出来，并且用这些钱，自己开了一个小小的餐吧。当然，我知道只要我说一声，我爸爸随时可以给我投资开高级餐厅，但是，我不能老是靠家里，这个地方虽然小，却是完全属于我的！”

餐前酒上来了，艾梦箐用小勺子拨着酒杯里的樱桃，听着安子为的讲述，不自觉地用一种崭新的眼光打量着他。

“梦箐，我并不是那种被宠坏了的公子哥，”安子为举起酒杯，“有时候，我真希望你多了解我一点。”

“我知道。”艾梦箐低声说，“你实在是一个很好的男孩。”

“那么，你为什么不对我好一点？”安子为的手忽然越过酒杯，覆在艾梦箐的手上，她本能地一躲。

“你又来了，”安子为叹着气，“我不会吃掉你的，可是这都什么年代了，你为什么那样难以接近？你是我的女朋友，不是吗？可是说出来都没人信，这么久了，我甚至没有抱过你、吻过你，为什么？为什么会这样？”

“安子为，别问。”艾梦箐逃避地喊着。

“看，你还连名带姓地叫我！”安子为忽然想起了曾经雪雯和他关于称呼的争执，“恋爱不是这样的！”

“安子为……”艾梦箐无奈地说，“你别破坏气氛好不好？”

“气氛？”安子为苦笑，“这么多日子里，我一直在苦心营造着气氛啊！我挖空心思带你去各种有情调的地方，但是无论什么样的情调和气氛，似乎都打动不了你！”

“我……”

“到底为什么？我已经给了很多时间让你去适应，可是……”安子为喝一口酒，费力地说，“你不喜欢我，是不是？”

“我……”艾梦箐不知道怎么开口。

“算了，别说了！”安子为忽然后悔起来，“算我没问！别回答我，我也不想听到一个已经很明确的答案……只是，你可不可以告诉我，要怎么样才能让你爱上我呢？我到底还有什么地方做得不够好？”安子为满脸痛苦。

“我不知道！”艾梦箐推开了面前的盘子，眼里蒙上了一层痛楚，“我求求你别问了，你再问下去，我就回宿舍了！”

安子为只好叹息一声，闷闷地望着面前的酒杯。

一顿饭吃得索然无味，而从那天起，一层微妙的尴尬就在两人间散布开来了。安子为始终得不到答案，可是艾梦箐开始沉默、苍白、失神。他不能忍受她的憔悴，于是，只好小心地维持着表面上的平静，不过，无人之时，他会烦恼地一边喝酒一边拿着她的头巾，一次次地想：为什么？为什么？

在这落寞的心绪里，安子为没有注意到，自己的好朋友洛晨熙也在日复一日地憔悴下去，他手上和身上的伤口好得很快，可是校园里的人却很久很久不曾见到他嚣张的身影和那耀武扬威的阵势了，事实上，他把这些时间都投入了别的事情中去——在外面打工。

洛晨熙尽量回避着安子为，一次在校园里遇到了，安子为和他说道：“你知道最近我和梦箐……”洛晨熙立刻看了一下表，飞快地说：“我想起来了，今天约了人，先走了！”

他走得那么快，好像火烧了尾巴。安子为只好在晚上打他的手机。

接电话的却是洛晨熙的妈妈程洁然。

“晨熙出去做工了！”

……

“子为吗？他在屋顶上修补漏水的地方，要不等一下我让他回电话吧！”

可是一直到深夜，也没见洛晨熙回电话，再拨就已经关机了。

……

“晨熙？他出去了，最近他总不带手机！”

“他已经睡了……”

……

安子为失神地靠进椅子里，女朋友对自己不好，因为忙着恋爱，连兄弟也疏远了！安子为，你是什么地方出了毛病？

郁闷、无助折磨着他，他必须要想出一个有效的办法，解决这混乱的一切！

突然，脑海里浮现出一个人的身影。

白色宝马里，瑶华一脸痴痴的样子，看看这个，摸摸那个，又把手伸出窗子外感受着掠过的风："好清凉啊……"

她真不敢相信，安子为会约她出来吃饭耶！校草安子为，是真的安子为呢！可是他为什么闷闷不乐呢？

车子在一家西餐厅门口停下来，安子为带着瑶华进去，替她拉开椅子，坐在对面，微笑着看她一脸花痴相，他知道校园里不少女生都对自己好，这也使他一直有着小小的虚荣，除了艾梦箐……唉，想起艾梦箐，他的心就一沉，于是迅速地切入正题。

"瑶华，不好意思，今天冒失地约你出来……"

"不冒失，不冒失，"瑶华头摇得像拨浪鼓，"和你吃饭，哇……我等了那么久……"

"……是有点事情要麻烦你……"

"不麻烦，不麻烦。"瑶华又是摇头又是摇手，"是我的荣幸啊，哈哈……"她几乎要跳起来。

"瑶华，你可不可以安静地听我把话说完！"安子为哭笑不得，冷漠的艾梦箐居然会和这样的花痴做朋友？

"好啊，你说吧。"瑶华终于平息下来，理智回到体内，她托一托眼镜，"是不是关于艾梦箐啊？"

"唉！"安子为有点无奈地叹息了一声，"我实在不了解她，为什么总是对我冷冷淡淡的？你是她唯一的好朋友，所以，我很冒昧地来问你。"

"她不……"瑶华几乎要冲口而出，她不喜欢你么！可她实在怕伤了校草的心。没想到安子为接下去说，"我知道她现在还没有喜欢上我，至少，是没有像我喜欢她一样地喜欢我！"

"啊！"瑶华惊呼，"你都知道？那，那你还来找我做什么？"

"告诉我，"安子为声音里的痛苦吓住了瑶华，"告诉我怎样才能让她爱上我？告诉我为什么她要这样封闭自己？"

“我、我、我不知道哎……”瑶华手忙脚乱起来，“很多时候，我问她她也不说的，她这个人就是这样，不肯说的事情，谁逼她也没有用。”

看着安子为失望的样子，瑶华拼命想找话来安慰他：“不过，你不要灰心，其实她是表面上冷漠，内心很热情善良的一个女孩子！”

“哦？”安子为精神一振。

“是真的啦，我不骗你，她以前经常跑去孤儿院做义工的！”瑶华想起来了。

“孤儿院？”

“是呀！每次回来她都很高兴的样子！她是真心关爱那些孩子们的！”瑶华回想着。

“你知道是哪一家孤儿院吗？”安子为想了想。

“这个……她没说哎，”瑶华不好意思起来，“不过你查一下就知道了，最近她天天和你在一起，也没时间去了吧！总之，她是个善良的人，我相信她一定会快乐起来，阳光起来的，你好好地对她，我真心祝福你们！”瑶华急切地说着。

“好的，谢谢你！”安子为微笑着，“现在我有点明白你为什么和她成为好朋友了，还有……”他顿了顿，“我们今天的谈话，你不要告诉她好吗？我怕会给她带来压力。”

“这样啊……”瑶华想想，“好吧，我不说就是了！”

艾梦箐坐在宿舍里，望着窗外的天空发呆。又是周末了，她知道等下安子为又会来找自己，然后是千篇一律，公式化的吃饭、游玩……她恍惚地问着自己，我到底是在做什么？

手机响了，却是一个看上去比较眼熟的号码，艾梦箐心不在焉地接起来。

“喂？”

“喂？小艾吗？”电话里是个慈祥的中年女声，“我是秦院长啊！怎么好些日子没看到你了？”

“啊……秦院长！”艾梦箐慌乱起来，她已经有一段日子没去孤儿院了，自从答应做安子为的女朋友后，她所有时间都被他占得满满的。

可……事实上，她只要对他说一声想去做义工，他一定会让她去，还会陪着她去，那么，自己为什么不去呢？她拒绝去想……

“我最近功课比较忙，所以……”艾梦箐解释着，秦院长却丝毫没有责怪她的意思，“我知道，我是特地打电话谢谢你和你男朋友的……”

“什么？”艾梦箐一头雾水。

“谢谢你们那么热心，那么慷慨，给我们的孩子捐助了十万元！”

“十万元！”艾梦箐吃惊地张大了嘴巴，立刻，她明白了，是安子为！除了他还有谁这样？

“是啊！那些人刚刚走，我就打电话来谢你了！”

“刚刚走……”艾梦箐拿电话的手颤抖着，听着秦院长热情地说道：“刚才有几个男人来了，一进来就问，这里是不是有一个圣翰学院的艾梦箐在做义工？我说是，他们就拿出支票来，说是你男朋友托他们来捐款，然后就走了！”

“哦……”艾梦箐满手的汗水。这么说，是他的手下吧，还好他不知道……要是安子为看见洛晨熙也在这里做义工，会怎样？她不敢想。

“什么？你说话大声点！”秦院长疑惑。

“哦，没什么，我是说，不用谢！应该的……”

“你真是个好姑娘，”秦院长感动地说着，“有时间常来啊！最近不知道怎么回事，你也不来了，小洛也不来了，孩子们都吵着问我要你们两个呢！”

“……”

“好了，我挂了，谢谢你和你男朋友啊！”

安子为靠在宝马车上，微笑着看着气喘吁吁奔过来的艾梦箐。

“你怎么又忘记带围巾了？”

“是你，是你给罗莎孤儿院捐款了十万元！”艾梦箐的脸色因为激动而发红，眼睛里闪着光。

“谢谢你！真的谢谢你！”她情不自禁地拉着他的手，“有了这笔钱，孩子们过年就可以买很多新衣服，过一个特别好的年了……”一朵微笑绽放在她的脸上。

“梦箐，你真的是个善良的女孩子……”安子为也激动了，这还是第一次见到艾梦箐主动对他示好，他握紧她柔软的手，轻轻放在自己的脸上，“你笑起来的样子真好看，梦箐……你开心就好……”

他一用力，她小小的身子就被拉进怀里了，她吃了一惊，刹那间，欢乐和阳光又迅速地从她脸上溜开了。

“子为，请不要这样……”

“梦箐……”他却毫不理会，继续去找她的唇。

“不要这样！我不要啊！”她突然用尽全力重重一推，安子为没有想到她会用这么大力气，被她推得后退一步，难以置信地看着她。

“你？”

沉默，可怕的沉默……

白色梅花一片片落下来……

轻柔如梦……

“子为，求求你，饶了我吧！”艾梦箐摇着头，痛苦哀求，“是我不好，是我的错，但是，请你放过我！”她低喊着，然后飞快地跑开。

公路两边，白色的梅花如雨，片片打落在车窗上。

一辆宝马风一般穿过花丛，飞快的速度使得人眼前只有一片模糊的白，车轮碾碎一地的落花，纷纷乱乱。

安子为开着宝马车在公路上奔驰！他紧咬着嘴唇，手僵硬地握着方向盘，望着面前无边无际的公路，浑身的肌肉因为紧张而痉挛。

这算什么！他愤怒地想着，这到底算什么？他煞费苦心，却换不来她的一个吻？老天，自己这是在干什么？怎么有如此冷漠的女人？怎么有如此固执的女人！怎么有如此可恶的女人？

怎么有……老天！他狠狠地吸气，可，怎么有如此让自己不能不去爱的女人！他快要疯了，他真的觉得自己快要疯了！从小到大，他都是含着金钥匙长大的，从来都是一帆风顺，校园里多少女孩子排队等着他，自己为什么非要喜欢她？为什么？

带着郁闷和恼怒，安子为发疯似的把车开得飞快，一直飚到家门口。

车道上忽然冒出一个人影，安子为一时没反应过来，差点就撞了过去，他急打方向盘，又狠踩刹车，才在离那人几步外刹住了。

“你疯了吗？”杨雪雯捂着胸口，退了几步。

安子为觉得浑身无力，一身是汗，他叹了口气，一边按喇叭，一边下车，对来开门的老刘说了一声：“帮我把车子开到车库去。”

“子为，能不能给我几分钟时间？”雪雯柔声说。

“你！”安子为看到她，更是来了气，“你居然还敢跑到这里来，上次你绑架梦箐的事我还没找你算账？”

“我知道，你们都要找我算账，在你们眼里我十恶不赦。”雪雯痛苦回应。

“算了，我今天没心情和你算旧账，你走吧。”安子为想打发她。

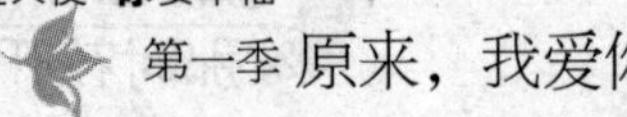

“看在你差点撞死了我的份儿上，能不能听我说几句？”

雪雯哀怨的语气让安子为终于不忍，“好吧，你说，不过，不要找麻烦！”

“你别误会，我今天是来跟你道歉的。这段日子里，我做了很多错事，伤害了很多人，所以，我特地来道歉，也请你跟艾梦箐说一声，对不起！”雪雯一脸真诚。

“你向她道歉？”安子为怀疑地看着雪雯，“我没听错吧，为什么你忽然变得这样好了？”

“子为，”雪雯强忍着内心的痛苦，“不管我做过什么事，都只是因为爱你。也因为爱你，不想让你恨我，所以我妥协了，我不再反对你们，我祝福你们，你相信我吗？”她眼睛里泪光闪动。

安子为内心忽然有一抹不忍，只因为，他最近也饱受所爱之人不爱他的痛苦！于是他的声音不自觉地带点温柔。

“好，我相信你，只要你以后别再做那样的事情，我们还可以是朋友。”

“真的吗？”雪雯惊喜地问。

“真的！”

“谢谢你原谅我，谢谢……”雪雯哭中带泪地看着安子为，然后，她抹掉泪，下决心地说，“既然如此，那么总可以告诉我，你为什么那么不开心吧？”

“我没有不开心。”

“那你为什么把车子开那么快？”雪雯的眼睛里忽然变得深不可测起来，“一定是为了她吧，我也是女孩子，说出来听听，也许我可以从女孩子的角度给你一些意见！”

“我……”安子为想了想，终于，对雪雯习惯的戒备还是让他住了嘴，只是简单地说了一句，“我们可能没有沟通好吧。”

“那为什么不去和她好好沟通，却要一个人飙车？”

“问题是，她根本无法沟通啊，我好像永远都走不进她的内心一样。”安子为不自觉地说了句真心话。

雪雯的嘴角浮现出难以琢磨的微笑，“你有没有想过……”

“想过什么？”

“她心里，可能有了另外一个人，所以才拒绝你！”雪雯清晰地说。

“你在说什么？”安子为皱了皱眉头，“不可能的，她以前一直是一个人，然后就一直和我在一起，从没见她和别的男孩说过话。”

“或许，你忘记了一个人。”雪雯慢慢地说。

安子为又想了想，实在想不起来艾梦箐和谁单独接触过，“谁？”

“真要我说吗？”

“快说。”

雪雯的笑容突然变得很冷，很神秘，“就是你的好兄弟——洛、晨、熙！”

安子为有一分钟的惊愕，身上的汗水已经被夜风吹干，他眼前飞速地闪过洛晨熙的黑色身影……

“不，不可能，”他果断地否定，“你说是来道歉的，原来，你是来挑拨？”

“我就知道你会这么说，”雪雯叹息，“听我说，我也只是猜测，我可没有挑拨的意思，我只是觉得他们两个怪怪的，那天在仓库里我就发现了……”

“你发现了什么？”安子为警觉起来。

“发现……”雪雯的眼珠一转，“算了，这些都是我的猜测，我不说了，省得你怀疑我。总之，你自己想想有没有可能，你何不当面去问他？我是关心你，真心希望你快乐，才来提醒你的，我走了！”

“哎……”

这是第一次，雪雯主动先走，安子为失神地站在夜色里，一时间，紊乱的心绪把他紧紧地包围住。

黎明已经悄悄地爬上了窗，安子为依旧坐在沙发上出神。

整个晚上，他眼前一会儿是洛晨熙欺负艾梦箐的画面，一会儿是童年的洛晨熙和自己，一会儿又是冷淡的艾梦箐……

洛晨熙和艾梦箐？不可能的，绝对不可能！安子为又一次告诉自己，这只是雪雯的挑拨，她是存心要破坏他们！这一个晚上，他已经在心里重复了几百次这个结论。

可是，可是自己为什么还是不安呢……

仓库里满身是血的洛晨熙，独自摇晃着离去……

派对上不住喝酒的洛晨熙……

不，不，如果因为这些而怀疑洛晨熙，自己就太没义气了，太不像个男人了！从小到大，洛晨熙一直对自己那么好的，他救艾梦箐是为了自己，他帮自己挡酒有什么不对？自己竟然怀疑起那么好的兄弟，不，安子为，你太卑鄙了，你太过分了，你怎么可以这样想？

可是……

为什么洛晨熙要躲着自己？为什么艾梦箐总是欲言又止？为什么？

安子为忍不住拿起手机，想拨打洛晨熙的电话，一种冲动使得他想当面告诉他：看，雪雯这个丫头疯了，居然挑拨我们兄弟的感情，说你喜欢艾梦箐！洛晨熙会有什么反应？

暴怒？解释？还是和他一样不屑地认为雪雯疯了？

安子为看看墙上的钟，凌晨四点。他终于又放下手机，这个时候打去发什么神经！等天亮吧！不，不，天亮也不要打，这太无聊了，这根本就是无聊的事！他怎么开口？他开不了口……

何况，他的电话老是打不通！他老是回避自己！是不是最近才开始的呢？难道……

……

早上八点，安子为终于做出一个决定。他洗澡，换上了一套干净整洁的衣服，吩咐张妈给他煮一杯咖啡，然后，提起精神出了门。

艾梦箐被动地坐进宝马车，眼睛里依旧了无生气。

“我们今天去哪里？”她先开了口，害怕他提起昨天那尴尬的一幕。

安子为却笑着，似乎对昨天发生的事情已经淡忘，“我也不知道，随便兜兜风吧。”

她有点感激他的大度：“好吧！”

“你是不是没有睡好？要不你睡一下吧！”安子为看着她的黑眼圈。

“我睡不着。”

“听话，闭上眼睛休息一下吧。”他关切地说。

“好。”

车子在公路上行驶，艾梦箐闭上眼睛，靠在座位上，无意识地玩弄着衣角，渐渐的，她的思绪又飘远了，落在一个遥远的地方……

车身一震，她从沉思中惊醒过来，发现车子不知道什么时候停在了一条狭窄破旧的巷子里，一间间积木一样的木屋，拥挤杂乱地林立着。

“这是什么地方？我们到这里来做什么？”她疑惑地看着安子为。

“唉！呵呵，一不小心就开到这条巷子里来了，”安子为不动声色地说，“不过真巧，这里是我好朋友的家呢，可能是开得太熟了，不知不觉地就开到这儿了。”

“哦？”她更奇怪了，他的朋友，会住在这样的地方？

“是啊！”安子为刹住了车子，“既然来了，不如我们去看一下他。”

“不要了，你的朋友，我又不认识。”

“你认识的啊！他就是我最好的兄弟——洛、晨、熙！”安子为微笑着说。

艾梦箐眼前一阵漆黑。

“怎么了？你不舒服？”安子为研究般地看着她。

“我……我头晕，可能是晕车，要不，我们回去吧！”她无力地，低声地说。

“晕车？”安子为似乎不假思索，“晕车的话更要下来走一走，来吧！下来吹吹风会好很多！”他已经下了车，替她拉开车门。

“这样……这样招呼也不打就去，不大好吧。”她费力地找着借口。

“看兄弟需要打什么招呼啊！除非他在家里藏着女孩子！”安子为伸手拉她下车，“来吧！”

敲门声响起的时候，洛晨熙正满头大汗地修补着家里断了一条腿的椅子，发狠地把一枚枚钉子砸进去。

程洁然坐在床上，看着儿子，凭母性的直觉，她知道儿子一定是发生了什么事情，这把椅子坏了那么久了，从来也没想过去修，怎么忽然想起来了？最近，儿子似乎总是努力找事情做，她决定，找个时间要好好和他谈一下。

敲门声使得程洁然很高兴，庆幸有人来，可以打断儿子这疯狂的、近乎自虐的行为。

“快去开门！”她催促着。

洛晨熙不情愿地停下手里的活，抹了一把汗，难道是安子为来了？他迟疑地拉开门——

门外的确是安子为。

可是——

安子为背后，却站着一个女孩子，神色迷茫而凄苦，她费力地掉转头，不看他，耳朵上的蜥蜴耳钉发出冷冷的光芒……

那正是洛晨熙用尽全力想忘记，却怎么也抹不去的——

艾、梦、箐！

洛晨熙浑身的血液都加快了循环速度。他握着门把手，一时之间，竟忘记请他们进来。

艾梦箐眼角的余光看到了这破旧而凌乱的小屋，心莫名地疼起来……

他——他居然住在这样的地方……

原来，他真的和自己一样……

“怎么？不习惯我带女朋友来？”安子为深沉地望着洛晨熙，“晨熙，我很久没看到

你了！”

洛晨熙深吸一口气，这才意识到自己的失态，“什么话！快进来吧！”

“子为来啦！我去给你们泡茶！”程洁然高兴地从里面走了出来，手上拿着两个玻璃杯。

“阿姨，来，我给你介绍个人……”安子为拉着艾梦箐的手走上前。

“砰！”他话还没说完，程洁然手里的玻璃杯猛然就掉在地上，“哗啦”一声碎了。

“你？你？”她忽然脸色大变，怔怔地望着艾梦箐。

“阿姨……”艾梦箐疑惑地看着面前这位神色大变的女人，怎么了？什么地方不对头吗？为什么她的眼光像是要吃了自己一样？

她不由自主地摸摸自己的脸，又整理了一下身上的衣服，她的外套已经脱了下来，里面穿的是件套头的白毛衣。

程洁然大脑顿时一片混乱，那身白色装束、那似曾相识的眉目……那熟悉的小动作……像是一把尖锐的钢钻，插进了她的头脑中，一阵乱搅，螺丝钉顿时脱落了！

“是你！你还有脸站在我面前！你还敢来！你这个不要脸的女人……”

“妈妈！！！”

“阿姨！！！”

洛晨熙和安子为同时惊叫出声！

可，就连洛晨熙也不明白这是怎么一回事，他只知道妈妈的病又发作了，他第一个反应是去找来镇静剂！但还没等他转身，程洁然蓦然扑了上去，抓住吓得不知所措的艾梦箐！

“梦箐！”

“艾梦箐！”

两个男孩又几乎同时惊叫出声！

安子为心里无端地不安了一下，可他没有时间多想，立刻上前去想拉开程洁然，可是发疯的她力气比平时大得多，一下子就甩开了安子为。她将艾梦箐逼到墙角，枯瘦的手指摸索着她的脖子，嘴里喃喃自语着……

“你要做什么……你要带走他吗？你这个魔鬼，你这个坏女人……你休想……他是我的，他是我的，我不能让你来抢他！他是我的！”

“妈妈！你放手！快放手！”洛晨熙冲上来，用力将妈妈往回拖，不料，程洁然见到洛晨熙，更加被刺激了，她疯狂地甩掉儿子，用手勒住了艾梦箐的脖子。

“我不能让你来抢他！他是我的！他是我的！你应该消失……他是我的！”

她手指加重了力量，艾梦箐快窒息了，眼前金星飞舞。

“大哥！快打电话叫医生！打电话啊！”洛晨熙直着脖子大叫。

“好！”安子为也吓坏了，“你先拉开阿姨呀！”

艾梦箐咳着呛着，拼命挣扎着。

她的蜥蜴耳钉在挣扎中落在地上，这似乎使得程洁然心神微分，她手指略松，头一转，就在此时，洛晨熙用力抓住了妈妈的手，硬生生地将她往后拖了一步，然后对艾梦箐喊着：“还不快走！”

艾梦箐惊魂未定，下意识地往外跑去，不料程洁然猛然用头一撞儿子，撞得洛晨熙松开了手，又扑上去扯住艾梦箐，两人撕扯成一团。

“放开我！放开我！”艾梦箐挣脱不掉，眼看又要被逼进墙角，她急中生智，凝集起全身的力量，低下头也一头撞过去，正重重地撞在了程洁然的胸口上，程洁然踉跄着退后，刚好踩到了玻璃碎片，她站不稳，终于摔了下去，地上的碎玻璃扎中了她的手臂。

“啊！”艾梦箐吓住了，居然忘记了跑，“天哪，我……”

“妈妈！你没事吧？”洛晨熙扑过来，卷起她的袖子。

疼痛使得程洁然略微清醒了些，她卷起袖子，鲜红的血正不断地沁出来。

“妈妈！你流血了！”洛晨熙大惊，一阵难过，“艾梦箐！你……你太过分了！”

“我不是故意的……我……”艾梦箐委屈至极。

“少废话！”洛晨熙看到妈妈受伤，心疼不已，“你一来就弄得我家天翻地覆！你……你就不能走远点！”

“你……”艾梦箐瞪视着他，他眼睛里满是怒火，她不由得后退一步，又后退一步，突然，她发出一声绝望的、痛楚的呼喊，立刻向小屋门外跑出去！

“梦箐！”

“艾梦箐！”

屋子里的两个男孩第三次同时叫出一个名字！这次，轮到洛晨熙不安了！眼看安子为追出去，他咬咬牙，将妈妈扶到床上，不管不顾地也跟着跑出去！

门外，安子为追着艾梦箐跑了几步，又折回来想开车去，一摸口袋发现车钥匙还在外套里，而外套还留在洛晨熙的家里。安子为掉转头想冲回洛晨熙家里取外套，却和正匆匆跑出来的洛晨熙撞个满怀！

两人目光相接，都在彼此的眼睛里看到了痛楚！

安子为看着满面焦灼的洛晨熙，心里闪电般掠过一阵惊惧和不安！

这么一迟疑，艾梦箐已经跑远。

艾梦箐奔跑着，漫无目的地奔跑。她的脚踩进了路边的积水，她跑出了巷子，撞到了行人，她跌倒了，再爬起来。她的外套没有带出来，白衣服已经又湿又脏，单薄地贴在身上，风吹得她的头发胡乱地贴在脸上……

最后，她已经弄不清楚自己为什么在跑，头痛得快要裂开……

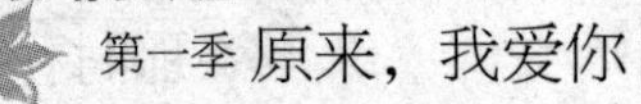

宿舍里，瑶华端着一杯开水，小心翼翼地把药送到艾梦箐的面前。

“我自己来。”艾梦箐感激地接过。

她病了，并不是什么厉害的病，只是感冒，那天忘记带外套，又吹了冷风，又没命地奔跑……使得她第二天就发烧，咳嗽，好在她从小身体底子比较好，休息两天就慢慢好了。

安子为焦急得不得了，为她请了最好的医生，开了一大堆药，又买了许多营养品、鲜花和礼物，满满地堆了一桌子。

可平日，却只有瑶华细心过来照料她。

瑶华从她的腋下抽出体温计，欢呼起来：“烧退了！我打电话给安子为！”

“哎——不要不要！”艾梦箐急忙拉住她，差点打翻了杯子，“暂时不要跟他说我好了，我不想他来找我。”

“你们怎么了？吵架啦？”瑶华关心地问。

“总之，我暂时不想见他，让我一个人多待几天吧。”艾梦箐无力地倒在床上。

“可是，他很着急的！”瑶华给她拉好被子，“你们到底是怎么了？好好地怎么弄成这样？就算你真不喜欢他，也没必要这样气他，这样伤害他呀！”

艾梦箐的嘴角露出虚弱的苦笑。

“我就是因为不想伤害他……你不明白……”

“我不想伤害她的……”木屋里，洛晨熙痛苦地自言自语，抱着自己的头陷入沉思。

他根本没料到妈妈会发病，最近妈妈已经几乎和正常人一样了，很久没有发作，他是气急了才对她吼的，他不是要伤害她啊！

地上，一件发亮的东西吸引了他的注意力，他走过去——是艾梦箐的蜥蜴耳钉，在混乱中掉落的。

洛晨熙小心地捡起它，仔细地用衣襟擦去上面的污垢。

然后，他将耳钉放在掌心，手握成拳，又松开，反反复复。

“晨熙！”一个声音把他拉回到现实，洛晨熙急忙跳起来，脸红了。

“妈妈？你好点了吗？”

“我没事。”经过一场天翻地覆的大闹，又在镇静剂的作用下一场沉睡，程洁然的神智终于清醒了，她担忧地看着儿子，“告诉我，我白天怎么了？我又犯病了，给你和你的同学都惹了麻烦，是不是？”

“妈，没有，什么也没有，你不要乱想了。”洛晨熙宽慰着妈妈，“你只是打破了杯子，你摔在杯子上了，流了点血，真的。”

“不要骗我了，我心里有数。”程洁然痛苦地叹气，“妈妈真是对不起你，害得你一直陪着我。而妈妈却从来没好好关心过你，你也长大了，有自己的心事，不和妈妈说了……”

“妈妈，你这说的是什么话啊？”洛晨熙不安了，“我没有什么事情瞒着你啊！”

“没有吗？”程洁然淡淡一笑，此刻，她看来和发病时判若两人，“如果没猜错的话，是为了一个女孩子吧。”

“妈妈！”

“告诉妈妈，是个什么样的女孩子呢？”

“我……”

“有什么心事，就说出来吧！是个什么样的女孩子？说给妈妈听。”

“妈，其实……”洛晨熙差点脱口说出，其实就是白天你见过的女孩子啊！但是，他知道，妈妈显然对白天发病的一幕一无所知，医生说过，最好不要去刺激她的记忆，他只能长长地叹息一声。

“晨熙，”程洁然想去拉儿子的手，洛晨熙却下意识地一躲闪，程洁然发现了他的异常，“怎么了……那是什么？”

“没什么！”可是，掌心里的蜥蜴耳钉已经露了出来，洛晨熙的脸蓦然涨得通红！

程洁然看了看蜥蜴耳钉，忽然又有几秒钟的模糊：“怎么……我好像在什么地方见过？我怎么想不起来了！”

“妈妈！”洛晨熙担心起来，“你不要再想了！”

“好，不想了。”程洁然努力整理着思绪，“唉！妈妈总是这样。”

“妈，你都说了不想的！”

“好吧。”程洁然的注意力又回到眼前，看着洛晨熙，“妈妈可以不想了，但是，你能不想吗？”

“妈！你在说什么？”洛晨熙狼狈起来。

“你喜欢戴这个耳钉的女孩，是吗？”程洁然追问着。

洛晨熙没有回答。

昏黄的灯光，照着他棱角分明的脸。

……

良久，他终于，抬起头望着妈妈。

这一刻，他所有的嚣张、跋扈都不见了，就像一个迷路的孩子，恳求地、无助地、痛苦地问：“妈妈——如果我爱上了一个我不该爱的人，我该怎么办？”

……

“晨熙，妈妈知道自己总是好一阵坏一阵的，但是，今天趁着我还好，我要告诉你一些事情。”良久，程洁然幽幽地开口。

“什么事情？”

“关于你爸爸和我。”程洁然静静地说。

“妈！”洛晨熙吃了一惊，医生说过，不能刺激妈妈！可是，此刻的妈妈却清醒无比，她身上有的只是母性的光芒，似乎讲述往事，并不会给她带来多大的震动。

“嫁给你爸爸之前，我就知道他心里有别人。”程洁然轻轻地说，“他有一个青梅竹马的女朋友，并且，我们三个都曾经是中学同学。”

“妈！”洛晨熙惊跳。

“是的。”程洁然叹息着，“那女孩很美，他们的感情很好，所以一开始，我只能把这份感情放在心里。”

“那么……”洛晨熙说不下去。

“直到有一天，你爸爸忽然出现在我面前，憔悴不堪，只说了一句：我和她分手了。我追问，但他始终不肯回答，不知道他们发生了什么变故，让他这样痛苦，这样狼狈，于是，我开始照顾他，什么也不问，只是关心他……为了他，我和当时的未婚夫分了手……”程洁然顿了顿，“后来，他就娶了我。”

“啊！妈妈！”洛晨熙十分惊奇。

“是的，当时我完全不顾后果，甚至……”程洁然忽然说不下去了。

“可是，爸爸还是……”洛晨熙疑惑地。

“是的！还是离开了，”程洁然目光中露出痛苦之色，她不愿意谈及这段往事，“但是，晨熙，我从来没有后悔过。”

“妈妈！”洛晨熙很惊讶，“我一直以为，你恨着爸爸！”

“恨吗……”程洁然笑了，“也许有吧，但是，我们毕竟拥有过一段美丽的时光，我们有着共同的岁月，有一天你会发现，感情里的恨与爱是成正比的！”

“妈妈！”洛晨熙不愿意妈妈再说下去，“你对我说这些做什么？”

“只是想告诉你，爱情里面永远没有谁对谁错，爱情就是这样没道理的东西，所以，不需要去计较什么是该，什么是不该！”程洁然轻轻地抚摸着儿子的头发。

“妈妈已经只有过去了，而你的未来还长得很，妈妈希望你幸福，不想看到你不开心的样子，而属于你自己的幸福，你一定要争取！”

……

夜已深，妈妈早已入睡，洛晨熙依旧怔怔地望着手里的耳钉，他清醒而感动，心酸而欣慰。他自己也不明白这情绪算是什么，可是，他却在这种情绪的驱使下，站了起来，慢慢地关上房门，轻而坚决地走了出去……

我是天使 **你**要幸福

第一季 原来，我爱你

CHAPTER 8

双子之吻

短短的十几分钟内，他还未成形的梦，就碎成了千千万万片！

每一片里都有两个名字：安子为！艾梦箐！

宿舍里散发出淡淡的花香，艾梦箐正趴在桌子上，抄着笔记。

门忽然被推开了。

“你起床了？”瑶华开心地跑了过来，“病一好就这么用功啊！其实你的功课已经很好了，干嘛那么拼命！”

艾梦箐合上笔记本，微笑着看着她唯一的朋友：“你从哪里过来的？下了课就来了？其实你不必天天过来陪我的，我什么事也没有。”

“哎呀，我不放心你，再说我一个人也无聊啊！”瑶华想了想，忽然建议说，“小艾，不如干脆你搬到我宿舍去住，我就可以不用老跑了！”

“那不行啊，你宿舍又没有空床铺。”

“啊？也是哦……”瑶华嘟起嘴，又笑了，“那我们去跟宿舍的管理员阿姨说，让她给你调换宿舍！”她还真是风风火火，一把拉起艾梦箐就要走。

“好了好了，你别见风就是雨的，好好的换什么啊，和谁换？阿姨肯定骂你胡闹。”艾梦箐笑着把瑶华按在椅子上。

“阿姨才不会骂我呢！她一直很喜欢我，我刚才还和她聊天，她还说我的床铺干净整洁呢！”瑶华分辩着，“我可招阿姨喜欢了！哦，对了——”她忽然想起什么，“告诉你一件奇怪的事情哦，阿姨刚才跟我说……”

“什么事情？”艾梦箐真是拿八卦的瑶华一点办法也没有。

“她说这两天，每天晚上看到洛晨熙深更半夜在女生宿舍楼下晃来晃去！”

艾梦箐惊跳起来：“什么？你说什么？”

“嗯，阿姨说要女生们当心一点，这个洛晨熙真是奇怪，没事儿干吗半夜跑来站岗，又想修理谁啊？肯定没好事情……”

“住嘴，住嘴！”艾梦箐浑身颤抖。

“哎呀，你别这么激动，你现在是他大哥的女朋友，他帮你还来不及，绝对不会来修理你的，我是好奇下一个是谁……”瑶华自顾滔滔不绝地说着。

“住嘴！不要说了！”艾梦箐大叫一声，声音在空气里撕裂，瑶华吓得从椅子上跳了起来，瞪大眼睛看着反常的艾梦箐。

“他没有要修理谁！他不会修理谁的！你为什么老是把他想得那么坏！你一点都不了解他！他热情、他善良、他是个好男孩，他……总之，不许你说他的坏话！”艾梦箐脸色苍白，眼神中却有着从没未见过的清亮。

瑶华怔住了，望着失常的艾梦箐，“你……你为什么这么大反应？我，我只是猜想他会修理谁……”

“你还说！你住嘴啊！”艾梦箐不可抑制地叫起来，“不许再说一个字！不许提他……”她忽然也被自己的反常吓住了，她蒙住了嘴，怔了。

“你……”瑶华上下打量艾梦箐，心里的念头慢慢从模糊到清晰起来，“原来你……”

“原来，你喜欢的人是……洛晨熙！”

艾梦箐想否定、想叫她出去，想说一些辩解的话……可，最终，她什么也没说，一股酸楚的浪潮逐渐弥漫全身，她费力地和自己的眼泪作战。忽然，她冲向床铺，扑倒在上面，放开声，绝望地、痛苦地、心碎地哭起来！

“你不要这样啊……”瑶华见到自己闯了祸，吓坏了，“我不知道你喜欢他，我不是有意要说他坏话的，不要这样哭啊……现在我才明白，为什么他会那么拼命去救你，为什么你总是不肯接受安子为……”

艾梦箐哭得更伤心了，心里所有的委屈、压抑、痛苦、思念……终于都在那一刻决堤！她绝望地摇着头，自言自语着：“怎么办……我怎么办？我心里好苦……我不敢爱他……但是我快要疯了……这样下去我一定会疯的……”

“好啦，好啦，想哭就哭吧！”瑶华不再劝阻，她轻轻地抚摸着艾梦箐的背。

好一会儿，艾梦箐才停止抽噎，经过这样一场发泄后，她反倒觉得心里舒服了很多，瑶华掏出纸巾给她，静静地看着她。

“他也喜欢你，对不对？”

艾梦箐没有回答，只是叹息了一声。

“既然你们互相喜欢，那为什么要这样呢？是为了安子为吗？”瑶华接着说，“不要紧的，当面说清楚，不就得了。”

艾梦箐不由苦笑，“哪有那么简单，怎么说？”

“说你不喜欢安子为，说你喜欢洛晨熙，就这么简单，你为什么要想那么多？”瑶华天真地说着，“我知道，别以为我不懂，你怕伤害安子为，但是，你现在伤害了自己，也伤害了洛晨熙，不是一样吗？”

“可是……”

“别可是了！你就是这个毛病不好，如果你想爱，就去爱吧！真爱哪有那么多‘可是’啊？”

“想爱就去爱？真的可以？”艾梦箐迷惘地说。

“你不试怎么知道可以不可以？”瑶华恳切地劝说，“听我说，先别管安子为了，你先去和洛晨熙说个明白，省得他天天跑来站岗！”

“可是……安子为……”

“哎呀，饭要一口一口吃，事情要一样一样解决的嘛！你先做你自己最想做的事情好了，做好了这件再做那件，”瑶华说得乱七八糟，艾梦箐却听进去了，“如果你老是一个人在这里想东想西，不是两件事情都做不好吗？”

夜深了，艾梦箐在床上辗转反侧，当确定宿舍的同学都已熟睡后，她悄悄地下了床。

窗外，只有一盏路灯散发着模糊的光，艾梦箐看了看，什么也看不到，只有扑面而来的冷风使得她立刻拉上了窗。

这样冷的夜，他……他真的站在外面吗？她的心痛楚而甜蜜着，他真的在外面吗？那里风寒露冷，那里夜雾深重，他真的在外面吗？吸了口气，她听到体内有个小小的声音，在对自己说着：“你为什么不去找他？为什么不去？”

她咬住嘴唇，为什么不去？为什么不去？为什么不到他的面前，诉说自己的内心，诉说自己的思念？为什么不能把他的孤独和自己的寂寞糅合在一起？为什么……为什么不去？为什么？

她抓起一件外套，又用力咬了咬嘴唇，然后，轻轻地、蹑手蹑脚地走出宿舍门。

宿舍的大门已经锁了，艾梦箐想了想，悄悄地钻进一楼的水房，推开窗子翻了出去，像猫一样轻巧地跳过冬青树丛。站定了，她四处张望，洛晨熙！你在的吧！老天保佑，他一定要在，她有很多话要对他说……

“梦箐！”一声低沉的呼唤。

艾梦箐吃惊地张大眼睛，夜色中，忽然钻出来一身白衣的安子为！

“怎么，怎么……怎么会是你？”她惊讶得几乎无法呼吸。

“是我，我睡不着，于是就走到这里来了。”安子为上前握住她的手，深情地凝视着她。

“你，你……你是说，你一直一个人在这里站着？”艾梦箐抱着最后的一丝希望，四处张望，她的心沉下去，出门时的激动和喜悦都飞走了，取而代之的是内疚和深深的失望。

“是的，”安子为似乎没有听出她的言外之意，“我一直在这里，看着你的窗，就好像看到了你一样。自从你生病后，我已经有好几天没有见到你，梦箐……”他打量她，“你瘦了！你为什么这样憔悴？你为什么半夜里跑出来？你的手好冷……”

艾梦箐的眼里不自觉地浮起泪光，安子为紧紧握着她的手，“你知道吗？我刚才在这里祈祷，祈祷老天把我的呼唤传达给你，我是多么想看到你，现在，我的祈祷真的灵验了！”他的脸上散发着狂喜，“你还在生我的气吗？你还为那天的事情怪我？我不应该自作主张，害得你受惊，害得你生病，我向你保证，以后再不会了！都怪……”

他本想说都怪雪雯挑拨，可是没有说出来，那种微微的不安又包围了他，一种担心失去她的恐惧，使他不顾一切地，在这样的夜里，表白自己的心声：

“我从来没有这么认真过……梦箐，在认识你之前，女孩子对于我只是玩伴，但是，你不同，我对你是真心的，这是我第一次恋爱，难免有很多地方做不好。我也知道我有点少爷脾气，喜欢自作主张，从来不问你是不是也喜欢，以后，我一定改……”

“不，不要说了，你很好，你对我一直很好……”艾梦箐痛苦地打断。

“让我说完！”安子为坚决地打断她，“我不傻，我知道，你还没有喜欢上我，但是，我会等，我会一直等到你喜欢我的那一天，不管你怎么样，我愿意一直等下去，只是，请你不要在我等待的时候离开我……我不能失去你……”

“可是，可是……”艾梦箐挣扎着，费力地吐出几个字，“你不需要等我，如果我，如果我离开了你，那是我不好，不是你……”

“不！”安子为喊着，“我不会让你离开我！你可以埋怨我、可以不理我，但是，请你不要离开我……否则，我真的……我真的不知道怎么办才好……”

艾梦箐的眼泪终于流下来，她分不清楚这眼泪是为谁而流？为了那个自己苦苦等待的人，还是面前这个苦苦等着自己的人？

“别哭……”安子为捧起她的脸，“从小到大，我对什么都不在乎，只因为，我几乎想要什么就有什么，失去了也就失去了，但是，我不能失去你，我不能！”他冲动地把她拉进怀里，“别哭……”

艾梦箐隐忍地，被动地让他拥抱着，她的眼泪已经干了。抬起头，只看到天上的星星闪着寒冷的光。

从没有哪个时刻，她如此无助，如此迷茫。她抬头望着星空想，如果有神，请告诉我，为什么爱人与被爱，同样受罪？同样痛苦？请告诉我，我该怎么办？怎么办？怎么办？

路灯的光忽然一闪，像是上帝在云端，轻轻地一眨眼——

照亮了一棵四人合抱的大树，后面，那一对燃烧着的痛苦的眼睛！

洛晨熙屏着呼吸，隐藏在树后面，看着两人在夜色里拥抱的身影！

这些天，每个深夜，他都身不由己地来到艾梦箐的宿舍下游荡，看着她的房间那漆黑的窗。他总是想，明天，他一定要去找她……但事实上，第二天，他还是依旧痴痴地望着她的窗子。

就在这个晚上，他忽然看见一身白衣的安子为走过来！

洛晨熙第一反应是躲起来，当他躲到大树后面的时候，却又看见从窗子里跳出来的艾梦箐！

原来……心脏渐渐收紧，洛晨熙握紧了手里的钥匙……

他看着安子为走向她，看着他们说话，她的声音很低，听不清楚，但是，安子为激动的几句表白，却一字不漏地被夜风送进了他的耳朵——

——这是我第一次恋爱……

——我不能失去你……从小到大，我可以失去一切，但不能没有你……

然后，他拥抱着她，他们的身影像夜色里交缠的两朵白梅花……

再然后，他拥着她的肩，向他的车走去……

白色宝马消失在夜色里……

洛晨熙靠着树干，无力地坐在地上。

原来……

一切都是他自以为是的一场梦……

短短的十几分钟内，他还未成形的梦，就碎成了千千万万片！每一片里都有两个名字；安子为！艾梦箐！安子为！艾梦箐！安子为！艾梦箐！！！

他握着钥匙的手慢慢松开，另一只手却越握越紧，一样东西深深地刺进他的掌心里去……

那是一只黑色的蜥蜴耳钉。

隆冬的严寒包裹着校园，到处都是冰天雪地。

走廊上的几棵盆景上，还依稀挂着圣诞节的装饰彩带，但是教学楼的大落地镜上那几个“圣诞快乐”的大字已经被抹去，改成了“新年快乐”，鲜红的，喜庆的。

寒假马上来临，自从圣诞节后，天就一直没有放晴过。似乎永远都会是阴阴冷冷的了。

考场里，学生们不时地停下笔，呵一口气，搓着冻僵的双手。

最后一门考试结束，热闹的校园，在半天内就冷清了一大半。

学生们都欢天喜地地收拾行李，准备回家。

瑶华像只多话的小麻雀一样在唧唧喳喳地叮咛了艾梦箐一番话后，终于也不情愿地背起包回家了。

宿舍里，艾梦箐一个人坐着发呆。

手里的热水袋已经失去了热量，她叹息了一声，穿上外套，茫然地带上门走出去。

严寒包围着她，她却浑然不觉，可是路上的学生们都纷纷向她投来好奇的目光，虽然她和安子为的事情已经不是什么秘密了，但见她一副失落的样子，身边又没有人陪，好事的人立刻开始猜测和议论。

艾梦箐烦躁起来，难道就没有一个清静的角落吗？

她穿过人来人往的林荫道，向学校的西北角走去。那里有一个小小的湖泊，四周没有阻挡，风很大，这么冷的天，不会有人跑去那里的。可她不在乎，吹吧，也好让发热的头脑清醒一下。

突然——

一抹黑色跳进她的眼帘！

难道是他？难道他也在这里？艾梦箐先是愣住了，接着，心脏就不规则地跳起来，艾梦箐，你还等什么？

湖水边，洛晨熙脱下黑色的外套，搭在肩膀上，任凭风肆虐地扫着他的胸，仿佛有种自虐的快感。

忽然，一阵脚步声急促地传来，该死的！谁跑来打扰？他一低头，恍然如梦——

湖水映照着一个黑衣女孩。

“洛晨熙！”艾梦箐低声呼唤，却分明颤抖着。

洛晨熙怔住，这声音里，包含着太多的含义！他想热切地回应，可是，却不自觉地冷漠起来，“你来这里做什么？”

“我们谈谈好吗？”艾梦箐急切地望着他，鼓足勇气。

洛晨熙转开头，不敢看她的眼睛，他吃力地，粗暴地说：“你不陪着我大哥，来这里吹风做什么？我们没什么好谈的。”

“别这样！”艾梦箐低声喊，“我……”千千万万句话涌上来，她却不知道怎么开口，只冒出一句突兀的话。

“你……你为什么一个人在这里？”

“哈，真搞笑！”洛晨熙冷笑，“这里是公共场合，我为什么不可以来？”

“别这样，”艾梦箐的声音更低了，她努力控制着自己的情绪，“我们可不可以不要再这样了？我要告诉你，我，我……”

洛晨熙忽然一阵颤栗，不，艾梦箐，什么也别说！你不能说！他迅速地打断了她，“我要回去了！”

“你为什么老是躲着我？”艾梦箐痛苦地说。

“笑话！你管我！你有时间就去关心我大哥吧，你可是他女朋友！”洛晨熙一吼。

“你不要老是对我吼好不好！”艾梦箐无奈地说，“你明知道，我和安子为根本没有什么！”

“是吗？”洛晨熙突然冷笑起来，“那么，你是个白痴！这样好的男人你都不要？你这个无情无义的女人！”

“洛晨熙！”艾梦箐颤栗了，“你……你是个不讲理的混蛋！”

“哈！莫名其妙呢！你第一天认识我吗？我从来不讲理！”洛晨熙转身就走，艾梦箐上前拉住他背上的风衣——

“干什么！”洛晨熙像被蛇咬了一口似的用力一甩，一件东西掉出他的风衣口袋。

刹那间，两个人都怔住了——

地上，是一只黑色的蜥蜴耳钉。

世界忽然静默，湖水、风声……全都已不存在。两个人都怔怔地望着这只小小的耳钉，似乎它是枚定时炸弹，然后，艾梦箐抬起头，眼睛清亮。

“洛晨熙……”

……

“你为什么藏着我的耳钉？”她问着。

“我……”他狼狈地说，“我早就想还你了！是你掉在我家的！”他捡起耳钉递过去。

艾梦箐没有接，她深深地望着他：“好了，不要再对我演戏了，这样不是更痛苦？我知道，你是为了安子为才……”

她犯了一个错误，她根本不该在这个时候提到安子为的，这等于唤回了洛晨熙全部的理智。他脊背一挺，像是从梦里醒过来，语气又变得冰冷，“我不知道你在说什么！”

“你知道的！”她的大眼睛火一样地望着他。

洛晨熙用力将风衣往脊背上一拉，恼怒而狼狈地喊：“够了！我不明白你为什么要在这里说这些奇怪的话！我走了！”可他却迟迟挪不开脚步。

“你不要再装傻了！”她急切地说。

“你……”洛晨熙突然大吼，“你少自作聪明！你这该死的女人！你跑来发什么神经！”

“洛晨熙！”艾梦箐低喊，难以置信地看着他。

“你走远点！”洛晨熙暴戾地对她喊，“我最讨厌自作聪明的女人！你以为你是谁？你以为我……我……”他说不下去，看见手里的耳钉，“凭什么？就因为这破玩意儿？去你的！”

洛晨熙用力一扬手，蜥蜴耳钉落进了湖水中！

湖面上立刻泛出一圈涟漪……

“现在你满意了吗？还不走！我叫你走！你听不见吗？”他凶恶地瞪着她，“走啊！少在我面前自作聪明惹人讨厌！”

艾梦箐终于被打倒，她一甩长发，转身没命地跑开……

洛晨熙望着她跑远，手一松，肩膀上的风衣落在地上，他蹲了下来，觉得浑身的力气都被抽空。他把手指插进头发里，痛苦地，低低地，在心里喊着：“艾梦箐……请原谅我……”

“你去哪里了？打电话没人接，我就来这里等你了！”宿舍楼下，安子为抓住了神情恍惚的艾梦箐：“这么冷的天气，你要去什么地方，我开车送你去好不好？”

“放开我，我累了，我要回去。”艾梦箐迷乱地望着安子为，忽然觉得从没有过的疲倦席卷而来，她只想回宿舍，好好地睡一觉。

“你刚才到底去什么地方了？”安子为望着她苍凉的神情。

“我现在想回去睡觉，我们回头再谈好吗？”她重重地叹息。

“那，那你上去睡吧，我就站在这里等你。”安子为终于放开了她。

“你……”艾梦箐的头更晕了，“你先回去，等下我们电话联系吧。”她无奈的口气像是在哄孩子。

“不，”安子为也确实固执得像个孩子，“你总是不带电话，我怕一会儿你又不带电话自己出去了。”

“我……”艾梦箐费力地解释，“我只是随便走走，本来没想走远的，后来看到学校附近的饰品店，就进去逛得忘记时间了。”

“饰品店，”安子为疑惑地看着她，“你从来不喜欢首饰的啊，我送你的手链项链从没见你戴过。”

“你干吗！你在审犯人啊？”艾梦箐突然失声叫起来。

“对不起。”安子为吓了一跳，立即道歉，“我只是担心你，天太冷了！”

艾梦箐摇了摇头，真的，自己不能这样，她倒吸了一口寒冷的空气，找了句话来安慰他，“我只是进去随便看看……哦，我后来就去看耳钉了，”她突然想起那只黑色的蜥蜴耳钉，心里闪电般疼痛，“我不戴首饰，可是一直戴耳钉啊！”

这个谎话说得很高明，合情合理。安子为相信了，立刻释怀地笑起来，“这样，你不早说哦，你要什么耳钉，我马上让他们给你送来……”他掏出手机，“老刘，去珠宝店，什么？哪一家？当然是最好的那几家……对，每样都要一种……”

“好了，我们吃饭去吧！”安子为开心地合上手机，“我饿了。”

艾梦箐只好跟着他走了。

一只又一只的丝绒盒子，里面放着各式各样的耳环、耳珠、耳钉……珍珠的、水钻的、白金的、翡翠的……圆形、菱形、三角形、长的、方的、简约的、时尚的、高雅的、前卫的、个性的……

艾梦箐望着那么多那么多的耳钉，眼花缭乱，不知所措。

“你喜欢什么？尽管挑！”安子为扶着她的肩膀，“如果你都不喜欢，让他们再送一批来！”

艾梦箐的脸色暗淡而苍白，她用手支着晕沉沉的头，突然，随手合起面前的一只盒子：“我是一个很怀旧的人。”

“什么意思？”

“子为，让我告诉你，”艾梦箐看也不看一桌子的耳钉，“我很小的时候，一直想要一只耳钉，可是那时候家里根本没钱，后来，我长大了，考上圣翰的第一天，就给自己在……在……”她没有把“孤儿院”三个字说出口。

“在我离开的那个地方门口的小摊上，买了那只蜥蜴耳钉做礼物。那是我给自己买过的唯一的首饰，后来，我有很多机会，可以看到，也可以买到更好的、更漂亮的耳钉，但是，那些我都不喜欢，真的，再好，我也没有办法喜欢，我的脾气很固执，我第一次喜欢的东西，就会念念不忘，所以，你……”她努力地表达着，“你懂我的意思吗？”

安子为站到她面前来，仔细地看着她的脸：“你是说，你只喜欢原来那只蜥蜴耳钉？”

“我……你到底明白不明白我要告诉你什么？”艾梦箐挣扎地说。

“你的蜥蜴耳钉在哪里？”安子为根本不听她的，静静地看着她的眼睛。

“告诉我，在哪里？”他又问一次，声音里是不可抗拒的坚定。

艾梦箐艰难地咽了一口口水，天，他是真的不懂，还是装着不懂？“丢了，不见了，掉进学校那个湖里了，找不到了。”她机械地，一口气说了出来。

安子为点了一下头，忽然穿上外套，立刻往外走去。

“子为，你去哪里？”艾梦箐怔住了。

“你在这里等我，一会儿就回来。”他走得好快，立刻出门上了车，打着火。

“哎……”艾梦箐无奈地看着车子离去，忽然有种不祥的预感，想了一下，她快步往校园的方向走去！

艾梦箐连走带跑地冲进校园，冷冷清清，学生大部分都回家了，没回家的这个时候也早就躲在宿舍温暖的被窝里，夜风下只有一地落叶，被她踩得发出破碎的声响。

她想打电话给他，一摸口袋发现手机被忘在宿舍。

“安子为？”她试着喊了一声，回答她的只有冷风的呼啸。

树木的阴影将她包围，艾梦箐无端地觉得心惊肉跳，远处，一只不知名的夜鸟扑着翅膀飞起。

“安子为！”她发现自己的声音中带着惶恐，他去了什么地方？啊，不要，不能伤害他，不能让自己伤害他！他是那么好那么好的男孩子啊！

艾梦箐猛然想到什么事情，她顿了顿，环顾四周，然后向着学校西北角的那个湖泊跑去！

远远地，她就望见了一抹白色，那不是安子为的宝马吗？

“安子为——”她边跑边叫，湖边却一片沉寂。

“你在哪里——安子为——”她提高了声音，风狂野地扫着她的长发。

终于，从夜雾弥漫的湖上传来微弱的回应——“我在这里……”

艾梦箐向着声音传来的地方跑去，近了，更近了，她适应黑暗的眼睛，看到湖里正有个人费力地向她挥手……

“啊！”艾梦箐尖叫起来。

安子为跳下了结了一层薄冰的湖里，费力地找寻着那只被洛晨熙丢弃的耳钉！

学校的湖水很浅，但是下面都是湿而滑的淤泥，何况这是在零下十多度的冬天！

安子为浑身早已经被冻得麻木，牙齿格格打战，湿透的头发紧紧贴在脸上，他一会儿低头入水，一会冒出来费力地透一口气，他的白西装简直像一大块冰一样包裹住了他，彻骨的湖水使他整个人都冷得刺痛！

“安子为……你快上来啊！”艾梦箐挥舞着手，“快上来！你别傻了！”

“梦箐！”他还笑，可是那笑根本不成形，“我一定帮你找到！”

“你上来啊！”艾梦箐徒劳地奔跑着，“有没有人啊，来帮帮我们啊……我找个竹竿拉你……”

湖面上，安子为的头又钻了下去，只有一圈一圈黑色的涟漪。

“安子为……你千万别出什么事！”艾梦箐吓得手忙脚乱，“我不要那只耳钉了，我不要了，我不要那破玩意儿……”她不自觉地引用了洛晨熙的话。

她喊着，终于，湖水“哗啦”一声，冒出了安子为的头。

“子为……”她叫着，“你没事吧！”

“梦箐！”安子为高高地举起一只手，对她挥动着，“我找到了，我找到了！”

“你快上来啊！快啊！”

安子为终于攀着石头上了岸，浑身滴着水，一会儿脚下就积成了水洼，他俊秀的脸被污泥弄得不成样子，头发上还挂着水草，牙齿打着颤，费力地摊开手。

“我找到了……”

艾梦箐连扶带拉，将他塞进宝马，把暖气开到最大，脱下外套包住他，费力地揉着他冰冷麻木的四肢，望着他热切的脸。

“我找到了，居然给我找到了！”安子为发抖的手心里静静地躺着那只蜥蜴耳钉。

“子为……你没事吧，你要赶快把衣服换了，我不会开车，你能开回家吗？”艾梦箐喘息着。

安子为握住艾梦箐的手，将蜥蜴耳钉塞进她的手里，他的手心依旧冷得像冰，他白得发青的脸上却流露着孩子样的欢喜和天真，“我找到了，耳钉！”

艾梦箐哽咽了，怎样的混乱啊，怎样的内疚啊！“那么冷的水，耳钉又那么小……我知道，一定很难找，可是，你找到了……”她说不下去，突然紧紧地抱住了浑身湿透的安子为。

安子为怔住了，然后，是一阵惊悸的狂喜，这是她第一次这么主动，他试着捧起她的脸，在她的额头上轻轻印下一吻。

“你喜欢就好……”

“是的，是的，谢谢你！谢谢你！”她把他抱得更紧，在这一刻，她没有去想洛晨熙，太多的酸楚和内疚，交织成一种柔情，占据了她整个身心，就这样吧，艾梦箐！就这样吧！她对自己说着，如果你不能“爱”，那么，就好好地感受“被爱”吧！

漫长的寒假开始了。

对于安子为来说，这个寒假，终于成了他生命中最“快乐”、最“幸福”的日子，他们流连在整个冬天里，白色宝马踏遍了整个银装素裹的城市。

艾梦箐终于不再抗拒安子为，她柔顺地让他牵着手，品味着这个温馨的冬天。他带她去有名的风景区滑雪，她一会儿就掌握了平衡，从高高的坡地上冲下来，他赞叹地看着她，她的长发飞舞，她的脸通红。

“你好棒，很少有女孩子滑这么好的！”

“我觉得很简单啊！”艾梦箐哈着气，摘下手套，“我喜欢这样飞翔的感觉！”

他替她拂去头发上的雪，“想不到你还真的很勇敢，这样高的坡也敢冲下来！”

她怔了怔，好熟悉的话，似乎，在什么地方，听到过同样的话……

“想不到你还真的很勇敢！”

……

那一天，高高的天台，空中的一幕……

艾梦箐转过头，淡淡的忧郁，爬上了她的眼底。

“怎么，累了吧，我们去玩别的，”安子为将一个汽车轮胎拖过来，“你坐在这里，我可以把你从高坡上推下来！”

晚上，他们在子为的咖啡吧里吃饭。

“好香的咖啡。”艾梦箐赞叹着，“我原来不喝咖啡的，是你教我的。”

“是啊，我喜欢喝咖啡，其实，我觉得你才像一杯咖啡呢，苦苦的，神秘，但是又很香，很有味道！”

艾梦箐笑起来。

“真的哦，我早就想这样形容你了，可是，一直到今天才有机会这么说。”安子为深深地看着她，“你让我等了很久！”

艾梦箐感动地把手放在他手上：“可是，我现在已经在你身边了，我会对你好的！”

“梦箐！”安子为紧紧握着她的手，“这个寒假真是我一生中最开心的日子啊！我真不想那么早开学，我都不想回学校去了！”

回学校？艾梦箐微微一怔，学校里有老虎吗？不，当然没有，可是，却有比老虎更危险的东西……

一阵难言的苦涩包围过来。她端起杯子，喝了一口咖啡，突然觉得好苦。

“你怎么不加糖就喝了？”安子为往她的杯子里丢了两块方糖，粉粉的方糖落进去，一会儿就不见了。

艾梦箐下意识地用勺子搅拌着，搅拌起了一圈涟漪……

每一个波纹里，似乎都有一张她努力想要忘记的脸……

艾梦箐将勺子丢进碟子里，心中痛苦地呼号着。

“洛晨熙！洛晨熙！我……我——恨你……”

不管有多少欢乐，不管这欢乐中有多少的无奈，日子总是一天天不留情地划了过去，一晃，春节就过去了，喧嚣和热闹也成为过去。

天气开始转暖，已经有几株迎春花，嫩黄嫩黄地开放了。

迎春花被围成了花丛，花丛里，搭着一个摄影棚。灯光、摄像机，一切都已经准备就绪。

“开始！”导演一声令下，镜头对准了一群群众演员，他们手里都拿着棍子，立刻雨点一样地对着地上的人招呼过去……

“卡！”导演一挥手，“OK。”

洛晨熙慢慢地坐起来，抹了一下汗水，身上剧烈地疼痛着。

“好了，开饭了，小洛，我们去领盒饭吧。”另一个武打替身招呼着。

洛晨熙一声不吭地跟着他走出去，那人犹自喋喋不休：“你干吗那么老实，不懂在身上垫个厚纸板什么的啊，他们打起你来没轻没重的，我们是替身，又不是演员，何必那么敬业！”

洛晨熙依旧不说话，那人无趣地走开了，整个剧组都知道这个新来的小替身是个奇怪的人，他看上去最多十八九岁，身手很灵活，脑子却像进了水一样，专门挑些吃力不讨好的活做，人家都喜欢轻轻松松涂点红油彩装死人，他却非要找打不可！

有时候，剧组的人也会和他搭讪：“你还是个学生吧？”

“……”

“你有没有女朋友啊？”

他会瞪一眼，一声不响地走开了，久而久之，人们也就对这个奇怪的少年失去了兴趣。

洛晨熙坐在一边，吃着盒饭。

“小洛，身上怎么样？”导演关切地走过来了。

洛晨熙摇摇头，副导演安慰地拍拍他的肩膀：“看不出你虽然年纪小，倒挺敬业的，要是每个替身都像你一样就好了，他们就知道偷懒耍花样。”

洛晨熙勉强地笑了一下。

“总之，你不错，我有机会还会找你的。”导演高兴地说，忽然有喊声，“洛晨熙，有人找你！”

洛晨熙对导演点点头，放下盒饭走了出去。

门外，站着满面惊讶的安子为！

“大哥——”洛晨熙迟疑着开口，自从那天，艾梦箐从他家跑出去后，他还没单独见过安子为。此刻，他犹豫地看着对方，想试探他是否发觉了什么，但他却看到一张春风满面的脸，只是带着些掩饰不住的惊讶。

“原来你在做这个，怪不得我说怎么最近老找不到你呢！”安子为有些恍然，想了想，“阿姨的身体……”

“还是那样。”

“晨熙，那天都是我不好，招呼也不打就去了，跑来惹出这么大的乱子，你不会还怪

大哥吧！”

“大哥，”洛晨熙粗声说，“都那么久了，我早忘了，再说也没什么事情，我怎么会怪你？”

“那就好，”安子为笑了，拍了拍洛晨熙的肩膀，洛晨熙不由一缩，安子为发现了他的异样，卷起他的袖子，那手臂上伤痕累累。

“这，这怎么弄的？他们打得这么狠？”安子为又气又惊，“你不要做替身了，哪有这么打人的，快跟我回去吧！如果你缺钱用，我可以——”

“大哥！”洛晨熙打断了他，“别说了，我喜欢做这一行，自己赚钱的感觉很好。再说，开学还有几天，拍完这一场刚好赶上回学校。”

“你怎么这么倔！”安子为无奈地看着洛晨熙。

“只是凑巧赶上一场武打戏，你没看到我轻松的时候，只要躺在地上装死就行了。”洛晨熙安慰着他，他不愿意多谈这个话题，“对了，你怎么知道我在这里的？”

“我去你家找你，阿姨告诉我你在摄影组打工，你的手机为什么老关机？”

“拍戏，万一打断了镜头，NG多麻烦。”洛晨熙解释着，“大哥，你不用管我了，你和……”他忍了忍，还是没问出口，“你最近似乎很开心。”

“是啊！”一阵兴奋的红晕爬上安子为漂亮的脸，“我终于和梦箐在一起了，最近她对我越来越好，我觉得自己是全世界最幸福的人！”

洛晨熙咬着牙，刚才被打的地方火辣辣地疼起来：“恭喜你，大哥！”

“谢谢！好兄弟，等回学校，我请你吃饭，我们好好聊一聊！”安子为满脸欢悦，“我先走了，你自己小心，有事情一定记得找我！”

“Action——”

导演又一声令下，拳头又纷纷落在洛晨熙身上，他咬紧牙关承受着，他被心里深深的疼痛折磨，反而觉得皮肉的伤不算什么了，吸了口气，他无声地呼唤着：“艾梦箐、艾梦箐、艾梦箐……”

当他终于倒下去时，他心里闪过一个念头，艾梦箐，我……我恨你！

我是天使 **你**要幸福

第一季 原来，我爱你

CHAPTER 9

欲罢还休

洛晨熙，我何其有幸，有你这样的朋友，又何其不幸，有你这样的朋友！

艾梦箐，你何其有幸，被我们两个所爱，又何其不幸，被我们两个所爱！

狭小的床上，洛晨熙翻了一个身，把头埋进枕头里。

他睡得极不安稳，梦里，总有一对火一样的大眼睛……

“我们谈谈……”“谈什么？不，没什么好谈的！”半梦半醒之间，他费力地挣扎着，然后，他的梦境变了，她站在高高的天台上，长发飞舞，像一只夜鸟，他要冲上去拉她下来，可是喧嚣的人群总是包围着他，他一急，惊醒过来，看看外面，阳光正好，再一听，手机正在顽固地响着。

“喂？”洛晨熙接起。

“是小洛吗？我是陈导！”是导演急切的声音，“有件事情，我想问问你肯不肯帮忙？”

“什么？”

“最近我们接了影星杰伦的戏！”陈导说着，“马上就要开拍，第一场戏里就有一幕要找一个替身，是从楼上跳下来，薪水很高，但是，很危险。”

洛晨熙想了一下，“几楼？”

“三十楼。”陈导焦虑地说，“所以价码再高，都没人敢接啊。我就想到了你，我知道你是个好替身，但是，我也不勉强你，毕竟这太危险了，我只是抱着死马当活马医的心态来问你一声……”

洛晨熙倒吸一口冷气，三十楼！这不是演戏，是玩命！二楼的天台都够他受了……等等，怎么又想到二楼的天台？他恼怒地甩头，甩不掉那个缠绕着自己的影子，突然间，他有种自暴自弃的念头，他憎恨自己的软弱！

“小洛……”陈导听他久久不回答，理解地说，“算了，你到底还是个孩子……”

“好。”洛晨熙干脆地说，倒把导演吓了一跳。

“你想清楚了？”

“是的，我答应。”洛晨熙干脆地说。

开学已经整整一周了，校园里，却没有见到校霸洛晨熙凶神恶煞的身影，同学们都不约而同地松了一口气。加上刚开学功课不多，整个校园一派轻松明媚的气氛，春天似乎在不知不觉中已经来了。

瑶华拉着艾梦箐，走到小操场上，那里，正有几个男生在打篮球，一只篮球骨碌碌地滚到她们脚下，一个男生对她们做着手势，示意她们把球扔还过去，瑶华眼珠一转，突然飞起一脚，重重地把球踢出去。

“哈哈！”她得意地笑起来。

“你真淘气啊，这是篮球，又不是足球！”艾梦箐略带责怪地看着朋友。

“管它什么球，球就是用来给我踢的！”瑶华心情很好，“我的脚就是闲不住，说起来，我第一次见到你，就是因为我踢了一脚球……”

艾梦箐的脸色一黯，阳光迅速地从她眼底隐没了。瑶华不解地看着她，忽然想起来了：“哎呀，我又说错话了，对不对？”

“没有。”艾梦箐费力地挣扎出一个微笑。

“说起来，我还要问你呢，一个寒假都过去了，你们到底有什么进展？你去找洛晨熙了吗？怎么你还是和安子为一起呢？”瑶华天真地问着。

“你别问我，我不知道。”艾梦箐低着头向前走。

“好了好了，你不要老是一副愁眉苦脸的样子，真是被你急死了。”瑶华跟上去，“我们去玩吧！”

“去哪里？”

“嗯……”瑶华想着，突然眼睛发亮，“对了，我告诉你，杰伦这两天在我们附近拍戏，我可是他的忠实Fans哎，不如我们去看他拍戏，找他要签名啊！”

“我不去了。”艾梦箐根本没心情，“你也别胡闹了，拍摄现场又不让你进去。”

“哎呀，你怎么这样傻，混进去呗！这才有趣啊！”瑶华眉飞色舞，她说风就是雨的脾气又来了，“走吧！”

“我真的不去了，我一会儿还有事情。”

“哦……这样啊，你是和安子为约会吧！那算了，不打扰你们了，你不去我可要去！”瑶华一溜烟跑了。

“哇……好气派的场地啊……”瑶华看着庞大的摄影棚和一溜道具，又看着墙上的海报，“一会儿要是见到杰伦，一定要冲上去请他签名……”

她东张西望，见到一排人推着机器过来，就不安分地冲过去，却被一个保安拦住了。

“小姐，这里在拍摄，不能随便进。”

“哎呀，我知道啦，我是来找朋友的！”瑶华企图蒙混过关。

“你找朋友？哪个朋友？叫什么？预约了吗？”保安上下打量她，“我看，你一定是个追星的学生吧，这样的女孩子我见多了！快回去吧！”

“什么，学生就不可以追星啊！喜欢一个人需要理由吗？”瑶华索性和保安胡搅蛮缠起来，“你凭什么侮辱我的感情啊？”

保安哭笑不得：“好了，你来这一套没有用的，快走吧！”

“我都说了我是来找朋友的，找不到我才不走呢！”瑶华耍赖起来，就在此时，她一转头，看到一个人影走过，那样子怎么像洛晨熙？她没有多加考虑，本能地喊了一声，“洛晨熙！”

人影站住了，回过头，那被太阳晒成褐色的皮肤，那轮廓鲜明的脸——不是洛晨熙是谁？

“洛晨熙，你在这里干什么？”瑶华惊讶地看着他。

“你又来做什么！”洛晨熙淡淡地抛下一句，转身就走，瑶华怔了怔，边上保安也怔了怔：“原来你真有朋友在这儿？”

“你说洛晨熙？他是我同学啊！怎么，他可以进去，我为什么不能进去？”瑶华气哼哼地说。

“他进去是拍戏，你进去做什么？”

“拍戏？”瑶华以为自己的耳朵出了毛病，“这里难道不是杰伦的拍摄点吗？”

“小洛就是给杰伦做替身的！马上开拍了，里面有一场从三十楼上往下跳的戏要用替身！”保安解释着。

“什么？”瑶华大惊失色，一把推开保安，“我要去找他！”

下午三点的太阳，带着初春特有的慵懒和闲散，斜斜地照在木格子的窗户上。靠窗的酒红色真皮沙发上，安子为和艾梦箐相对而坐，翻看着手里的单子，空气里满是红茶和咖啡的气味。

“两杯摩卡。”安子为微笑着把单子递给侍者，“梦箐，这是新开张的一家咖啡馆，很古朴，你喜欢吗？”

“喜欢。”艾梦箐点点头，“有种复古的味道。”

“我也有同感呢，这里的点心是自助的，你吃什么，我去给你取。”

“随便拿块蛋糕吧！”

安子为微笑着，拍了一下她的手：“你要多吃点东西！”他起身离开，艾梦箐看着他的背影，又轻轻地叹息了一声。

忽然，口袋里的手机响了，一看是瑶华的电话，她没多想，本能地以为她又要来说什么八卦，漫不经心地接起，却听见一个带着哭腔的声音，乱七八糟地嚷着：“小艾，不好了不好了，你快来，要出人命了！”

“什么？”艾梦箐大吃一惊，第一个念头就是瑶华闯了什么祸，“你怎么了？出什么事了？和别人闹起来了？”

“不不不，不是我，是洛晨熙！”瑶华大叫着，艾梦箐顿时把手机拿远了些，心脏开始发冷，“他的事情，与我无关。”

“可是，他快死了！”瑶华急得快要哭出来。

“什么叫他快死了？”艾梦箐的脸色刹那惨白，“你说清楚！”

“我一直在说啊！他在做武打替身！他在给杰伦做替身，他要跳楼……从三十层楼上跳下来！我喊他，他说叫我少管就走了，你快来劝劝他，快来呀，他马上要跳了！”瑶华急促地嚷着，“就在东方大厦！快啊，迟了就来不及……喂？喂！你听见没有……”

艾梦箐的手机“啪”地一声落在桌子上，她跳了起来，什么都来不及想，什么都来不及管了，她脑子里只有一个念头——有个人可能会死！可能会死！他的名字叫——洛晨熙！

她一头撞在端着盘子走过来的安子为身上，盘子飞了出去，蛋糕点心滚落一地。

“你怎么了？发生了什么事情？”安子为一把拉住她，望着她血色全无的脸。

“放开我！他快死了！放开我！”艾梦箐用力甩开他，向门口冲去，她踩到了地上的点心，脚下一滑，安子为趁势又抓住了她，“谁快死了？你去哪里？”

“放开我！”艾梦箐挣扎着，失去了一切理智，“我要去找他，否则他会死！我不能看着他死！”

“你要去找谁？”安子为望着她死灰样的面色，心里，有些清楚，有些模糊。

“洛晨熙！”艾梦箐脱口而出！立刻，她紧紧地蒙住了自己的嘴，可是，已经来不及了，安子为的面色，在那一刻和她一样变得苍白！

“我……我不知道我在说什么，可是……放开我！”艾梦箐喊着，“我不能让他死，让我走！”她用力推开失神的安子为，转身就往门外冲去。

艾梦箐冲出门，按电梯，可是等不到电梯上来，她就放弃了，转过身子从楼梯冲了下去。

她推开大堂的玻璃门，一头一脸的汗，刚要招手叫车，一辆白色宝马停在她面前。

“上来！”安子为冷静地说，“我送你去。”

“我……”

“快上来！”安子为的语气是从未有过的严厉，“我也不想他死！”

白色宝马一路飞奔，安子为紧紧握着方向盘，面色沉重。艾梦箐靠在椅子里，不住地发抖，嘴唇上有一点猩红的血渍。

东方大厦的三十层楼上，洛晨熙已经抽到第八根烟了，他穿着戏服，戴着一只黑色的假发套，靠在角落里坐着，面无表情。

楼下，工作人员忙着做防护措施，摄影机不断调整着角度。气氛忙碌而紧张。

“小洛，可以准备了。”一个工作人员上来，拍了拍洛晨熙的肩膀。

洛晨熙点点头，重重地抽了最后一口烟，把烟头丢在脚下，他站起来，伸展了一下四肢。

天快黑了，他下意识地想着。身上的戏装被风吹得飘了起来。他抬头向天，太阳已经渐渐西斜，几只鸽子已经开始晚归。云朵变幻莫测，红的、黄的、淡紫的……在他面前放大、缩小、缩小、放大……

刹那间，一连串久远的往事回到眼前：妈妈的笑脸、童年的安子为和自己，初见她时自己对她的欺凌，孤儿院里两人的碰撞……最后，一切色彩慢慢淡去，唯独她的脸清晰如故，他似乎又看到她含泪的大眼睛。

“艾梦箐……”洛晨熙在心里默默地念着她的名字。

艾梦箐，她好吗？她怎么样了？她恨自己吗？不，不要恨我，我不是有意要伤害你的，和你在一起的日子，是我生命中最美丽的一段时光……

洛晨熙想着，他奇怪为什么这一刻，关于“生命”的念头如此强烈？难道……自己会离开这个世界吗？不，自己只是做个替身，演完这场戏，就可以回家了，妈妈还等着自己吃饭呢。

可是……可是……如果这注定是他最后一场戏的话……

那么，他想要告诉她——

其实，他爱她！爱得疯狂，爱得固执、爱得热烈！他想要告诉她：其实，一切的逃避和伤害，只是因为，他的自卑、渺小、倔强！呵！

他想着：艾梦箐！艾梦箐！原谅我！原谅我！原谅我！我终于不再逃避你在我心中的分量了！可是，你在哪里？你在哪里？也许，你永远永远不会知道了，我有多么爱你！多么爱你！多么爱你！

洛晨熙深呼吸，似乎又听到遥远的地方，传来她的呼唤——

“洛晨熙……”

“洛晨熙!!!!”不，这不是幻觉！洛晨熙把目光从云朵上调回，是真的！是她！

“洛晨熙……”楼下，艾梦箐发了疯一样，强行冲进现场，夺过导演的扩音机，仰着头大喊。

“你不要跳啊！不要跳！你听见我说话了吗？我是艾梦箐啊！”

艾梦箐！洛晨熙一凛，那么，这是真的了，她来了！她怎么会来？可是，她居然来了！他惊疑地听着喇叭里传来的声音：“不要跳下来！不要！我求求你！你不能跳！太危险了！你不能这样做！我还有话对你说，我有很多话要告诉你……”

现场顿时大乱，保安、工作人员一窝蜂地围上来，议论着、劝阻着、制止着，但谁也无法强行从艾梦箐的手里夺走扩音机，不知道这个女孩子是洛晨熙的什么人，从什么地方冒出来的。

艾梦箐根本看不到这一切，自然，她也看不到身后拼命向工作人员解释的瑶华，和，一脸惨白，静静地站在原地的安子为。她只是声嘶力竭地喊着：“洛晨熙……你听到我说话了吗……你回答我，你要我怎么样就怎么样，我不再和你计较，我什么都不计较，只求你不要跳……”她的嗓子哑了，眼泪迸出了她的眼眶，她的声音已经转为哀号，“不要跳啊……”

楼顶上，洛晨熙双手握拳，挺直了脊背，眼睛里慢慢弥漫上一层雾气……

“小洛，到底怎么回事情？”工作人员气喘吁吁地跑过来，“那个女孩子在闹什么？他们两个是你什么人？”

洛晨熙大大地震惊了，所有游移的神志都清醒起来，“他们两个？”

“是！一个穿白衣服的男孩和一个穿白衣服的女孩！他们突然强闯进来，现在弄得乱七八糟的，这戏到底还拍不拍？”工作人员气急地嚷着。

洛晨熙瞪大了眼睛，在惊愕和惶惑之中，完全呆住了。

“你到底还跳不跳？”工作人员急了，“都准备好了……”

“我这就跳。”洛晨熙听见自己平静的声音，一字字滑出来，没有起伏，没有高低，“让导演开始吧。”

喧嚣的人群，拥挤的现场……

忽然，所有人的目光都集中到了三十楼……

楼上，一个少年，像一只展翅欲飞的鸟一样，大步冲向护栏……

他凌空一跃……

黑色的身影，划过高高的天际……

然后……

向着忽然寂静下来的人群下坠——

他准确地弹落在设定的防护棚上，又飞起，又落下……

所有的人都屏住了呼吸……

就在洛晨熙快要接近最后一层防护措施时，他终于偏离了方向，被三楼的窗台挂住了身上的绳结，巨大的下坠力使得那个绳结立刻断裂！

他努力想让自己的手抓住点什么，但是失败了，立刻，他撞到了二楼的遮阳棚，一阵破碎的声音中，他的身体穿破了遮阳棚，重重地落下来！虽然都铺上了厚厚的垫子，他还是被摔得五脏六腑都快要碎了，再也站不起来。

“卡——”导演喊着，抹去头上的冷汗，想冲过去看看情况，可是，一个白色的身影比他更快，立刻扑向地上的洛晨熙。

“晨熙，你有没有事？你能听到我说话吗？”

洛晨熙躺在地上，浑身痛楚、眼前发黑，手脚都被划破了，呕吐的感觉贯穿着全身，遮阳棚上的碎片划伤了他的眉毛，血流进了眼睛。

他努力维持着神智的清醒，吃力地抹去了眼睛上的血，他看到艾梦箐那对被泪水浸湿的黑眼睛。

他努力想要说话，可是，另一个白色的身影也遮了过来，他听到安子为凄楚的声音，迷惘而无力地问：“你喜欢她？是不是？她也喜欢你？是不是？”

洛晨熙挣扎着，想要解释，可是，他什么也没说，一阵剧痛的浪潮包围了他，他的头侧向一边，晕了过去。

一阵忙乱，医生和护士穿梭不停，手术室的门开了，一个护士出来又进去，关门，再开，再关……像是几百几千个世纪都已过去，终于，一切平静下来。

白色病床前，艾梦箐静静地，双手合十坐在那里，她一直这么坐着，什么也看不到。什么也听不见，瑶华拖不动她，只好走了，安子为也不知什么时候离开了，病房里安静得了无生气。她什么也不能想，什么也不能做，只是望着病床上昏迷的洛晨熙。他躺在那儿，头上、手上、腿上，裹满了纱布，遍体鳞伤。

不知道过了多久，她听到他低声的呻吟，似乎是费力地说着要水，她跳起来，急忙去倒了一杯水，用勺子细心地送到他的嘴边，他半昏半醒，水大部分溢了出来，于是，她的眼泪也跟着滴下来，滴在他的脸上。

洛晨熙挣扎了一下，眼前似乎有一团火在烧着他，烧得他喘不过气，可是，是什么东西，清凉地滋润着自己的面颊？他要看看，是谁？是谁？他那只没受伤的手颤动一下，再颤动一下，于是，他听到有个声音，轻轻地说，“你醒了吗？”

“你……你是谁？”他迷糊地问着。

“是我，艾梦箐。”她捧着他那只没受伤的手，泪水沾湿了他的手背，“你听得到我说话吗？”

洛晨熙屏息了片刻，然后，真的醒了，他张开眼睛，看到她被泪水滋润得无比清亮的

眼睛，正一眨不眨地望着他。

“你……”他吃力地蠕动着嘴唇，“你为什么在这里……”

听到他说话，她喜悦了：“你真的醒了！天哪！我一直在这里等！”她带笑又含泪地看着他，“你没事就好了！”

“没事？怎么了？”洛晨熙吃力地蠕动了一下，感受到浑身的疼痛，他想起来了，三十楼的替身，她的哭喊，还有……还有什么？安子为！对，是安子为！他睁大眼睛，额头上冷汗涔涔。

“你疼得厉害吗？我去叫医生。”她刚想走开，却被他粗声地制止了，“我没事！你在这里做什么？”

“别，别再对我说这样的话。”艾梦箐俯向他，恳切地说，“听着，这次你无论如何也不能把我再赶走了，我会留下来，留下来陪你！”

洛晨熙震动了一下，伤口又痛楚起来了，咬住牙，他残忍地说：“你留下来做什么？走吧，去我大哥那里！”

“不要再对我提他！”艾梦箐忽然发出一声凄切的叫声，带着从未有过的哀伤和深情，“不要拿他再做你逃避的借口！你知道的，我心里从来没有过别人！”

“你……”洛晨熙长长地吐出一口气来，喃喃地说，“我不知道你在说什么！”

“你知道的，你一直知道，从你救我的那天起……”她费力地挣扎着，“在孤儿院，在我被雪雯欺负的时候，你……你一次又一次保护我……”

“对不起……我想，你是误会了，”他乏力地说，“我对你好是因为……因为你是我大哥的女朋友……你可以走了吧……”他说得太困难了，太狼狈了，他懊恼着自己的不争气，用力提高声音对她叫，“你走！”

“别叫！”艾梦箐制止他，“从认识你，你就一直对我吼吼叫叫！你那么凶，你欺负我，你……你还记得那个皮球吗？你还记得要把我从三楼丢下去的事情吗？”泪水在她眼中打转，“你一直欺负我，你一直对我凶，是的，和你在一起，我从来不开心，和安子为在一起，他一直对我好……我是发了神经才来受你的气……”

泪终于冲破了防线，从她的脸上滑落：“我就是发神经……我也不知道为什么，我宁愿你让我痛，也不愿意他对我好……谁叫我……爱上你……”

“艾梦箐……”洛晨熙脑子里纷乱成一团，她强烈的告白彻底摧毁了他，他呼吸沉重而急促，心脏跳得似乎连肌肉都在惊悸着。

“你知道的……你明明知道的……”她所有的冷漠、伪装都不见了，这一刻，埋藏在她心里所有的感情，都像火山一样爆发出来："为什么……你总是要把我推给别人，就因为那个人是你的大哥吗？你就故意气走我，你以为我不知道吗！那次派对，你故意撞翻那锅汤，你明明就是藏着我的耳钉，却要把它丢进湖里……"

"不要说了，不要再说下去！"洛晨熙终于费力地、沙哑地吐出一句话。

"我就要说，我要一次说完……"她从来没有这样坚持过，"我们都是一样的，我也曾经逃避过，可是，我不能……当我知道你要跳楼的时候，我的心都快碎了……如果你出什么事，那么，那么……"她无比坚定地说，"我，我也不要活了！"

"天啊……"洛晨熙再也控制不住，"不要再说了，不要……"泪水滑下他的眼角，"你为什么……这么傻……"

"你哭了……"她低下头，轻轻地用手指抹去他再也控制不住的泪，"你是为我流眼泪吗？你……"

她望着他，用那深情的眼光，深深地、深深地看着他。

然后，她俯下头来，忘情地抱住他，把自己湿润的脸贴在他发热的脸上。

一阵天旋地转，洛晨熙有几秒钟几乎停止了呼吸，那火热的、烧灼的、喜悦的、辛酸的感觉弥漫了他每一个细胞！

她抬起头，面上还残留着一滴泪，脸色像是雨后的彩霞，闪烁着从未有过的光华。他们相对而视，在一种类似催眠的情绪里，许久许久……

门外有病床骨碌骨碌滚动着推过，打破了寂静。洛晨熙终于慢慢地清醒过来，回到了现实中，他用力抬了一下头，伤口顿时疼痛起来，一刹那，那种长期以来习惯的压抑、逃避、懊恼又回到他身上，他闭上眼睛，耳边又响起安子为凄凉的声音。

"你喜欢她？是不是？她也喜欢你？是不是？"

安子为！他居然忘记了安子为！自己做了什么？她又做了什么？天，他们在做什么？

为什么？洛晨熙恼怒地自问着，为什么他会那样情不自禁？他不该听她说的，他不该任凭她打破一切的，他根本不该这样！他没有权力这样！

"你……你走。"他低声说，那痛苦的、撕裂的、不可抗拒的回答。

"什么？"她难以置信地看着他，"在我说了那么多以后，你还是要我走吗？"她定定地看着他，眼底是一片坦荡。

洛晨熙忍住满心的疼："是的，你走！我永远都不要再见到你。"说完这句，已经耗费全部的力气。

艾梦箐用手捂住嘴，瞪大眼睛，许久许久，她只是这样瞪着他，仿佛他是外星人或是

什么怪物一样……

“好，我走。”泪水划过白皙的肌肤，她突然觉得自己像一个小丑。

原来，鼓足勇气的表白换来的竟是更大的羞辱，或许，这一切都只是老天开的一场不怀好意的玩笑。

艾梦箐嘴角露出绝望的笑容，然后，她轻轻地站起来，轻轻地转过身，像梦游一样，恍惚地走出了房间。

反手关上了门，背靠在门上，艾梦箐闭上眼睛，站了好一会儿，心里像一锅煮沸了的水，各种情绪翻腾个不停。好半天，她才呼出一口气，睁开了眼睛，却猛地大吃了一惊！

几步外，静静地站着安子为，他的脸色如身上的西装一样白，一对凄凉的、迷惘的，却又是带点沉思的眼睛，深深地看着她。

谁也不知道他在这里站了多久，谁也不知道他听到了什么。谁也不知道在这一刻，他心里在想着什么。

他只是静静地、静静地看着她……

她僵住了，四肢瘫软得像一堆棉花，头脑中糊糊涂涂，她发觉自己不大能思考，不，不是“不大能”，是“完全不能”！自己脑中思考的齿轮已经完全停顿了。

走廊里昏黄的灯光，把他们的影子斜斜地投在地上，拉得好长……

她被动地走过去，被动地承受着他的目光……

终于，安子为苍白着脸，低声地开口：

“他……他没事了？”

艾梦箐点点头，她的神智仍然恍惚，她的意识仍然茫然。

安子为慢慢地伸出手，托起她的下巴：“你哭过了……”

她站着，默然不语，如果风暴要来临的话，她无所谓，她愿意接受他任何惩罚。

但是，他的眼底闪过了一抹痛楚和苦涩，放下手来，他轻声地说：“你知道现在几点了？凌晨两点半了，你一直守在这里……现在，你该回去休息，你看上去脸色很差。”

她点点头，习惯地对他点点头。可是，他的脸色不也很差吗？可是，他不是也一直都站在这里吗？怎么？没有责备吗？没有吵闹吗？没有愤怒吗？没有风暴吗？她糊涂了！

但是，她是真的那样疲倦，那样乏力，那样筋疲力尽，她实在没有精神与精力来分析这一切了。她被动地让他揽着自己的肩，被动地上了他的车，被动地发现自己不知道什么时候已经回到了学校。

黎明时分，安子为驾着车，在郊区的一条山道上行驶着，他摇下了车窗，初春的风迎面扑来，灌进他的衣领里，他并不十分清楚自己开车到这里来做什么，送艾梦箐回宿舍后，他就一直漫无目的地驾驶着车子，在大街小巷上来回穿梭，在市区和郊外来回兜着圈子。他的意识始终陷在痛楚和绝望里，他的心一阵一阵时紧时缓地抽搐着，压榨着他的每一根神经。现在，他加速在山道上开着，只觉得天地之大，他却顿时迷失了自己的方向。

接近山顶了，他熄了火，泊好车，从后备箱里取出一条没有拆封的烟，拿出一包，拉开门走下来。在路边的一块石头上坐下，眺望着黎明前黑暗的山谷，夜风从山下卷上来，树木和草丛发出萧瑟的声音，幽幽地，像她在病房里无助的告白。

点了一支烟，他轻轻地抽了一口，立刻被呛到了。他从来不抽烟。从小家人就教会了他品酒，仔细地手把手教他分辨各种酒的质地，那是一种仪态，一种风度，而抽烟，实在对身体没有好处。他的烟是招待朋友用的，但是今天，他想抽一支烟。

苦涩而辛辣的烟雾包围着他，他对着山谷默默地出神，眼前，尽是艾梦箐白衣飘飘，扑向躺在地上的洛晨熙时的样子，他无法从她那一幕告白中解脱出来，这对他的打击太大了。

从他十四岁起，就被无数女孩子羡慕的目光包围着，其中不乏漂亮的、出身名门的、教养好的、成绩好的……可是，却没有人能如此打动他的心。他和她们玩，和她们吃饭、

看电影、开车兜风，但是，他只是好玩，只是单纯地开心，她们谁都不能给他震撼的感觉。

直到他遇见艾梦箐，他感觉自己终于等到了那个人，王子终于遇见了灰姑娘。他曾经有怎样的等待，怎样的喜悦，怎样夜不成眠的日子。他急于要得到她，他急于要把公主的水晶鞋送给她，可是，她却迟迟不肯穿起来……

他不明白为什么她总是对他若即若离？他不明白为什么她眉梢眼底总是有抹不去的忧郁和哀愁？……现在，他终于知道了，什么都知道了，回想这些日子一连串的举动，他感觉自己实在荒唐可笑，原来，他并不是她的王子！原来，她并不需要王子！原来，一切都是自己一相情愿的幻想……

艾梦箐，你实在不该这样对我！安子为痛苦地想着，你怎么可以这样伤害我，怎么可以这样戏弄我，怎么可以这样欺骗我……怎么可以……怎么可以让我爱上你，你却爱着别人！

安子为痛苦地把头埋下来，是的，他想，原来自己还是爱着她，即使在经历了一连串的折磨和打击后。事实上，她又何曾真的让他开心过，和她在一起的每个日子里，他都是被一种患得患失的情绪折磨着……

可是……安子为想着，自己却心甘情愿，原来，爱就是甘心承受对方给自己的痛……

他忽然震惊了，他发现自己居然不知不觉引用了艾梦箐在病房里的话。

“我也不知道为什么，我宁愿你让我痛，也不愿意他对我好……谁叫我……爱上了你……”

安子为痛楚地又点上一支烟，他有些明白了，耳边，又响起自己在门外听到的片段——

“在孤儿院，在我被雪雯欺负的时候，你……你一次又一次保护我……”

孤儿院，一次又一次保护我？原来，他们居然有这么多自己不知道的事，这么说，他们是不是很久很久之前就已陷入挣扎？安子为努力地想着，他不愿意承认，可内心竟然渐渐有了一丝怜悯！

在这混乱的时候，安子为需要一个朋友来帮助他，可是，他望向山谷，身边空空的，他唯一的朋友，只有洛晨熙。

洛晨熙！安子为的嘴角勾起一个苦涩的笑容，为什么是洛晨熙？如果是别人的话，他还好受一点，他还可以去争去抢，但，为什么偏偏是自己最好的兄弟——

“大哥是世界上对我最好的人！他喜欢的东西，洛晨熙绝对不和他抢……”

童年的片段又浮现出来，安子为双手握拳，你不跟我抢？不跟我抢？可是，你还是做了，还是抢了，并且，你成功了！哦，洛晨熙，你真伟大，你真本事，你竟然如此对我！哈哈哈哈，你真是我的好兄弟！

“你故意撞翻那锅汤，你明明就是藏着我的耳钉却要把它丢进湖里……”

洛晨熙，我低估了你！我真的低估了你！你怎么可以这么不动声色，这么沉得住气，这么对我演戏！安子为痛苦地自语着，自己早该怀疑了，自己早该想到雪雯的话不是空穴来风——

“你自己想想有没有可能……我早就觉得他们两个怪怪的……你何不当面去问他……”

自己真该当面去问他的！可是，烟灰从手指间雪一样地落下来，自己为什么当时没有去问他？为什么？

如果……如果自己都没有勇气去问他，那么……那么他又怎么可能会有勇气跑来摧毁自己的世界……安子为忽然发现，自己竟然在为洛晨熙辩护！像他一直习惯的一样——

“洛晨熙，你又和人打架！”体育课上，体育老师怒喝。

“老师，他没有和人打架……”安子为站了出来。

“没有打架？我老远就看到你们打成一团！洛晨熙，你再打架，我就立刻告诉训导主任去，再记一次过就可以开除你了！”

洛晨熙冷冷地瞪视着老师，默然不语。

“老师，他真的没有和人打架，我们是在练习摔跤，帮我做体能训练，因为马上要体育测验了。”安子为乖巧地、流利地说着，“他不过是力气大了一点，所以看上去就像打架了……”

“真的吗？”老师疑惑地望着旁边的同学，安子为一声咳嗽，同学们立刻说，“真的，老师，他们没有打架！”

“这还差不多，好好自由活动，不许闹事！”

体育老师走开后，安子为急忙把洛晨熙拉到一边：“你不要和他们打架嘛！”

“他们骂你是豆腐，骂你体育测验一定不及格！”洛晨熙愤愤地说。

“随便他们说去好了！”安子为不在乎。

“不行！”洛晨熙像一只小蛮牛，“我不能让他们胡说，也不能让你体育测验不及格！”

于是，接下来的半个月里，洛晨熙一直陪着安子为做体能训练……

“谢谢你！”测验合格后，安子为激动地拉着洛晨熙的手。

“不用谢啦！现在，看谁还敢说你的坏话……”

“其实只要我及格，他们自然就不会说了，”安子为很懂事，“你又何必去跟他们打架呢？”

“不行！我不能听到任何人说你坏话！听到一次我就打一次！”洛晨熙固执地说，“因为你是我最好的大哥!

……

最好的大哥……安子为苦涩地想着，他，一直是把自己当做最好的大哥……那么，自己呢?

……

山谷里，红叶满天，安子为和洛晨熙小心地行走在栈道上。

“就是这一棵了！”安子为发现了几步外就是他要找的标本，兴奋起来，加快了步子，忽然听到身后洛晨熙惊恐的叫声：“这条木头是断的，小心！”

已经来不及了，安子为一脚踏空，整个身子骨碌骨碌地滚下去，蓦然间，一个人影扑了过来，紧紧抓住他又抱住了他，两人一起向下滑去，终于，速度有所减缓了，停止了，洛晨熙紧紧地护着安子为的头，他的手脚却都被擦破。

“你没事吧？”安子为吓得要命，“怎么样？”

洛晨熙站起身，整理着衣服，露出满不在乎的笑：“没事，你待在这里休息一下，我上去把那棵标本采来给你。”

“不要去了，路都已经断了怎么去，我们再到别处找吧！”

“不，我一定给你采来！”洛晨熙喊着，手脚并用地攀着岩石往上爬……

“不要爬回去了，我们已经滑了很远，再找一棵吧！”安子为焦急地喊着。

“不，我知道，你就是喜欢这一棵！”

……

一周后，校园里的宣传廊里，挂着安子为精心制作的、获奖的植物标本，宣传廊下，安子为和洛晨熙并肩而立。

“你是我最好的兄弟！”

……

黎明的天际露出了鱼肚白，安子为手里的一包烟已快抽完。

在远处的树林内，一只不知名的鸟缓缓滑翔着往山谷下飞去，他想起了洛晨熙从三十楼上滑落的身影……

“不要跳……”她的呼唤是那么强烈，她的哭声是那么痛楚，可是，他还是跳了！

“你喜欢她？是不是？她也喜欢你，是不是？”

安子为听到自己的声音，无助地问着。

不用再问了，他宁可跳楼，也不愿意给出肯定的回答！他是永远不愿意回答的，就像童年时候，明明是他采集的标本，获奖的却是自己一样……

不用再问了，其实答案早就明了于心，他何必一次次用一个相同的答案，来撞痛自己！

洛晨熙，我何其有幸，有你这样的朋友，又何其不幸，有你这样的朋友！

艾梦箐，你何其有幸，被我们两个所爱，又何其不幸，被我们两个所爱！

……

黎明是真的来了，层峦叠嶂，山谷中静静站着一个白衣少年，他的身影随着渐渐清晰的曙光而变幻……

时而清晰，时而模糊，时而明亮，时而朦胧……

第一季 原来，我爱你

尾声

完美旅途

像是过去了几百几千个世纪，像是破碎了几万几亿个宇宙……终于，洛晨熙挺了挺胸，深深地吸了一口气，冲了出去，冲向了听命湖边，冲向了湖边那一抹白色……

第一季 原来，我爱你

云南的泸水县，是一个神秘而美丽的小城，阳光总是温暖和煦地照着林立的小屋。南方的春天来得特别早，杜鹃和玫瑰盛开，一片姹紫嫣红。

阳光轻轻地照耀着一大片波光潋滟的湖水，湖的四周全是树林，湖水绿得像一池透明的翡翠，反射着诱人的绿光。周遭的树木在水中映出无数的倒影，风姿摇曳。

这湖水看起来和其他的没有什么区别，但是，它却有着一个美丽而神秘的名字——听命湖。

听命湖，为什么叫听命湖？莫非，预示着听天由命？来旅游的人无不好奇地问。

导游们给出的答案大致相同——在很久很久以前，有一个美丽的女孩，爱上了一个少年，少年一去不复返，于是，少女忧郁地投进了湖里……

一个俗气的爱情故事，但是游客们还是爱听，还是愿意相信，只因为，爱情是人类永恒的话题，自古以来，没有人逃得开它的美丽、它的诱惑、它的痛苦、它的烦恼……

艾梦箐站在旅馆的窗前，拉开窗帘眺望着绿幽幽的湖水，恍然如梦。

这些天来，她都是在一种恍恍惚惚中度过。

从医院回到宿舍，足足有三天，她像个木头人一样，到时间就去上课，下了课就回宿舍，瑶华给她打来饭菜她就吃，不给她打她就不吃。

周围安静得出奇，听不到同学对她的议论，听不到瑶华乱七八糟的劝解，看不到洛晨熙黑色的身影，连安子为，似乎也从那天起就消失了。他们去哪里了？她不知道，自己又是在哪里？她不愿意去想。

“你说句话好不好……”宿舍楼下的长椅上，瑶华无奈地望着艾梦箐，“你再这样，我就要拖你去看医生了。”

艾梦箐依旧沉默着，她的意识似乎飘落到了一个遥远的地方。

“真是要命！”瑶华直跺脚，“我都不敢相信，原来你这么喜欢洛晨熙，而他居然还是跳了楼，你们两个到底在搞什么鬼！”

听到洛晨熙的名字，艾梦箐似乎有微微的震动，她轻轻点头，又摇头。

“行行好，这不是拍戏，不要装出这副样子来吓人好不好？”瑶华快崩溃了，“你不疯的话，那么就是我疯了！”

长椅上的艾梦箐忽然震动了一下，朝着远处看去，瑶华跟着望过去——

一个白衣少年，正向她们走来！

安子为站在长椅前，还是一身潇洒的白衣，挺秀的面容，似乎和以前没什么区别，只是，仔细看，会发现他瘦了些，昔日温情的微笑变得深邃起来。

“梦箐。”他平静地叫着她的名字。

“哎呀，你终于出现了，来得正好，你和她好好谈谈吧，”瑶华像见到救星一样，“好好跟她谈啊，她这个样子好像行尸走肉一样，拜托了，我走先！”

安子为在刚才瑶华坐的地方坐了下来，轻轻地拉起艾梦箐的手，艾梦箐感到了熟悉的温暖传来，她抬起头，似乎从一个遥远的梦里苏醒了。这么说，他还是来了，他一定会来找她的，艾梦箐，你逃不了的，那么，你就勇敢面对吧！

她用等待的目光看着他。

安子为却像什么事情也没发生过一样：“几天不见了，还好吗？”

她点点头，忍不住开口：“你……你这几天在哪里？”

“你关心吗？”安子为脱口而出，“你真的关心我去了哪里吗？”他望着她。

“当然，我一直关心的。”她真心地说，“相信我。”

安子为看着她真诚的面容，叹息了一声，他信了，嘴角又浮现上一丝若有若无的笑容：“谢谢你……”

“谢谢我？”

“谢谢你关心我，谢谢你陪着我，谢谢你给我的一切。”安子为低沉地说。

“子为！”艾梦箐觉得他的神态跟语气怪怪的，“你……为什么这么说？你不生我的气吗？你不恨……”

“别说了！”安子为突然紧紧捂住她的嘴，“别说那么多，一切都过去了……过去了，看，阳光真好……”他望着满地的流光碎影，终于下决心说，“这样好的天气，我很想去旅游，让我们一起去散散心吧，心情就会好很多！”

“旅游？”艾梦箐疑惑了。

“对，我想去云南，我们一起去吧，逃两天课。”安子为微笑地说。

“为什么要逃课？为什么要旅游？”艾梦箐更疑惑了，他对功课从来都看得很重要的。

“怎么有那么多为什么呢？我也不知道为什么，人生哪有那么多为什么？”安子为略带苍凉地笑了，“我不想管‘为什么’了，走吧！”

他的语气里是从来没有过的坚定，她身不由己地跟着他站了起来：“我什么也没带……”走到车子边，她突然想起来了。

“不用带了，一切我都……安排好了。”安子为低声地说，“走吧。”

艾梦箐困惑地跟着他上了车，困惑地看着他将车开到了机场，几个小时后，他们就置身在飞往云南的飞机上了。再几个小时后，她迷迷茫茫地被他带到了一家豪华的旅店里。

“你为什么订这么贵的房间？这……太奢侈了。”她惊异地问。

“奢侈吗？”安子为笑得古怪，“我想，我能掌握的，只有金钱给我的奢侈了，那为什么不用呢？”

“子为！”她喊着，不安地，他是怎么了，为什么说些古怪的话？

“好了，你休息一下吧，等下我来接你！”不等她反应过来，他已经大步走出了房间。

门上传来几声轻轻的门铃声，艾梦箐拉开门，服务员进来送开水。

“谢谢。”艾梦箐轻声说。

“不用客气，”服务员笑着，看着穿着白裙的女孩，“听命湖边晚上风很大，你应该多带几件衣服来。”

“听命湖？这个名字怎么这么怪？”艾梦箐好奇起来。

“就是这片湖水了……”年轻的服务员指了指窗外，“很有名的景点！”她走了出去。

听命湖？艾梦箐走到窗前，眺望着绿得眩惑的湖水。听命湖？为什么叫听命湖？莫非预示着要听天由命？她脑子里迷乱起来……

门上又传来几声门铃声，艾梦箐拉开门，安子为站在门口，手里拿着一件白色的风衣。

“走吧，我们去看湖水。”他把风衣披在她的肩膀上。

夕阳渐渐西斜，湖上弥漫着一层绿色的雾气，笼罩着他们。

“坐下吧。”安子为把艾梦箐拉到湖边的一块石头上，“我告诉你一个故事，你知道这个湖叫什么名字吗？”

“刚才服务员告诉我，叫听命湖。”她看着他。

“是的，听命湖，”安子为的脸浮漾在那层淡淡的绿雾中，“传说，是在很久很久以前，有一个美丽的女孩，爱上了一个少年，少年一去不复返，于是，少女忧郁地投进了湖里。”

“啊。”艾梦箐不知不觉地被感动了，“很美丽的故事。”

“还有，”安子为的眼睛深沉地望着她，“那以后，这个湖就变得奇怪起来，据说，只要你大声叫出心爱之人的名字，湖面上就会下雨。”

艾梦箐惊跳，脸色一变，安子为的表情却异常宁静，“怎么，你不想试试吗？”

“我……”艾梦箐不知道说什么好。

“不试一下吗？也许很灵验，试着叫出你爱的人的名字吧，”安子为似笑非笑地看着她，“这对于你来说，很困难吗？”

“我……我不要……”艾梦箐费力地说着，“我不相信……”

“你不是不相信，而是不愿意当我的面叫出你心里想的名字！”安子为双手扶住她颤抖的肩膀，“因为，那个名字，不是我！”

“安子为！”艾梦箐不知道说什么好，她只是惊恐地喊了一声。“你不要这样啊！”

湖面上，绿雾依旧飘浮着，阳光淡淡地洒下来，绿色的波光映着安子为的脸，面部的表情是那样深沉、宁静和柔和，像天使一样。

“你叫了我？你刚才叫了我？可是，天空不会下雨，你知道的，我也知道，从一开始，你就没有喜欢过我，对不对？”

“我……”艾梦箐无助地，“我不知道该对你说什么……”

“那么，什么也别说，你已经告诉了我答案，至少，听命湖在刚才已经告诉了我答案。”安子为按住她，他的神色中没有责备，没有怨恨，只有淡淡的酸楚，“梦箐，不要再怕伤害我，让我们都勇敢地面对事实吧，这些天，我想了很多，”他眼睛里湿润了，“如果我放掉你，至少我还有友谊，你的友谊，和洛晨熙的……”

再次听到这个名字，艾梦箐浑身掠过一阵颤栗，安子为没有忽略。

“看，这个名字刺痛了你，你忘不掉这个名字，是吗？和我在一起的日子里，你一定无时无刻不想着这个名字吧……”

“我……”

“是不是？”他紧紧地追问着她，她终于在他的眼光下无处可逃，低下了头，她崩溃地，一连声地轻轻说着：“是的，是的，是的……”

“那么，你还在等什么？说出来！说出那个你想说的名字，说出来！”安子为的神色里带着从没有过的了解和鼓励，“我已经放了你，你还不敢说吗？”

他真的放手，站起来，背对着她：“说吧，说给我听，说给湖水听！也——说给你自己听！”

艾梦箐怔怔地望向那绿色的湖水，眉头一点一点地舒展开来，接着，整个脸庞都光亮起来，璀璨起来。她站起身，满怀感激和感动地从背后抱住了安子为，给了他那么紧、那么激动的一个拥抱。

然后，她放开他，蓦然调转身，朝着那绿得像梦一样的湖水，大声地喊出来——

“洛——晨——熙！”

“洛——晨——熙！”

她喊得那么响，那么热烈，那么激动。

宁静的听命湖上，突然风卷云舒，狂风接踵而来，树林在挣扎呻吟，艾梦箐的风衣飞卷了起来，头发扑上了她的面颊。

接着，第一滴雨点猛然击破了水面，荡漾开一阵涟漪！

艾梦箐那样沉醉地看着水面的涟漪，然后，第二滴，第三滴……密集的雨点落了下来……点点滴滴划破了罩在湖边的雾气。

那雾气在雨中徐徐消散开，一切模糊的景色忽然清晰起来……

艾梦箐瞪大眼睛，看着绿雾散尽的树林里，突然转出一个人！

洛晨熙一步一步地走出树林，他的头发是潮湿的，眉毛上都挂满了雨水，带着三分惊愕和七分沸腾的喜悦，他在不远处站住，怔怔地望着眼前的一切……

是真的吗……

真的是她吗？是真的吗？她在喊自己的名字？

今天上午，他才要出院，就接到安子为的电话。他做好了一切准备，他等着大哥来骂他，指责他，甚至动手揍他，他绝对不还手，可是，电话里安子为的声音却是平静的。

“你好了吗？我有一件事情想请你帮忙。”

“大哥！”洛晨熙不敢相信自己的耳朵，“什么事情，说吧！”

“你始终是这样，”安子为淡淡地，“听到我要你帮忙，就一口答应下来，如果我告诉你，这件事情很危险，很艰难……”

“那我也会去做。”洛晨熙毫不犹豫地回答。

“真的吗……”安子为久久没有说话，似乎在思考着什么，终于，他开口了，“那好吧，你立刻出来，我的手下开车送你去机场。”

“机场？”洛晨熙奇怪了。

“你坐最早的一班飞机到云南，我的手下会告诉你在什么地方等我。”安子为静静地吩咐着。

“大哥？”

“怎么，你不是说什么事情都愿意帮忙吗？”

“是的，可是……”

“那就不要问那么多，按我的要求去做！”安子为挂断了电话。

就这样，他被带到了云南，在这片树林里等待着，他不知道安子为要做什么，许多疑惑在心头涌起……

接着，他看到了湖边的一幕，他听到两人的对话，他知道了关于听命湖的传说，他惶恐不安，接着，是喜悦、感动、激动……一切的一切，都像那一层如梦如烟的绿雾，笼罩着他，包裹着他，而当雨点穿透了绿雾，他知道，他终于知道，自己将不再听天由命！

……

雨水沙沙地落在她的风衣上，落在他头顶的树叶上，刹那间，所有闪动的雨珠都散发出光芒！

湖边的一间屋子里，忽然飘出一首歌……

每一滴眼泪

每一次心碎

什么爱能无疚无悔

不灰心等待

痛苦也忍耐

你坚持爱了就不后退

我知道我不是一个轻易就会说爱的人

没有想到这样的你却改变我

太美丽　太美丽

你的爱是多么地甜蜜

太美丽　爱让我也美丽

现在我不再怀疑不怀疑

有多爱你……

雨中，三个人都静静地，第一次完整地听完了歌词：

每一个脚印

每一朵乌云

说着我的飘忽不定

伤你伤好深

别人早就要放弃

为何你还是会给我宽容

我知道我不是一个轻易就会说爱的人

可是你坚强的付出却改变我

太美丽　太美丽

你的爱是多么地甜蜜

太美丽　爱让我也美丽

现在你也不必再去怀疑

当你在风雨的未知里走过

当我在迷失的自我的漩涡

交汇在黑暗中你我发出了新的光芒

现在我已全明白

什么是爱的真义

太美丽　太美丽

你的爱让生命太甜蜜

太美丽　只有对你感激

越过表面我看见你

美丽的心

你最美丽

你太美丽……

最后一个音符弹跳了一下，消失在空气里。雨停了，安子为拂去头发上的雨珠，他俊美的脸，焕发着一种神圣的光。

“晨熙，还记得我跟你说，要你帮忙吗？我从没请你帮过我什么，除了现在，请你帮我，好好地爱她，好好地关心她！”

“大哥！”洛晨熙的心里是满满的感动，“你……”

“我是不是告诉你，这件事情很艰难，很危险？对于你，我知道，要你承认和我同时喜欢一个人是太艰难的事情！对于我，真的很危险，我不知道自己是不是有勇气这么做，我随时都有可能会反悔，一路上我都想退掉机票回去！”

安子为慢慢地走到洛晨熙面前，久久地望着他。他双手握拳，在这一刻，心里有酸楚，也有不舍，但，更有一种解脱和自我欣赏，最起码，自己成全了他们；最起码，自己走得潇洒，做得漂亮；最起码，一个人的成全，好过三个人的纠结……

终于，他唇边慢慢绽放出一个微笑：“可是，我做了！那么，你也做吧！”

他用力地拍了拍洛晨熙的肩膀，然后，头也不回地走开了。

“大哥！”洛晨熙不安起来，“你要去哪里？”

安子为站住了，“放心，我有很多地方可以去，不要管我，从小你都‘太’顾及我了，现在，该是管好你自己的时候了！”

“大哥！”

“安子为！”

洛晨熙和艾梦箐同时发出呼唤！

安子为笑了，“放心，我会好好的。”他走向艾梦箐，“关于听命湖的故事，我还没有说完。现在，请听我说完吧，当地人告诉我，故事其实并不是那么简单，那个少年并不是一去不复返，而是，在一次战争中，他毁了容，于是，他再没有勇气回来见心爱的女人，只能眼睁睁地看着她心碎至死，然后殉情……一个很好的故事，可是，我不喜欢，爱情是需要勇气去追求的，我们没有太多的时间用来浪费，用来等待，既然相爱，那就大胆地在一起，我们不是古人，不需要听天由命。”暮色里，他最后一次认真地看她，悄悄地，不为人知地挥去了眼角的一滴泪，“我们的幸福，应该是自己掌握，祝福你们！”

他没有再回头，走过了满面泪水的艾梦箐。

他一直走着，走向湖的另一边，他的身影越来越小……终于，完全消失了，不见了。

湖边，只剩下洛晨熙和艾梦箐两人，静静地隔着一段距离四目相对……

像是过去了几百几千个世纪，像是破碎了几万几亿个宇宙……终于，洛晨熙挺了挺胸，深深地吸了一口气，冲了出去，冲向了听命湖边，冲向了湖边那一抹白色……

湖边，艾梦箐白衣飘飘，被泪水洗亮的脸上是从未有过的璀璨，微笑着看着那个向自己跑过来的黑色人影。

洛晨熙一边跑，一边大声地喊着一个日日夜夜哽塞在心底的名字——

“艾梦箐！艾梦箐！艾梦箐——”

听命湖上，风卷云舒，无数雨点闪烁着美丽的光华。

（第一季完）

下季预告：

洛晨熙和艾梦箐终于可以幸福恋爱。可又是什么力量让她们不得不分开？并且洛晨熙遭受人生残酷打击，彻底丧失活下去的勇气？

在艾梦箐痛不欲生之际，一直深爱着她的安子为再次敞开温暖怀抱，这一次，艾梦箐会拒绝他吗？还是需要他来温暖自己冰冷的心灵？

又是什么让洛晨熙重新寻回爱的勇气，可他还能够追回自己深爱的女孩吗？

他们之间到底还要战胜多少艰难险苦才能再次走到一起？

还是永远都无法在一起？

而艾梦箐到底是谁的天使？她到底会让谁获得幸福？

更可怕的是，这么多的艰难险阻到底是上帝对她们的考验，还是有人蓄谋已久的圈套？

如果是后者，他们又将如何面对曾经海誓山盟的友情？

还有，自己的内心？

一切的宿命、一切的轮回、一切的因果、一切的谜底尽在《我是天使 你要幸福》第二季，敬请关注。

后记一

生命的缺口

美好的事物似乎总是会在苍白的冬季柔软地消逝。

因此发生在暮秋的爱情，总不免让人担心，只因有一种源自内心的悲凉，一旦突发便会让人无法抵挡。

一开始就知道这是个悲剧，因为她再一次发生在微凉之秋。

不管你是否相信，爱情总是在微乎其微的细小空间里悄然而来。接受爱，或许只是因为一个眼神、一滴眼泪、一句关怀、一瞬间碰触……仿佛顺其自然，就这样发生了。

只是，我一直很奇怪，究竟是什么样的神奇力量，让两个遥不可及的陌生人巧然相遇、继而相知的呢？又偏偏是他，与她！

是因为那片纯净天空？那熙来攘往的人群？还是宿命的吸引？

淡然、冷漠、内心的矛盾与挣扎、蜂蜜一般纯纯的爱恋，然后，怀揣着相同的梦想，拥抱即将来到的同一段回忆，以填补彼此生命的缺口。

冷漠的艾梦箐一出场就为整个故事打下了足够沉郁的基调，不屑于与以往的女主们较量娇媚可爱或故作深沉，她令人捉摸不透却让人不由自主地油生爱意；安子为的完美演绎恰到好处地抑制了画面的过分沉静，巧妙地施予出一份华丽与淡然；而洛晨熙的野性与多变造型，无疑赋予了故事发展的激情和动感，场景鲜活似触手可及。

唯一的遗憾，源于我自身。只是有时候想不太明白，为什么爱情并没有眷顾安子为？或许他的完美恰恰是一种残缺，使他失去了被人怜爱的机会。最后的最后，他可能很难收拾心情再战情场，当然，这只是个可能，而已。就算再战，那也是小说落幕之后的事情，我们不知道，他，也不知道。

对于艾梦箐的选择，最终不得不想通：无数的转折构筑了人生，向左，或是向右，任何一个选择都遵循着习惯，由此注定所走的是人生的左半弧，或是右半弧，与对错无关，最后以回到原点而宣告圆满结束。她，只是选择了与她殊途同归的人而已。

洛晨熙的形象一直很Man，足够引得绝大多数女生垂涎三尺、眼冒桃心。可是我，却一直莫名地怀揣着“可远观而不可亵玩焉”的心绪，远远关注着关于他的一幕幕接踵上演。其实也不难理解，因为一旦不小心稍有懈怠，我想我的眼里便再容不下其他人，仅洛晨熙即是这一整个故事的全部了。

随着这部小说的面市，又一个夏天戛然而止，开始担心下一季故事如何才能完美地跃然纸上。踌躇之间，清凉的秋却在《双生》的曼妙文字中一夜降临。《双生》创造的又一个惊心动魄的爱情，依然被渲染上了枫叶般血红的浪漫，像极了一杯浸泡着柠檬片的Bacardi，浓烈而神秘，意犹未尽……

《我是天使 你要幸福》策划编辑 卢鱼

2007-9-27

卢鱼博客：http://blog.sina.com.cn/looriam

卢鱼信箱：looriam@vip.sina.com

后记二

我是幸福推销员

作为本书策划人，《我是天使 你要幸福》我看了不下五遍，每次还能被感动，难道现在的我真的那么脆弱吗？呵呵，不至于吧，或许，只是因为这部小说真的很好吧。

四年前，我开始尝试写长篇小说，懵懵懂懂写了三四本，竟然都能出版，以为自己对长篇爱情小说很有把握，直到去年底写青春偶像剧《那小子真帅》（做个小广告：今年年底能够上映哦！）在经过一位获得过金马奖最佳编剧的老师长达两个月的折磨后，我才算真正明白了小说的一些技巧。

其实说是技巧，但一点都不复杂，说白了，就是“情节要丰富但不能不符合逻辑”，“人物言行应该和其个性一致”。把这两点做好了，小说一定会好看、耐看，经得起推敲。

从这个标准而言，《我是天使 你要幸福》显然是成功的，尽管这个故事并不新颖，但通过作者缜密细腻的表达，还是会让人感动。

这就是小说的魅力。

写这篇后记其实并不是为了总结什么，我又不是中文系老师。真正的目的是为了介绍“纸上偶像剧”下一本书——《双生》

哈哈哈，这本书可就真厉害了。先说作者，pluto，一个1990年出生的小妮子。年龄不大，但文笔之成熟、华丽，无人出其右，不相信大家到她的博客去看看，看我是不是吹牛。

pluto博客：http://wizardcc.blogbus.com

坦白说，好文笔固然重要，但对一部好小说而言，还不是最重要的，好文笔顶多是外表，如果没有扎实的血肉支撑，文章是立不起来的。在这方面，《双生》也非常优秀。它讲述了一个非常残忍的青春故事，里面每个人都有不为人知的病态，他们互相纠缠，上演一幕幕让人扼腕叹息的事件。最后却蓦然发现一切竟然是场空，只不过是一个患有臆想症的女生的自我救赎。

唉，想到这里就激动，恨不得大叫三声啊啊啊，快点制作出来让大家看，可是，现在还没有写好呢，估计十月中旬写好，然后是拍片，排版，校对，印刷等等等等，满打满算，上市也要十一月中旬吧。

还好，也不是很久了。

我想肯定有人等不及了，没关系，后面附录了第一章的小部分文字，让大家先尝尝鲜哦。

我想肯定还有人抱怨，哎，你过分，干嘛总说别的书？快告诉我们《我是天使 你要幸福》第二季什么时候出啊？嗯，酱紫，作者洛可可呢，正在老家结婚呢，所以第二季要搁浅一段时间，不过没关系，她动起笔来就会很快，加上第二季的情节都已经想清楚了，所以十二月上市应该没问题吧。

回答完毕，最后还是恳请朋友们多多支持“纸上偶像剧”，还有，我们会努力，不会让大家失望的。

“纸上偶像剧”青春书系策划人：一草 2007/9/23

一草博客：blog.sina.com.cn/jimotengtong

一草信箱：jimotengtong@yahoo.com.cn

《双生》人物简介、故事梗概

人物介绍及性格特征

木小葵

女/16岁/清瘦/性格自闭/孤僻

孤僻冷漠的她偶一日接触了文森特.梵高的油画，顿觉与自己的性格若合一契，于是梵高便成为了她的挚爱。父母情感的失和令她对爱情产生了恐惧与抵制，她是渴望能与志趣相投之人进行精神上的交谈。在面对朝颜的傲慢时，她不卑不亢。然而当朝颜向她告白时，她却由于恐惧而断然拒绝。最终，朝颜用生命让木小葵懂得了什么是爱。

朝　颜

男/17岁/帅气/拥有贵族气息
性格高傲/不羁

学校油画社的社长。多才多艺的他疯狂地热爱着克劳德.莫奈。莫奈总是满怀难以遏止的激动的性格亦深深影响着他。他具备了一切艺术家应有的特质：多才多艺，散漫，敏感，忧郁，多情，并且充满了贵族气质。可在面对疯狂追求自己的漂亮女孩时，同莫奈一样对外表（即造型）一向淡漠且恃才傲物的他总是冷言冷语，刻薄不已。直到遇到了孤僻冷漠才华甚于自己的女孩木小葵。起初他试图征服她，对她傲慢不已。但木小葵一直将他当作志同道合之人。在与周浅浅的一次深谈中朝颜爱上了木小葵，然而他的告白屡遭拒绝。最终他用自己的生命让木小葵相信了自己真的爱她，而此刻他的生命已尽终结。

周浅浅

女/16岁/中性/痴情
具有暴力倾向

幼儿园和小学都与木小葵一个班，面对无论学习成绩还是画画都胜过自己的木小葵，幼小的她一直心怀崇拜与羡慕，每当面对她的父母时不时拿木小葵与自己比较并冷言讥笑她没出息时，她只认为这一切荣誉都是木小葵应得的。她是木小葵身边唯一的伙伴，处处保护木小葵。随着时间的推移，周浅浅对木小葵的爱愈发强烈，然而朝颜的出现打破了一对一的局面，周浅浅对朝颜说了很多关于木小葵的事，本意希望他离开她，却不想朝颜因为这场诉说竟然萌生了想要保护木小葵的念头。妒火中烧的周浅浅决定得不到便要毁了这一切……

林　染

女/18岁/气质佳/高傲时尚/女强人

朝颜的启蒙老师，也是朝颜心目中的女神。她爱护朝颜，但拥有强烈支配欲和占有欲，属于那种咄咄逼人的女强人。

洛　谣

16岁/简单/干净爱幻想的小女生

与木小葵年龄相仿，在临城的一所高中念书。幸福平静的家庭生活造就了她羞涩且与世无争的性格。一次偶然的路遇使她结识了同她一样羞涩的交换生——十八岁的日本男孩冬泽井。彼此爱慕，却因为羞涩而无法告白，于是每天手拉手一起上学一起看海一起吃糖，这样温暖而平实的方式便成为了他们相互表达爱意的唯一途径。两周之后，冬泽井回到了日本，每天都会给洛谣发电子邮件，但却自始至终都不知道洛谣的名字。而与世无争的洛谣，便将这份如雪一般纯洁的恋情深藏在心底。

冬泽井

男/16岁/日本人/干净/单纯

洛谣学校的交换生。生性羞涩的他路遇洛谣之后便对她产生了爱慕之情，但却出于各种原因而无法表达。这份青涩而美丽的爱情（抑或称为暗恋）持续了两个星期，最终以冬泽井回到日本而结束。但之间所有的小小暧昧，所有的温暖只有他们俩人才能够体味与知晓。

《双生》简介

双生，两个女孩，两个故事，一个温暖，一个残忍。她们互相倾诉、互相依赖。最后却惊愕发现，一切竟然……

1　残忍故事的女孩名叫木小葵，童年时代父母感情的失和使她性格脆弱孤僻。她一直把自己幻想成一个幸福的孩子，然而幸福却从未真正垂青于她。被父母反锁在家中的她在某一日接触梵高的油画之后便疯狂地爱上了这位神经错乱的荷兰画家。于是她开始模仿梵高作画时的高纯度颜料以及凌乱的笔触。并日日对着墙上梵高割掉耳朵的画像诉说对他的爱。在这个世界上，没有一个活着的人是值得她珍惜的，唯有死去一百多年的梵高才是她的全部信仰。

由于家庭温暖的缺失，木小葵对身旁的任何人皆是一副漠不关心的态度。在高一进校时她认识了同校高二油画社的社长——疯狂热爱着克劳德·莫奈的朝颜。而从小家境优越、才华横溢，并且如莫奈一样满怀激情的朝颜一向对造型（即外表）漠不关心，在面对诸多美丽女孩求爱时的冷漠刻薄。但第一次见到木小葵时他便感到这个女孩与众不同。而随着两人交往的深入，他开始慢慢发现这个女孩的才华并不逊于他。于是他试图征服她，让她像其他女孩一样崇拜佩服自己，但生性淡薄的木小葵一次又一次毫不留情面拒绝了他，在她心中，除了梵高，再没有男人值得她去仰慕。

与木小葵一同长大的女孩周浅浅一直深深地爱着冷漠孤僻的木小葵，对她百依百顺。她并不奢望木小葵能够明白或者理解自己对她的这份感情，她只是想将之放于心底。周浅浅自幼便一厢情愿地认为，于木小葵而言，自己是她唯一的朋友与依靠。她看着木小葵在朝颜的强势之下挣扎，于是决定让朝颜远离木小葵，却不曾料想她所做的一切竟然令朝颜对木小葵心生怜悯，并且逐渐深入，最终演变成爱恋。

父母之间的战争日益升级。终于在一次争吵之中，木小葵的母亲不堪侮辱杀死了丈夫。如此残酷的事实令木小葵原本臆想的种种美好全部破灭，无处藏身幻想的她不得不正视无法改变的现实。就在此刻，朝颜以一颗悲悯怜爱之心出现在木小葵的面前，为绝望无助的她构想出一幅灿烂的图画。

然而，正当木小葵已经完全接受朝颜的爱，并即将与曾经潮湿晦涩的回忆告别时，周浅浅制造的一场灾难却在此刻颠覆了她的一切幻想……

2 温暖故事的女主角名叫洛谣。她干净、善良，和任何一个普通的中学女生一样。她酷爱《小王子》，畅想有一天，自己可以像小王子一样生活在完全属于自己的干净小星球上，虽然孤独，却很温暖。偶然的一天，在那条名叫“七点四十五”的街道，她遭遇眉宇间同样落寞的俊美少年冬泽井。在他的手中，也紧紧握着一本《小王子》。

在经过无数的等待和鼓足勇气后，他们终于认识。他们微笑看着彼此，一语不发。他们温暖拉手，静静走过一条又一条街道，走过冷冷的冬天；他们在咖啡屋写下很多温暖的话语，因为小王子的孤独而一起流泪；他们躺在海边听潮起潮落，两颗孤独的心紧紧温暖着彼此……

两周之后，他离开了，因为他是来自日本的交换生。他走的那天，在

“七点四十五”，她假装坚强，微笑挥手，他上车后，她泪流满面，蹲在地上。从此，这个星球上，她将再次孤寂。而在她的书架上，两本《小王子》，永远紧紧靠在了一起……

3 在木小葵精神崩溃之际，洛遥出现在了她的生命之中，在夕阳沉落的时间为她讲述自己的故事，施予她温暖与慰藉，安慰她冰冷的心。木小葵在洛遥的讲述之中获得了救赎，然而最终，一切的一切又再次出忽了木小葵原本的预料，出现了令人错愕的偏差……

在我们凛冽的成长中，总有一些故事会让人感觉到疼。可是，请不要忘记，还有许多温暖的故事存活于这个世界中，当它们与这些疼痛相交融时，便能够在人的心中播散下温暖而伤感的花种，留下一抹清清淡淡的忧伤。拥有忧伤姿态的人总是能够活得自省而严肃。

作者简介

Pluto。九零年四月生。

曾学过书法、国画，现虽同世界上诸多庸人一道学习美术，但内心仍旧对文学戏剧专业念念不忘。

曾于十三岁至十五岁在杂志发表文章。曾获全国第八届少年作家杯征文比赛一等奖。

在二零零七年十月三日才获知冥王星（Pluto）于二零零六年八月二十四日被国际天文联合会从九大行星中正式除名。自此之后，这颗原本就距离太阳最远的星球将变得更为冷清，一切大行星的话题都将把它刻意地避开——它终将与喧嚣繁华渐行渐远，沉迷于自己的世界中，孤芳自赏，兀自起舞。

那一刻，长久以来因寻不到一个满意笔名的我顿时豁然开朗。仿佛这颗星球长久以来一直都在等待着我的驻足。而我，亦在不断地找寻着它。

于是将之用作笔名。希望能时刻提醒自己：无论处于寂静之林，抑或吵嚷之市，都将从容淡静，认真严肃地写作，郑重其事并且心怀自省地生活。

BLOG：wizardcc.blogbus.com

Email：jiubashiguang@163.com

《双生》精彩语句

◎ 这栋房子看上去已经非常像一只蓬松美味的绿茶蛋糕，叶子反射的微弱白光是蛋糕上的奶油。应该将它们放在一个银光闪闪的托盘中，再配上一小杯加冰的威士忌，或者与饮料调和在一起的伏特加。这已经有点像个小型派队了。届时我会穿着带蕾丝花边的粉色裙子，随着舞曲接受亲爱的文森特的邀请，一起跳一支佛朗明哥，或者，慢华尔兹。

◎ 夜降临。夜离去。穿过光阴的空隙，他恍然之间回到了十八世纪的荷兰，那个盛开着郁金香的光明之国。纵然黑夜，墨蓝色的天幕也异常清澈，甚至点缀着几颗明亮到让人掉泪的星斗。而在这片天幕之下，一个瞳仁与头发皆如火焰一般的叫做梵高的男人，时不时地仰起头，将自己所看到的物象涂抹于画布之上。执著而充满热情。

◎ 湛蓝的天空此刻正被自西而来的一抹红色吞噬，逐渐交融。大朵大朵洁净的云也沾染了这诡谲的色彩，沉醉如绝美凄艳的莲花。一群群寂寞的白色鸽子围绕在学校房顶的上空静静然地飞翔，夕阳像是用赭石与金黄调就，之后用二号水粉笔一笔笔摆在天空之中。是这样一个美好而寂静的黄昏。空气中若有若无跳动着的尘埃始终以一种静默的姿态观望着校园中发生的一幕幕。

◎ 在她的心中一直有一片未曾被任何人践踏过的处女地，有着极好的阳光。她一切诡谲的想法皆在此萌芽，安然地成长为茂密的植物，相互错杂，最终阻断了别人进入她内心深处的路径。她在自己的世界中兀自繁华，兀自起舞。她是自己的公主。这便是独属于她的骄傲。若为这而摒弃普通少女的一切快乐，她将会多么的心甘情愿。

◎ 她拿起一枝六号水粉笔，将自己的鲜血与橘红调匀，调色盘中顷刻出现了一种异常奇特的红。她盯着面前的向日葵看了几秒钟，然后将这奇特的红铺在雪白的画纸上。刷刷。刷刷。不知是父亲停止了谩骂还是自己完全沉浸在了向日葵的意象中，除却笔与画纸摩擦的声音，女孩木小葵的世界是安静无声的。她凝视着逐渐成型的向日葵，嘴角露出了一丝笑容。

水藻与青荇在湖底温柔地招摇着曼妙的身姿，将内心熠熠生辉的激情暗藏于心。于是湖面呈现出了一种浅淡的绿色，如此静美。时光得以流连。湖的旁边生长着丛杂的野草，已呈现出枯黄的迹象。这万物凋敝的季节原本该是一片颓凉，但湖面上竟然星星点点地开满了黄色粉色的睡莲，被荷叶环住，羞涩地打着盹儿。正午的阳光映在湖面上。睡莲兀自欣赏着湖水倒映的袅娜的身影，湖边的草映衬着它们。沉默无言。

秋天的雕琢令爬墙虎呈现出微微颓丧的神色，然而牵牛花却是独为了点缀这素色的初秋而悄然盛开的。花瓣没有分开，只是一个圆，最外部镶了一圈暖紫色，愈往里紫色愈浅淡，最终在花蕊处化为一抹纯白。花粉是纯香的，随着风缓缓飘洒。遥遥地望去，零星的暖紫色在这片冷色的墙壁之中显得愈发扎眼。

又是一个橘色的黄昏，酒红色的爬墙虎遮盖住了一整面墙壁。偶尔一阵风吹来，整面墙壁都像是在翩翩起舞，跳着华丽的华尔兹。

后来，我终于眠去。梦里开满了茂盛的向日葵，成片成片地流淌。公交车从向日葵的身上碾压而去，地上顿时布满了向日葵蔫蔫的支离破碎的身体。男孩仍旧坐在我的对面，略带羞涩地读《小王子》，甚至痴迷得念出了声。在梦中，我异常清晰地听他念道，如果你驯养我，那该会多么美好啊！金黄色的麦子会让我想起你，我也会喜欢听风在麦穗间吹拂的声音……然后他抬起头，望着我，枯萎的向日葵瞬间变成了清香朴素的绿色植物，空气中逐渐弥漫开眼泪一般的潮湿。下一刻他向我伸出了手，我的脸霎时开满了娇羞的绯红——我也伸出手，掌心冲着天空，手指微曲。

我终于明白为什么你的画风那么奔放而狂野，你用的色彩那么自由而激烈，因为你没有压力，也没有任何人强加给你的目标。你热爱梵高，因为梵高拯救了你的身体和灵魂，你诚心皈依于他，因此绘画于你而言是生命之中最为圣洁的部分——而我，自认为没有亵渎美术的我实际上才是最为卑劣的，因为我一直在把画画当作一个让染染姐姐为之骄傲的工具而不自知——我们是完全不同的——你脱俗，我不及你。

我们并排躺在海边，双手枕在脑后，一动不动。就像是被海浪冲上岸滩的两只贝壳，守护着独属于自己的秘密，期待有朝一日能够从自己的体内孕育出丰盈温润的珍珠。海潮习习，海边除了涛声，万籁俱寂。不断涌上沙滩的浪花给海岸线点缀上了最为美丽精致的白色蕾丝。

是一片芦苇丛，生长着一片年轻而繁盛的芦苇。秋天悄然而至，它如同一个巫师，挥舞着手中的魔杖，将这片芦苇刷成了浅浅的黄色。碧绿的湖水倒映着芦苇狭长的身影，它们随着微冷的秋风翩翩起舞。

一群深褐色的飞鸟缓缓地飞过，远处模糊的建筑以一种安静绵长的姿态驻足。那些沧海桑田的拥有终于成为了古老墙壁上无法言语的寂寞申诉，那些亘古不变的等候终于石化成了房顶不断开放又不断枯萎的白色花朵。田野寂静开阔，大片的芦苇在风中摇摆，湖水清澈碧绿。

这个女孩仿佛有一种震慑力，能够将自己带入一个完全虚幻的境地。她的眼睛是杏核一般的，可是却仍在这相视微笑的温暖的时刻夹杂着星星点点的忧伤。她的下巴是那么的尖，皮肤是那么的苍白，甚至能够在阳光的照耀之下看到泛青的血管。还有她的头发，漆黑得像是最为沉重的夜。她穿了一件深蓝的上衣。看上去多么像是一只令人怜惜的小小精灵。

桦树是高而挺直的，树枝在雪的映衬下冷冷清清地伸展开，未曾留下一片叶子，唯有雪。冷清的、寂寞的、矜傲的雪。堆积在树枝上，以一种决绝而优雅的姿态。树干上错落着深深浅浅的褐色伤疤，一痕一痕，犹如月亮的眼睛。弥天大雪已停，尘埃落定，污垢结痂，天空高远，呈现出一种清澈而奇特的蓝色，阳光透过树枝，将树林浸染成银白色，与这大地白雪融为一体。

她像是一位经历过漫长旅行的归人。然而，即使回到了终点，路旁的景致也不能同出发前的一模一样。因为，封住内心的那块巨大的冰块正在逐渐消融。冰水汩汩流淌。漫延过她的心房。

我将碎片平放在地上，并且试图尽自己绵薄的力量将它们拼凑成原来的样子。哦，最好一点接缝也没有，一点接缝也没有……我想象着这是文森特的尸体。几百年之前，我没有参加他的葬礼，我没有目睹他如何被人抬进棺木，我没有亲耳聆听牧师为他吟的颂词……那么现在，文森特，让我来使你复活……

那一瞬，木小葵的眼前突然绽放了无数的幻觉。她看到了紫色的鸢尾在天空中盛开，金黄色的向日葵摇晃着细细的身躯在她的周围翩跹起舞，还有一望无际的麦田，金黄色的麦穗在风中倒伏……身旁是触手可及的金色云朵，她仿佛听到了唱诗班轻灵的歌声，看到了穿透暮霭的十字架……她的全身都浸泡在了水中，她重获新生……

她的心在作画的过程之中疼痛得几乎要渗出鲜血，可她仍旧时不时地露出笑容。她感到自己仿佛变成了那条可怜的人鱼，美丽摇摆的鱼尾被巫婆的药水残忍地剖开，变成两条修长的腿，每走一步都像是在刀尖上一样的疼痛。但是为了她心中的爱，她心中不灭的灵魂，纵然变成泡沫，她亦无悔。

一片淡黄色的芦苇在风中缓缓倒伏，湖水碧绿清澈，远处是黛色的山的轮廓与连绵不绝的群落……

一个女孩站在这片芦苇丛中，高高的芦苇遮挡住她的脸，她的裙子在风中翩跹，翩跹，翩跹如这茫茫无边的白色苇花……

女孩仰起头望天，这片湛蓝色的天空，清澈得让人掉泪……

一个男孩英俊的面容在天空之中若隐若现，他的目光温柔而冷峻，他俯望芦苇丛中的女孩，嘴角露出了，也许只有芦苇丛中的女孩才能看得见的笑容……

秋风鼓起白色的窗帘。墙壁是这样寂寞的白色。被子也是这样寂寞的白色。那一刻，木小葵突然感到自己又变成了一只白色的小纸船，在宽广无边的大海中漂泊，漂泊，承载着大片大片虚空的风，并且正在寻找着那些，一直未曾出现可是一直在等待着她的爱……

每次当我遇到什么令人忧郁的事情，或者难过得不知所措的时候，我便会一遍一遍地将这一段念给自己听。安静的房间之中只有我的声音与墙壁相接触，它们犹如精灵一般翩跹，温暖而忧伤。闭上眼睛，一切就会变得很淡很淡，我仿佛能够看到那个金发碧眼的围着围巾的小人儿走过来，笑眯眯地问我，你能为我画一只山羊吗？劳驾，一只山羊。

夜晚的时候我总会伏在窗台上看星星。这个习惯自我还是一个年龄上的孩子起一直保持到现在。曾经的曾经，我以为这样固执的姿态会让我看到我的小王子，以及他居住的小小星球。然而现在，我仅仅是为了想要同他在同一片星光之下，共沐一样的月光。

她突然匪夷所思的平静了下来，彻底的平静，她略微挺直了身子，用稚嫩的双膝一步一步地移向墙上的那幅画，犹如一个虔诚的朝圣人。一直跪走到墙边，然后她试图扶着墙站立，双腿立刻传来一阵刺痛。然而她并未因此而怯懦。努力了很多次，她终于站到了这幅画的面前，于是她那清澈漆黑的瞳孔里立即闪烁着奇特的光芒。从古至今它都不属于一个六岁的女孩，它属于真正热爱艺术并对其顶礼膜拜奉若神明的人。她伸出沾满鲜血的右手试图仔细地抚摸这幅画，然而当看到血污时立刻将右手放下，换为左手。

这是一幅人物半身像。红绿蓝三种颜色的构图使画面给人一种跳跃的活泼感。戴着藏蓝色帽子的男人。面色苍白没有红润。嘴里斜斜地叼着烟斗，白色的烟雾逐渐飘散。时为一月，他着一件绿色的大衣，微微泛黄，绿得苍颓。他右边的脸被白色的绷带包裹起来。

炉火已经熄灭了，屋内冰冷如地窖。时年六岁的女孩木小葵穿着一件深蓝色的毛衣跪在窗台旁边，积雪在黄昏时发出的光芒映在她忧郁的小脸上。她把脸伏在胳膊上，出神地盯着窗台上的含羞草。它的叶片早已呈现枯黄色，并且颓丧地垂着头。哦，你多么可怜啊。木小葵小声的叹息犹如一阵风，含羞草的叶子终于在这寒冷的黄昏凋尽了最后一片。

那些夜晚，每当睡觉之前，我都会念一段《小王子》。在自己的房间中，周围没有其他人，我可以至为放肆地纵容自己情感的宣泄。我穿着睡衣赤脚站在床上，将书举到与视平线相平的地方，大声地用法语朗诵我所喜欢的片断。曾经有人说法语是世界上最为美妙的语言，是的，当那些句子以一种无比优雅的姿态从我的口中清晰地吐出时，我猛然感到自己是如此的高贵。

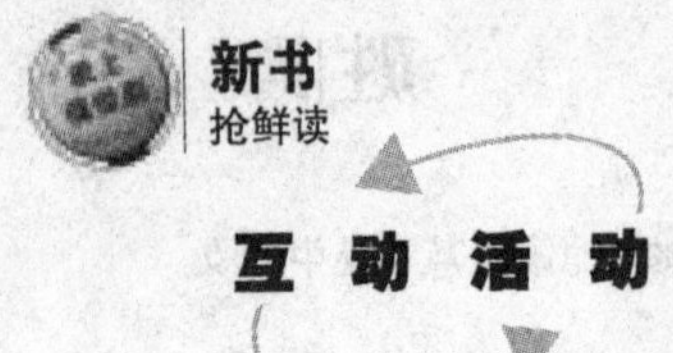

互动活动

我的故事听我的

——“纸上偶像剧”重金征集真情故事

看了那么多大同小异、花里胡哨却肤浅无脑的小说情节，你是不是很腻烦？！！！

哼哼！还没有我的故事精彩呢？——你肯定会这样抱怨。

要是我的故事写成小说，能够感动死人；如果我的故事变成书，绝对畅销——你肯定有这样的自信。

可是从你的故事到一部精彩的小说，最后再变为一本精美的图书，仿佛有好远好远的距离——

有可能，这辈子，都无法实现。

于是，你的故事终将风化在你的记忆深处，等待被遗忘的归属。

而你能够看到的，依然是那些肤浅且愚蠢的小说。

岂非很悲哀？

不要再愤懑，不要再胸闷，现在，改变这个不合理现状的时刻终于来到啦！

“我的故事听我的”——由我们创建的青春图书品牌“纸上偶像剧”现正面向全国重金征集真情故事。

你或许没有华丽的文笔，但你一定有刻骨铭心的故事，关于爱情、关于友情、关于成长、关于忧伤——我们有一万个理由相信你的故事是独一无二，精彩纷呈的。请立即告诉我们在你成长岁月中发生的故事吧，我们会用最短的时间将你的故事打造成最精美的图书，让你的故事拥有更多的传诵和祝福。

活动细则

1、故事题材不限、长短不限、风格不限，只要是你生命中刻骨铭心的故事，就请你写下来，发到我们的信箱：zsoxj@yahoo.com.cn，同时注明你的详细个人资料和联系方式，我们有专人在第一时间进行阅读、回复；

2、所有来稿都会在第一时间刊登在腾讯网（book.qq.com），供读者欣赏、评选；

3、每周进行一次初评，选出三篇真情故事进入复赛，所有初评晋级故事都将在“纸上偶像剧”当月图书上予以刊发；

4、每月进行一次终评，决选出最后胜者，将由你自己或者由知名青春作家量身定做，最后由我们打造成精美图书，全国发行。同时支付你优厚稿酬。

更多超值惊喜

现在，“纸上偶像剧”除了重金征集真情故事外，还重金征集作者、模特、摄影师、插画师，我们将为你提供最完美的平台，让你实现自己的梦想，只要你够胆，就请和我们联系吧。

请将你的个人资料（模特需要提供免冠照片及生活照5至10张）、作品简介、详细联系方式发送到zsoxj@yahoo.com.cn，我们将在第一时间内给与你回复，一旦选中，我们将请您来北京参与我们的工作（你的往返交通费、在京食宿费我们全部承担），并且支付丰厚报酬哦！